Ayeltgnu !

Le défi d'une vie debout

Frank Bruno

Ayeltgnu !

Le défi d'une vie debout

au coin de la rue

À la vieille dame de la rivière qui m'a appris tant de choses.

« La vie est un défi à relever,
un bonheur à mériter, une aventure à tenter. »
Mère Teresa

Préface

« 66° 29' 33" N - 44° 54' 32" O - 27 °C Vent de force 8 ouest-sud-ouest.

18 km de parcourus, le mauvais temps arrive, on plante la tente.

Frank souffre à cause de sa prothèse. On prend du retard… »

Voilà tout ce que j'écris ce jour-là dans mon journal de bord, dans cette petite tente dont la toile jaune bat au rythme des rafales de vent…

Par moments, les bourrasques tentent d'aplatir notre abri. Les arceaux plient et viennent jusqu'à me toucher le visage. Il va falloir renforcer le mur de neige qui nous protégeait, il doit commencer à disparaître. Il faut aussi que j'imagine une solution de repli si jamais on n'arrive pas à traverser. Puis il faut que je compte le nombre de rations qu'il nous reste, je ne suis pas sûr que nos provisions suffisent pour terminer cette expédition…

Trop de questions… Je les laisse à un peu plus tard pour me reposer et profiter un peu de ce moment. Je suis allongé sur mon duvet, heureux ! J'adore particulièrement ces moments où le temps se déchaîne alors qu'on est dans notre petit abri au milieu de… RIEN !

Il fait tellement bon dans cette tente, il flotte comme un sentiment de bien-être incroyable… Chacun est à sa place, les choses ne pourraient pas être autrement et je ne voudrais être ailleurs pour rien au monde malgré la tempête qui se déchaîne.

Mon esprit vagabonde et tombe sur une question qui m'obsède : « Mais qu'est-ce qui peut motiver les gens à venir faire ce genre d'expéditions à ski, en autonomie complète sur cette immense calotte glaciaire ? »

Skier toute la journée, les crevasses, le froid, le vent, la faim, dormir sur la glace, la douleur, parfois la peur… Faut-il que leurs motivations soient fortes pour se mettre dans des situations pareilles ! Je m'exclus du lot en me disant que moi, c'est mon boulot… Mais eux, pourquoi ? Que cherchent-ils ?

Et en particulier, lui là ! Lui, le gars qui est juste à côté de moi dans cette tente.

Comme moi, il est allongé sur son duvet, il lit un livre en écoutant de la musique… corse évidemment !

On a la même coupe de cheveux, la même barbe de quinze jours, les mêmes gelures sur le visage, les mêmes brûlures sur le nez et les lèvres gercées par le soleil et le froid…

Mais lui, il a un truc… j'arrive pas à savoir quoi, mais un truc en plus qui me fascine.

Si je lui faisais part de mes interrogations, il me dirait certainement en riant que ce qu'il a de plus, c'est une jambe en carbone et donc qu'il a au moins un pied qui ne craint ni les gelures ni les ampoules !

Une prothèse en plus pour une jambe en moins ! Cette putain de prothèse qui s'abîme de plus en plus au froid et qui lui inflige une douleur supplémentaire à chaque pas de ce voyage introspectif au cœur des immensités glacées.

Il doit en avoir des trucs à se raconter pour supporter ça toute la journée. Il doit en avoir des images de référence pour surmonter la douleur. Un combat de chaque instant ; pour lui mais surtout pour les autres, pour cette cause qu'il porte sur le dos. C'est un gladiateur qui retourne au combat tous les jours, un Spartacus des glaces. Sa jambe en moins lui a donné de l'énergie et de l'amour en plus à distribuer.

Je l'observe depuis un moment et voilà qu'il me regarde, enlève ses écouteurs et ferme son bouquin. On se regarde, nous sommes tous les deux face à nous-mêmes et, sans raison, on explose de rire. Ça fait un mal de chien de rire, les lèvres gercées, mais pas moyen de faire autrement… un immense fou rire à moitié contenu par la douleur au milieu de la tempête au sommet de cette calotte glaciaire sans le moindre être vivant à 500 km à la ronde.

Maintenant, je sais ce qui remplit de bonheur et protège ces 3,5 kg de tissus et de fibre de carbone au milieu de la glace : c'est son bonheur à lui, cet amour qu'il fait rayonner et son incroyable envie de vivre !

Grazie fratellu !!!
U mondu hè bellu, basta à sapellu piglià !

Le monde est beau, il suffit de savoir le prendre !

Nicolas Dubreuil
Guide polaire

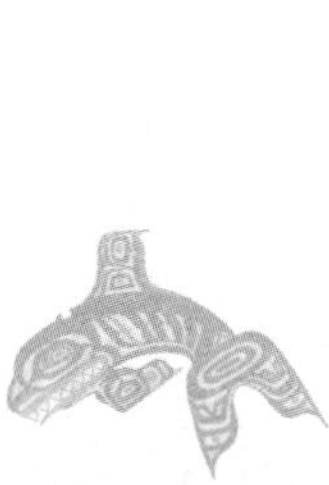

Avant-propos

Grayling, Alaska, 5 heures du matin.

Je suis face au fleuve qui coule tranquillement vers son destin. À 2 500 km en amont déjà, Whitehorse au Canada, point de départ de mon odyssée solitaire en kayak, une première pour moi.

Le temps s'est arrêté, la vieille dame de la rivière a finalement bien voulu me rendre visite, dans son lit je me suis confié, je m'y suis réfugié. J'ai eu peur souvent, mais j'y ai ri aussi. Quand je dis en solitaire c'est un peu faux, Jo Zef m'accompagnait. Jo Zef me suit partout. Il est une de ces peluches pour ceux qui sont devenus trop vite adultes. Pour moi, il est ce pont entre une enfance qui ne veut pas céder la place et le monde cruel des « grands ». Jo Zef c'est cette mascotte qui, avant tout et malgré tout, me protège de tous mes fantômes qui rôdent.

Au cours de ce pèlerinage, j'étais constamment dans une chapelle corse de l'Alta Rocca, dans un monastère d'une île de la mer Égée, dans une synagogue quelque part dans le Sinaï ou dans une mosquée ottomane de la mer Noire… Mon sanctuaire durant tout ce temps était cette nature qui ne juge pas. Elle vit sa vie et nous, parasites vaniteux, croyons la braver. En vérité c'est nous-mêmes que nous défions. Lors de ces semaines de solitude, j'ai découvert un autre moi plein d'émoi, un autre toi qui n'avais plus besoin de toit, et je le sais, me suis rapproché encore plus de vous.

Le passé a ressurgi, bien sûr, mais ce foutu accident de 1983 où, sur le pont d'envol du porte-avions *Foch*, j'ai perdu une jambe n'est plus revenu aussi fréquemment. Je préférais laisser entrer dans mes rêves ma compagne, celle que j'aime appeler ma « Vrai » (sans la lettre E car « avec elle je peux vivre sans eux »). Elle me rendait visite tous les soirs, mes bivouacs étaient moins pénibles. Je savais aussi que là-bas, en Corse, un petit bateau en bois m'attendait, ma maison, ma cabane des solitudes, au nom paraît-il on ne peut mieux trouvé de *Cabochard*...

Qu'est-ce qui peut bien me pousser si loin dans mes rêves ? Qu'est-ce qui me donne autant d'énergie pour aller chercher l'absolu infini de mes désirs ?

Si je suis sincère, et je dois l'être, j'avoue que je refuse l'idée d'aller jouer ma vie, car ce que je réalise ce sont surtout des rêves de gosse. En lisant D'Aboville, combien de fois suis-je parti sur l'Atlantique avec lui ? Je suais, je tirais sur les avirons... mais à chaque fois, je me réveillais. Il m'aura fallu une amputation de la jambe pour me transformer en galérien de l'Atlantique et, face au défi, donner plusieurs millions de coups d'avirons. Avec Dumè nous devenions les premiers estropiés à traverser un océan à la rame.

Handicapé, je crois que c'est ce statut qui a décuplé mes forces. Pour mes 18 ans, l'armée française m'a dégradé de matelot à unijambiste. Une erreur de pont d'envol sur le porte-avions *Foch*, dix jours pour être rapatrié en France et la médaille du Liban fièrement remise par mon amiral... Les bien-pensants m'ont du même coup déclaré « invalide ».

Têtu comme un cabochard, je n'y ai cru que très peu et grâce à eux, ceux qui pensent pour les autres, je suis devenu l'empêcheur de tourner en rond. Major de promotion au monitorat de plongée sous-marine, scaphandrier professionnel, j'ai aussi repris la maçonnerie avec une famille qui voyait en moi un successeur et non un mutilé de guerre.

La rencontre de certains fondus de la vie m'a amené à poursuivre mes aventures à cloche-pied. Trois mois à peine après ma « croisière » océanique à la force des bras, je me suis retrouvé avec les « pointures » russes en région septentrionale, Victor Boyarski, Victor Serov et Vadim Vassiliev, à essayer de rejoindre le pôle Nord à pied... C'est que c'est lourd une *pulka* !

Piqué par le virus de la glace, je suis pris au piège par Nicolas Dubreuil. Il est guide polaire et passe plusieurs mois par an au Groenland. Le hasard de la vie m'a mis sur son chemin et me voilà en train de traverser d'est en ouest cette calotte : trente-quatre jours à serrer les dents car un mal sournois de moignon voulait me faire lâcher prise et abandonner. La vie, l'amour me feront arriver à mon but : « Marche et rêve ! »

Et pour mes 40 ans, je me suis offert le sommet du Kilimandjaro...

Oui, je suis vivant et chaque jour est un présent. Souffler ? Pour quoi faire ? On aura toute la mort pour cela !

Et, au milieu, un « bébé » que j'ai créé de toutes pièces, enfin presque. Ça commence par un pote avocat qui me traite d'oisif et qui écrit à mon insu les statuts de l'association Bout de vie, j'en suis le président ! Je mords à l'hameçon et Dominique Benassi, dit Dumè, m'épaulera. Ce frère choisi sera l'homme de ma vie ! Non, c'est une manière de parler, Véro est ma compagne, mais ce gars c'est un peu le frangin que je n'ai jamais eu. Il a accepté de venir ramer l'Atlantique avec moi, un doux dingue car il n'est pas marin du tout, son dada c'est le triathlon. Douze titres de champion du monde avec quelques *Iron Men* comme celui d'Hawaii. Un détail sans importance : il est amputé au niveau d'une cuisse !

Donc Bout de vie voit le jour et depuis je fais venir des quatre coins du globe chaque année des petits frères et sœurs raccourcis pour vivre pendant une semaine ma passion de la mer. Une grosse excuse pour les inviter dans mon monde et leur prouver que, même avec un morceau en moins, on peut vivre pleinement.

Cette fois, si je suis parti seul, c'est bien sûr pour connaître la mythique solitude des grands espaces, mais sans doute surtout pour retrouver le silence. Ne plus être pollué par l'avalanche d'informations qui nous nécrosent le cerveau. Redécouvrir l'enfant qui sommeille en moi sous la carapace d'écorché vif.

Je ne peux suivre un chemin tout tracé, je n'en ai pas envie et je sais que c'est dans l'adversité que l'on grandit. Quand deux routes se présentent à moi, je prends toujours la plus difficile. Un jour, une petite fille m'a dit qu'elle savait pourquoi j'étais amputé ! Du haut de ses dix ans, elle affirmait que si j'avais cette différence, c'est parce que j'étais plus fort que les autres ! Je ne sais pas si c'est juste, mais ce qui est sûr c'est que, chaque fois que j'ai reçu de la souffrance, je ne l'ai pas prise comme une punition mais au contraire comme une pierre blanche posée sur un chemin parfois obscur.

Un cabochard à Cheval blanc

« La fonction propre de l'homme est de vivre
non d'exister. Je ne perdrai pas mes jours à essayer de
prolonger ma vie. Je veux brûler tout mon temps. »
Jack London

Nuit agitée, neuf heures de décalage horaire et surtout l'excitation d'être enfin dans mon rêve. Whitehorse si souvent présente dans mes nuits, si souvent désirée. J'y traîne ma prothèse et réalise mon rêve de gosse. Peut-être vais-je fumer le calumet de la paix avec Geronimo ?

La nuit, à cette latitude de 60° nord et en été, n'est qu'un clair-obscur ! Dans mes sommeils fractionnés, je guette le noir, mais rien ne vient.

Hier c'était le printemps, mais ce matin le thermomètre ne dépassait pas un petit degré, une pluie mêlée de neige rendait la ville boueuse. Comme je ne suis pas là pour subir mes humeurs méditerranéennes, j'enfourche un VTT et sillonne la capitale à la recherche de ma liste « kayako-yukonnesque ». Félix, mon contact local, doit me remettre mes colis. Jeune, dynamique, enfin on se rencontre. Presque un an qu'on communique par courrier électronique sans se connaître.

Les paquets sont tous là, sauf un ! Aïe !.. Allez ! Je positive, c'est celui de tout ce qui est le moins vital : tente, matelas de sol, duvet, bottes et trois batteries iridium…

Un tour de vélo et je trouve tout ce qui pourrait me manquer, au cas où. J'ai encore le temps et je sais que mon carton va arriver…

L'après-midi, je quitte enfin la ville pour aller me balader bien loin de la civilisation. En quelques coups de pédales, on se retrouve au milieu de rien. Je suis ravi et même pas inquiet, juste mon petit sac à dos avec de l'eau et deux bricoles, mais pas de bombe anti-ours. Je longe, par la forêt, le fleuve sur sa partie amont. Le terrain est accidenté et, par prudence, je choisis d'effectuer quelques parties à pied. Je surprends un aigle pygargue – mon premier – et des canards de toutes les « marques » qui jouent dans l'eau. Le vent, fort et glacial, ne se fait plus sentir sur la grande rivière, la paix est de mise, à petits pas j'entre dans mon rêve…

Nuit blanche. Décidément, le changement de latitude est dur à encaisser. 5 h 30, cela fait déjà un moment que je m'active. Mon barda est prêt, je pars pédaler pour découvrir la région. Le ciel est bleu azur, mais le soleil est absent malgré une forte luminosité. Je me dirige vers l'est du fleuve pour bifurquer vers une série de petits lacs. Erreur de débutant, je n'ai pas pris de gants ! La température est sûrement négative et je mouline comme un malade pour me réchauffer. Mais plus je roule fort, plus mes mains me font souffrir le martyre. Après une demi-heure de route, j'atteins un premier lieu de pêche où je déploie avec beaucoup de difficultés ma canne. Mes extrémités sont devenues très sensibles dès que les températures chutent : souvenir de ma traversée du Groenland à pied !

J'essaie plusieurs lancers sans succès, mais surtout, je n'arrive pas à me concentrer. Je reprends alors la route, je suis congelé ! Encore un arrêt où je tente de nouveau de ferrer un poisson. J'ai du mal à reprendre mon fil. Je vérifie le mécanisme qui est neuf mais impossible de rembobiner. Je découvre avec stupeur que les anneaux qui servent à faire glisser la ligne ont gelé et forment de mini-congères…

Ouais Jo Zef, en deux mots : « con gelé ! »

Je pédale à nouveau, mais je n'arrive même plus à sentir si je tiens le guidon. Je dois stopper et impérativement allumer avec beaucoup de souffrance un tout petit feu. À ma grande surprise, il s'enflamme rapidement. Le climat est tellement sec sous cette latitude que le bois s'embrase sans aucun effort, juste en craquant une allumette. Comme un saumon qui va se faire fumer, je me laisse réchauffer par le brasier bienfaiteur.

Le soleil reprend le « flambeau » et moi ma bicyclette. Enfin, le lac supérieur ! Là, je suis émerveillé, je ne me souviens plus d'avoir vu un tel spectacle, d'une beauté aussi intense. La lagune alterne entre les couleurs émeraude, turquoise, vert et bleu nuit. Canards, sarcelles et autres « plumeux » jouent les rôles de figurants, et moi je suis aux premières loges. Je m'assois et me laisse envahir par ce spectacle. Et dire que j'aurais pu ne jamais le voir si la roue de ce foutu avion avait continué à me broyer le corps, il y a 28 ans déjà !

Je laisse mon vélo. À travers les épinettes noires, je longe la rive de ce lieu magique. Je ne sais même plus si je dois pêcher, le soleil devient plus sympa et, sur une sorte de pelouse au voisinage d'une construction de castor, je me laisse aller. Oui, Frank pratique le lâcher-prise ! Je m'endors comme un bébé, en confiance. Je ne songe à aucune bestiole et pendant cette petite demi-heure, je me laisse aller, envoûté. Déjà, un premier conte m'a été susurré par les lutins de Chadburn…

Depuis que je suis arrivé ici, j'arpente la petite capitale, Whitehorse. Une cité construite au cordeau comme toutes les villes nord-américaines, quelques milliers d'habitants, un peu plus petite que Porto-Vecchio.

C'est la ruée vers l'or, en 1896, qui a amené les Blancs à s'implanter dans la région. Les premiers campements se sont installés dans cet endroit car c'est ici que commence le fleuve Yukon. De là, les pionniers construisaient toutes sortes de radeaux pour tenter la descente du fleuve jusqu'à la jonction avec la rivière Klondike. Une rumeur disait que l'or y était abondant. Beaucoup de ces rêveurs devaient y laisser leur peau.

Bien avant eux, il y avait des « locaux » appelés par erreur « Indiens ». Amerigo Vespucci, qui découvrit le nouveau continent, avait cru être aux Indes. Du nord au sud, d'Ushuaia à Nome, les Peaux-Rouges furent les premiers hommes à s'installer. L'effet de la Béringie très certainement. Il y a plusieurs milliers d'années, le détroit du passage du Nord-Ouest était en fait une vaste prairie et les nomades chasseurs suivirent les mammouths qui y transitaient. Historiens et archéologues s'opposent quand il s'agit d'établir l'exactitude des faits, mais ce qui est certain, c'est que ces hommes arrivèrent d'Asie.

L'homme blanc a ainsi conquis des régions qui ne lui appartenaient pas. D'autant moins que, dans la culture des Premières Nations, l'être humain ne peut posséder la terre. Le seul maître en est le « grand créateur. » Les « visages pâles » ont, en prime de leur désir de pouvoir et de conquête, amené leurs vices ! Les Athapascans, ethnie de la région du Yukon, n'ont pas su déjouer ce piège et, au fil du temps, ils sont tombés dans une déchéance qui fait aujourd'hui peine à voir.

Pour pouvoir exploiter toutes les ressources du Grand Nord (or, cuivre, pétrole, bois, fourrures…), les gouvernements ont sédentarisé ces peuples de chasseurs-pêcheurs-cueilleurs. L'appât du gain les a happés et, contre une forte indemnité, on les a parqués dans des camps. Bien sûr, les trusts se gavent. Jusqu'à peu, ils passaient une partie de l'année à se procurer la nourriture. Pendant l'hiver long et rigoureux, ils trappaient et fabriquaient tout ce dont ils avaient besoin pour la chasse et le quotidien. Le piégeage hivernal était leurs business.

Dix jours que j'ai débarqué ici et je n'ai pu entrer en contact avec les Natifs. Partout où j'ai posé mon sac sur la planète, j'ai toujours su me faire accepter, mais là je n'y arrive pas. « Tu ne peux raisonner avec un gars ivre et plein de coke ! » Dans des bars douteux, la prostitution, l'alcool et la drogue sont leurs nouveaux « hobbies ». L'œil hagard, c'est dur de voir ces gens tituber dans l'indifférence générale. Attention, je n'en fais pas une généralisation mais le premier constat est affligeant.

Pour aborder le côté positif de cette ville, c'est la mixité de la population qui est très intéressante. Des quatre coins du monde, des jeunes sont venus travailler et quand je demande une info, il est rare que l'on me réponde dans un anglais pur (le mien est assez misérable, d'ailleurs.) Ensuite, comme c'est la seule grande ville (20 000 habitants) sur une superficie un peu plus petite que la France, parmi tous les villages, hameaux, camps du pays, c'est là où tout se passe. Vente de peaux tannées, d'or fraîchement extrait et charters d'Américains des États du Sud en mal d'aventure organisée… Il n'est pas rare de croiser un gars digne des westerns, avec une crasse de plusieurs mois sur lui accompagné d'une poupée indienne, sortant d'une banque du coin de la rue. Dans les magasins de bricolage, les plats à orpailler sont entre le tournevis électrique et le barbecue au gaz dernier modèle !

Ici, personne ne juge l'autre. Pour exemple, les Natifs sont pour la plupart du temps dans des états pitoyables. Depuis mon arrivée ici, pas une seule fois je n'ai entendu une critique à leur égard. Quand je vais faire mes emplettes en bermuda, pas de voyeurisme et je n'ai pas senti de regards pesants sur ma patte en carbone. Quelle différence avec le vieux continent !

Voilà une brève présentation réalisée par un cabochard. J'espère bien que sur ma route je pourrai bientôt nouer une vraie relation avec les autochtones.

Aventure avant tout

« Le grand aigle a dit :
"Je suis allé jusqu'au bout de la terre
J'ai volé au-dessus des eaux
Je suis monté jusqu'à la cime du ciel
J'ai survolé toutes les montagnes
Et je n'ai rencontré personne qui ne soit pas mon ami". »
Proverbe navajo

Ce n'est pas la pluie fine du matin qui va me faire changer d'avis : j'essaie de repérer la route qui va m'amener au pied de la montagne. Je lâche tout de suite le *highway* pour une piste en terre, l'endroit est désert ! En même temps, on est dimanche et, en plus, il est 5 h 45 !

Je n'avais pas prévu que la route sablonneuse grimpe aussi vite et je dois m'avouer vaincu et poser pied à terre. Oui le gauche, le droit il est en plastique !

Ne me la refais plus celle-là, Jo Zef ! O.K. ? !

Donc je pousse mon vélo et savoure la paix du lieu. La route porte le nom de Copper Mine, j'ai compris pourquoi, des mines à ciel ouvert ont mangé la montagne pour son minerai, le cuivre.

Je rentre dans une forêt de résineux et le silence est impressionnant, je vois des traces sur le sol. Des chiens ? Euh… « Jo Zef y sont balèzes les caniches ici ! »

Là encore je n'ai rien pris avec moi pour me défendre, je ne sais pas pourquoi mais je me trouve à l'aise même si je pense que le coin est fréquenté. J'avance un peu à pied, un peu en pédalant. Mais la neige apparaît et la route est encore encombrée par les congères. Je les contourne tant que je peux mais dans la « pampa » avec le vélo ça devient « Mikehornesque » ! À un moment donné, je n'ai plus le choix et, si je veux atteindre le sommet, il faut que je franchisse les névés… En chaussure de sport ultra-light, je m'enfonce par moments jusqu'à la taille, le vélo me sert de déambulatoire ! Tiens ça me rappelle un certain temps… que les moins de vingt ans ne peuvent pas connaître…

Donc, j'avance. Et dire que je pourrais être dans mon lit à regarder un feuilleton américain avec un bon hamburger au ketchup, fromage, oignon, arrosé de soda ! Je prends la décision de continuer sans le vélo, je le planque, le repère sur mon GPS et continue ma progression. Finalement j'arrive sur la partie sud du massif et il n'y a plus de piège blanc. Onze heures ! Je suis au sommet. Calme-toi la mascotte, ce n'est pas l'Everest, juste un petit 1 700 m.

Je me pose et savoure le panorama, grandiose. Par superstition certainement, j'ai toujours avec moi des yeux de sainte Lucie (opercules de coquillages porte-bonheur en Corse), j'en dépose un sur un caillou et partage mon cookie avec la nature. Je sais que, dès que j'aurai quitté le coin, des animaux viendront grignoter « l'offrande ».

Une heure après je retrouve mon VTT et bifurque sur la face nord du massif pour tenter de rejoindre Fish Lake. Le chemin est encore enneigé, mais comme je suis un peu têtu, j'avance. Je tombe, je me relève, je m'enfonce, les pieds trempés, gelés. O.K. Jo, le pied !

Je pense que plus je vais perdre du dénivelé, plus la voie sera claire. Finalement, je retrouve un chemin boueux et la rive encore figée. Coin paumé de chez paumé. Je reprends une piste de terre très propre et me pose sur la berge d'une étendue de glace encore bien solide. Dans un décor du Groenland, je peux enfin engloutir mon *spuntinu* (casse-croûte en corse). Finie la tranquillité, ce coin apaisant n'est qu'à dix-sept bornes de Whitehorse et c'est dimanche, alors il y a foule : une voiture !

Pour monter dans ma chambre, je suis passé par l'entrée de service car je crois que les réceptionnistes auraient halluciné de voir un tas de boue passer sur leur belle moquette…

Et un hamburger pour la mascotte, un !

Y'a kayaker !

« Le grand luxe, ce n'est pas une suite dans un palace, une voiture de sport italienne, un parfum de renom. Le grand luxe, c'est quand la douleur s'estompe… »
Frank Bruno himself

Aujourd'hui, c'est le moment du grand bain ! En effet, mon kayak, qui a fait le voyage en soute, tressaillait d'impatience de reprendre la « mer » !

Il y a deux jours déjà je l'avais baigné dans le fleuve Yukon, mais plus comme une présentation. Le débit est si fort que je n'ai pu résister qu'une petite heure à contre-courant et cinq minutes pour retrouver ma plage de départ. Si je ne vous en ai pas parlé, c'est sûrement par pure superstition ! Cette journée sera un test grandeur nature dans les deux sens du terme.

Je me suis fait amener en véhicule tout-terrain au lac Chadburn pour lequel j'ai eu un sacré coup de cœur et me voici qui glisse sur un miroir turquoise. Je suis un peu maladroit, tellement ému d'être sur l'eau que mes premiers mètres sont très brouillons. Je décide de m'arrêter pour tout repositionner car comme un vieux garçon endurci, j'ai donné une place précise à tout ce qui va m'être nécessaire lors de ces semaines de « balade ». C'est un peu le foutoir.

Jo Zef décide de prendre un bain ! Je le récupère gluant dans la vase ! Et une mascotte trempée !

Enfin, ça y est, je repars. J'ai profité de l'arrêt pour appeler ma Vrai qui était sur le *Cabochard*. Je crois que Jo Zef, de la savoir à bord, a voulu la rejoindre à la nage !!!

Une journée paisible où j'ai pu me remettre dans mon histoire et me caler avec le départ imminent.

Je n'aime pas que l'on me considère comme un marin, mais plutôt comme un habitant de la mer. Je n'ai pas assez bourlingué à la voile pour arborer ce titre. Par contre, du marin j'ai adopté toutes les superstitions. Mon kayak a un nom, il m'est impossible de confier ma vie à une embarcation sans lui donner une âme. *Immaqa* prononcé « imara » signifie, en groenlandais, peut-être…

Bivouac *on town*

« Quand tu te lèves le matin
remercie pour la lumière du jour
pour ta vie et ta force
Remercie pour la nourriture
et le bonheur de vivre...
Si tu ne vois pas de raison de remercier
la faute repose en toi-même... »
Tecumseh, chef shawnee

Un pas de plus vers la grande aventure : ce soir je ne suis plus à l'hôtel mais au camping ! Pas celui des flots bleus, mais de la rivière...

Comme un de mes colis n'est toujours pas arrivé, Félix m'a gentiment prêté une tente, un matelas de sol et un duvet. Le lieu est quasi désert. Il est vrai qu'ici la saison touristique n'en est qu'à son balbutiement.

Ce soir, je prends mon repas dehors. Une petite pluie ne m'empêche pas de casser la croûte en pleine forêt. Le fleuve – qui n'est qu'un gros ruisseau – est à deux pas et, au loin, les bruits de la *highway* se font entendre.

Une nostalgie m'envahit... encore à Whitehorse... mais j'ai déjà une pagaie sur la grande rivière. Cette semaine de camping avant l'arrivée de l'équipe accompagnée de ma Vrai va me permettre de me caler encore un peu plus. Fini le grand confort avec salle de bain de ministre, lit pour huit, wifi, télé et tout le tintouin !

Dans tous les *campgrounds* du Canada et d'Alaska, chaque emplacement de bivouac a sa table, ses bancs et son barbecue aménagé. Alors ce soir, pour rompre la nostalgie qui me pénètre, j'ai allumé un bon feu. La température est plus que clémente, mais la présence du foyer réchauffe mes idées embrumées. Comme avant chaque long départ, les mêmes refrains reviennent. N'ai-je pas placé la barre trop haut ? Suis-je assez courageux pour aller jusqu'au bout ? Comme ce n'est pas la première fois, je sais gérer ce style de situation, je vis l'instant présent sans me laisser envahir par le doute. Sous un ciel bleu pâle, le camp est monté et le brasier est joyeux. Les bruits de la ville me semblent sortir d'un rêve et je sais que, pendant mon sommeil, je vais commencer à sérieusement discuter avec le cours d'eau.

Ma première question, est-ce un homme ou une femme ? La grande rivière, une dame, le fleuve Yukon, un guerrier. Peut-être, comme nous les êtres vivants, a-t-il un peu des deux, un soupçon de sensibilité féminine et une touche de puissance masculine. Autour du bassin méditerranéen, on éduque les garçons en leur faisant croire que pleurer est réservé aux êtres faibles et que la force est seulement pour les mâles. Je sais de quoi je parle. Je m'impressionne parfois de la manière dont je peux passer d'un versant à l'autre, en un claquement de doigts, dur à la souffrance mais hypersensible.

Tout au long de ma vie de plongeur sauveteur, j'ai ramassé pas mal de gens morts et je me suis toujours vu insensible en cette situation. Paradoxalement, un jour, un marin pêcheur me fit descendre assez profond pour lui décrocher un filet bloqué ; une femelle labre (poisson de roche) était morte, prisonnière dans le trémail. Devant elle, son compagnon, inlassablement, s'approchait en la poussant délicatement du museau, comme pour essayer de lui redonner vie. Soudain, je me surpris à sangloter…

C'est grave docteur ???

Donc, ce soir je suis sous ma tente et, dans mon sommeil, entre mes confidences avec la grande rivière, mon cœur va aussi errer vers les gens que j'aime. Ma « chouchoute », vous vous en doutez, c'est quand même bien ma Vrai…

Au pays de Tic et Tac…

« Un être qui ne pleure pas est
un corps plein de larmes. »
Charlie Chaplin

Une nuit de nourrisson ! 6° au réveil, j'aurais parié moins. *Hurry up* la mascotte !

Le réchaud ronronne dans l'abside, ce qui donne immédiatement une sensation de confort dans la tente. Les céréales dans le bol et le tout arrosé d'eau bien chaude. Plutôt que de rester camouflé sous la toile, je m'extirpe de ma catiche pour profiter du grand beau. Le *campground* est vraiment vide, mais ce n'est pas pour autant que nous sommes seuls. Des écureuils font un ramdam du tonnerre. Ils se poursuivent à une allure phénoménale et notre présence ne les dérange absolument pas. Je les observe attentivement et j'y vois un mélangede jeu et de lutte de pouvoir pour le territoire.

Leur comédie est vraiment digne d'un *cartoon*, ils s'engueulent et le poursuiveur devient, en un claquement de doigts, le poursuivi… Alors que je prends soin de mon bol fumant, un kamikaze me fonce dessus, je pense qu'il va me contourner. Mais non, son assaillant lui colle aux fesses et, plutôt que de bifurquer, ils me passent à tour de rôle entre les jambes, ils ont failli me rayer la prothèse : plus de respect pour les pauvres handicapés, s'il vous plaît !

Je consacre ma matinée à remonter encore une fois le kayak pour lui donner quelques retouches. « L'œuvre » réalisée, revoilà mes fadas qui s'engueulent et qui, plutôt que d'éviter mon frêle esquif, se servent de sa toile tendue comme tremplin et font des bonds olympiens. Heureusement que je suis seul car je me tords de rire en raison de leur sérénade. Je me demande si la mascotte n'aurait pas un aïeul de la gent écureuil.

Ici, en ville, règne l'excès. J'ai vu aujourd'hui un camping-car d'au moins 12 m, avec un véhicule tout-terrain en remorque comme annexe !!! Attention, les routes sur des milliers de kilomètres sont droites et les quelques villes existantes sont récentes et créées avec un cordeau. Des avenues dignes des Champs-Élysées. Je n'ose pas imaginer la facture quand il passe à la pompe à carburant… Et dire qu'on est en période de crise ! Les 4x4 sont des camions monstrueux et mon Land, en comparaison, paraît une petite C1. Mais ce n'est pas fini, un sur deux transporte, sur son toit, un canoë. Les maisons sont toutes dotées d'une motoneige et si la demeure s'élève devant un lac, chose courante ici, un hydravion monomoteur lui est associé…

Les filles ? Ah les belles Canadiennes ! Et dire que j'en connais, en Corse, qui complexent pour une paire de kilos en trop. Ici certaines nanas vêtues de jeans et t-shirts moulants sont d'un poids tel que même Obélix passerait pour un pauvre anorexique ! Le tout dans une décontraction désinvolte.

Régulièrement, je vais au supermarché du coin faire mes emplettes, j'observe les caddies des « locaux » : de la sauce et du sucre à la pelle. Quand j'arrive à la caisse avec ma salade, mes fruits et du pain complet je passe pour le fatigué du coin. Tout ce qui est vendu en portion a double volume, impossible de trouver de petites quantités.

J'allais oublier de vous parler de ma belle rencontre, entre mes deux expressos « *ristretto* », avec une connexion Internet gratuite. Là aussi le personnel vient des quatre coins du monde, je sympathise et cet espace devient un second chez moi. Dans l'équipe, je vois un bosseur infatigable, toutes les tâches les plus ingrates sont pour lui, il dessert les tables, rentre les cartons de livraisons, vérifie les distributeurs de café et finalement reste toujours aussi souriant. Pour lui remonter le moral, je lui demande depuis combien de temps il est saisonnier ici ? Si le boss est sympa ? Il explose de rire : « Oui, le patron y paraît qu'il est cool ! » Je comprends, mais un peu tard, que c'est lui. Je ne suis pas au bout de ma surprise car, avant d'être cafetier, il est architecte et son bureau se trouve juste au-dessus, au premier étage. Comme il a du temps « libre », il a décidé avec son associé japonais d'ouvrir ce salon de thé qui fonctionne du feu de Dieu. Il a lu la presse locale et connaît mon parcours. Son léger accent m'intrigue :

« Mais d'où es-tu ?

– Du Manitoba, mais mes parents sont italiens et plus précisément de Sardaigne ! » C'est à mon tour de m'esclaffer : un cousin ! allez, la bise ! Frères ennemis en Méditerranée, mais frangins si loin de nos îles respectives.

Donc, ici on croise des jeunes de toute la planète, chacun est aventurier à sa manière, des gamins qui ont encore la fibre et le cran de tout lâcher pour l'inconnu.

Guillaume, 25 ans, Canadien d'Ottawa, est parti seul vivre à Irkoutsk en Sibérie sans parler la langue. Au bout d'un an, il enseignait l'anglais aux jeunes Russes. Ludo, plus ou moins le même âge, de Normandie, avec sa copine, au bout d'une année à Vancouver, est venu faire une saison ici. Elke, une Allemande guide de kayak qui, après deux ans passés en Corse, a guidé dans les Rocheuses, vient de débarquer. D'ailleurs, elle assistera Robert pour notre descente en kayak avec les jeunes. Pablo, le Brésilien, est arrivé dans la région en faisant du pouce (expression québécoise pour l'auto-stop)… Et je pourrais continuer la liste encore longtemps ! Une communauté de jeunes pas encore atteinte par la sédentarisation, son confort et la consommation.

Souvent, en fin d'après-midi, je me rends chez le seul loueur et vendeur de kayaks et canoës situé en bordure du grand fleuve. Scott est le premier à avoir monté ce business, Kanoé people, dans la région, il y a une trentaine d'années déjà. Sa passion, comme vous vous en doutez, est le *Wild bush*, la vie en forêt. Je ne le questionne pas trop, je le laisse venir et, entre deux clients, il me lâche des anecdotes que je grave dans mon disque dur. Je prends ce qui me paraît intéressant pour mon futur périple. Il est une mine d'or non pas du Klondike mais parce qu'il connaît les trucs et astuces de la grande rivière. Il me présente à un vieux monsieur qui a descendu en partie la Yukon River il y a bien longtemps. Je suis comme dans un film, je m'y vois, les orages, les moustiques, le sable mouvant, les troncs d'arbres morts à peine détectables qui percent les coques des imprudents. Les Natifs armés qui tirent sur tout ce qui bouge et puis bien sûr une série d'histoires sur les ours qui commencent à me faire regretter d'avoir posé ma pagaie dans ce monde de « monstres ».

Mon nouvel ami me sourit, comme pour me rassurer, mais voilà, moi j'ai enregistré tous ces tableaux noirs et le soir, de retour dans mon duvet, eh bien je cogiterai à la « Yukonnerie » dans laquelle j'ai posé ma prothèse.

De réflexions en doutes, certaines questions récurrentes m'envahissent : l'eau du fleuve est-elle potable jusqu'à l'océan ? Non, de la boue, avec de grandes chances de choper la *fever beaver*. Quand il pleut, c'est-à-dire tous les jours, les excréments et les dépouilles d'animaux en décomposition sont happés par le flot de la rivière et la contaminent. Celui qui se risque à s'y désaltérer ne résistera pas à la grosse fièvre encourue.

Plusieurs solutions sont possibles. La première, vieille comme le monde, est de la faire bouillir au moins dix minutes, mais le limon ne partira pas et les reins à la longue en pâtiront. L'autre – mais quelle contrainte ! – consiste à trouver des ruisseaux affluents qui seront des eaux claires mais pas forcément sans bactéries. Il faudra la stocker et la faire bouillir. En plus de mes 200 kg de barda je me vois mal transporter aussi 15 l d'eau. La dernière solution – celle que je vais finalement adopter – c'est un filtre par gravitation. Une poche de 4 l avec à sa base une sortie ou une durite équipée d'un filtre rempli de charbon actif qui filtrera et désinfectera le précieux breuvage.

Ensuite, Scott, qui commence à cerner le personnage, me pose quelques fines questions. Qu'as-tu comme gilet de sauvetage en cas de dessalage ?

« Euh, à vrai dire sur mes deux ans de préparation en mer je n'en ai jamais utilisé. » Je le sens contrarié, il part dans l'arrière-boutique et m'en tend un. « Tiens, ce sera mon *sponsoring* ! Et puis si tu ne l'utilises pas, tu pourras toujours t'en servir comme coussin pour ton casse-croûte et d'oreiller pour tes courtes périodes de sommeil. » Allez, je ne fais pas mon « cabochard » et accepte volontiers ce présent.

Le dernier jour avant mon départ, je passerai lui dire au revoir et j'aurai droit à une accolade qui, à mon sens, est un super-encouragement car il a l'air de tout sauf d'un émotif, le « grizzly » !

Voilà les amis un petit bout de vie à « Cheval blanc », Whitehorse, alias Tictac Land !

Non Jo Zef, tu ne vas pas leur faire un croche-patte à nos amis écureuils, s'ils glissent, ils risquent d'emporter sur leur passage la tente et le kayak !!!

Ursus americanus

« Il n'y a personne qui soit né sous
une mauvaise étoile,
il n'y a que des gens qui ne savent pas lire le ciel. »
Dalaï-lama

Depuis deux ans, je me préparais à cette première rencontre. Finalement, elle a bien eu lieu.

Muni d'une petite voiture louée dans une agence au doux nom rêveur de Rent-a-Wreck (loue une épave), j'ai pris la route pour me rendre à Skagway sur l'océan Pacifique en Alaska. Une véritable aventure à voir l'état de l'engin, mais je crois que l'on me définit souvent comme un kamikaze qui n'a peur de rien. Je ne pouvais me lancer sur la trace des chercheurs d'or sans passer par ce fjord qui fut le terminal d'un long voyage depuis la Californie. Les aventuriers devaient, ensuite, à partir de là, rejoindre le lac Bennett à pied à l'endroit où le Yukon prend sa source. À l'époque, ils avaient 30 km à faire sur le sentier de Chilkoot, qui passe par un col très souvent bloqué par les tempêtes venant du grand océan. La « sélection naturelle » était terrible, il y avait ceux qui abandonnaient, ceux qui y laissaient leur vie. Une poignée de courageux et de chanceux pouvaient alors commencer la longue descente de la grande rivière, pour rejoindre celle du Klondike où le minerai jaune était abondant.

Si je vous dis que c'est magnifique vous allez finalement croire que je radote, mais pourtant c'est vrai (que c'est beau, pas que je radote !).

Le village de Carcross est enclavé entre deux lacs aux couleurs turquoise, les montagnes encore enneigées sont toutes sublimes et chacune d'elle donne envie d'y promener la prothèse. Quel pays, quelle chance d'y avoir posé mon sac…

L'histoire, pourtant si pauvre en Amérique du Nord, est bien présente ici. On peut la humer, la toucher, l'homme y a laissé un peu de son âme à la poursuite d'une utopie dorée. Grosse émotion pour moi de me trouver là. On comptait en moyenne entre 8 000 et 10 000 hommes par jour sur ce sentier. Que d'énergie pour la fortune !

Le hameau de Skagway, comptant un millier d'âmes, enclave des USA située au fond d'un fjord, vit des paquebots de luxe qui y font relâche l'été. Pendant quelques heures à peine, les bons touristes se ruent sur l'avenue Broadway pour ramener un morceau d'or et cocher sur leur carnet une région de plus visitée. Ils pourront raconter à leurs amis : « J'ai fait l'Alaska ! »

J'ai parqué mon véhicule et laissé ce triste endroit pour un sentier isolé qui borde la « rivière salée ». Plein de bestioles à plumes et même à poils ! C'est l'heure du casse-croûte, les pissenlits regorgent de sucs bien qu'ils commencent à être en fleurs, ils amélioreront les sandwichs que je me suis préparés à la hâte ce matin de très « bonheur » (jeu de maux !). Après le casse-dalle, la sieste ! Et même si la Corse est à plus de 9 000 km, on ne s'en défait pas si facilement ! Je m'écroule comme d'habitude sur un caillou de granit bien similaire à ceux des Lavezzi. Mais soudain je me réveille ! On m'observe, j'en suis sûr ! Rien autour de moi, c'est certain ce ne sont pas les croisiéristes, je suis trop loin, trop isolé, c'est trop dangereux et puis y'a rien à ramener comme souvenir ! Un ours ? Non ça vient de la mer. Quoi, une tortue ??? Avec Jo Zef on se frotte les yeux, ce n'est pas possible ! Mais non ça souffle, ça a des moustaches. Eurêka ! Un phoque…

Belle balade mais il est temps de rentrer, la journée n'est pas finie d'ailleurs. Sur la nationale, qui est d'une beauté à couper le souffle (je sais je dis toujours ça, mais c'est beau !), une boule de poils noirs sur le bas-côté ! Mais c'est gros, comme « gadget ». Youpi ! *The first one ! A black bear !*

Allez la mascotte, à nous de voir ce qu'on a dans le ventre ? À part les crêpes, bien sûr ! Il est devant nous, il broute des fleurs de pissenlit, je lui parle doucement, je suis à moins de 10 m, je me présente, lui dis qu'il est très beau et que je serais intéressé de le filmer. Il me fixe du regard, je ne lâche pas ses petits yeux, il accepte et continue son repas…

Sincèrement, je me sens très décontracté et pas un seul instant menacé, bien au contraire. Comme toute première fois, quand ça se passe bien, je crois que la suite sera plus facile à gérer. Attention, je vais conserver intacte ma méfiance mais un de mes fantômes s'est présenté à moi et la peur n'a pas frappé à la porte…

Que du bonheur de bonne heure !

First Nation

« Le paradis n'est pas un lieu,
c'est un état d'âme. »
Georges Barbarin

Je ne pouvais rester sur ma faim et sur une image de déchéance du peuple natif. Je me suis dit que cette capitale, comme ailleurs, n'attirait probablement pas les meilleurs. Je me suis donc rendu dans un tout petit hameau de 400 habitants sur le lac Bennett, le village de Carcross. Ici vit le peuple des Tagish en harmonie avec des Blancs, 50/50. Son toponyme est une contraction de Caribou Crossing.

La langue, qui n'est qu'orale, est le tlingit. Traditionnellement, les locaux étaient des chasseurs et pêcheurs des forêts boréales. Vers 1800, cependant, la quasi-disparition de la loutre de mer, causée par la traite des fourrures euro-américaine, crée une demande pour les belles peaux des animaux de l'intérieur. Les Tagish augmentent donc leurs activités de piégeage et agissent aussi comme intermédiaires entre les Athapascans, habitant plus loin à l'intérieur des terres, et les Tlingits de la côte. Jusqu'à la ruée vers l'or du Klondike (1898-1899), les Tlingits empêchent les Tagish de passer les cols des montagnes pour commercer directement avec les Blancs. On doit la découverte de l'or du Klondike à George Carmack, un « visage pâle » qui prospectait la région des Hans accompagné d'un groupe de Tagish avec lesquels il vivait. La plupart d'entre eux sont aujourd'hui des travailleurs salariés, mais ils s'adonnent encore à la chasse et à la cueillette.

À l'origine, la majorité de leurs ancêtres parlaient un dialecte tagish-tahltan-kaska de souche athapascane. Au début du XIXe siècle, avec l'accroissement de la traite des fourrures, la ruée vers l'or, le déplacement vers l'intérieur de deux clans des Tlingits de la côte, de nombreux Tagish se marient avec des membres de ces groupes et en adoptent graduellement la langue. Aujourd'hui, ils parlent presque tous l'anglais.

Ce fut une belle journée parmi eux, mais étant certainement trop respectueux je n'ai pas pris de photo… il vaut mieux avoir dans le coin de sa tête un petit sourire qu'une photo volée sans histoire.

Sur ma route j'ai rencontré un phénomène impressionnant : du brouillard ! Mais pas dû à une mauvaise météo ou à la pollution… non, mais au pollen ! Une visibilité réduite et la route jaune. Sur le bord d'un lac, un demi-mètre de semence déposée. Quand je dis que c'est une région où tout est surdimensionné, même la pollinisation y est gigantesque !

French legionary

« C'est une triste chose de songer que la nature parle et que le genre humain n'écoute pas. »
Victor Hugo

Le réveil nous sort du coma. Allez la mascotte, on range le tsunami… la belle équipe est bientôt là…

Alors que je prépare mes céréales, dehors, à la fraîche, je constate que mon voisin, à une cinquantaine de mètres de moi, est aussi debout. Hier, j'ai un peu discuté avec lui et il m'a raconté son bout de vie. Tomaganuk vient du bord de l'océan Arctique, là-haut il travaille à mi-temps pour une compagnie pétrolière dirigée par des Blancs. Prenant son courage à deux mains, il est venu avec son fils de neuf ans découvrir autre chose que la toundra. Il est très craintif car c'est la première fois qu'il est si loin de chez lui et il sait que les Esquimaux Yupik ici ont mauvaise réputation. J'essaie de le convaincre que non, mais je crois que c'est inscrit dans ses gènes.

Donc, ce matin, je vois mon seul voisin discuter avec un blanc-bec. Bizarre, de si bonne heure ? Je ne sais pas pourquoi mais je reste attentif, je vois que ça gesticule beaucoup mais tout en silence. Soudain je vois mon « Indien » tomber et son interlocuteur s'enfuir !!! Je fonce et l'aide à se relever, son visage est tuméfié ! *What's happen ?* Le gringo a voulu le racketter et, à part des gadgets, il n'a rien pu lui soutirer !

Frank se transforme en hyène. J'enlève ma montre, au cas où, et pars dans la forêt en essayant de faire le moins de bruit possible. L'agressé me suit de loin, finalement je vois ma proie planquée derrière une souche d'arbre en train de ranger son butin… Je lui saute au cou et lui explique ma manière de voir…

Aïe, ça doit piquer ! Ouais Jo Zef, jeu de jambes, gauche, gauche, droite, uppercut : K.-O. ! Rocky le retour !!!

Tranquillement, je récupère le matos de mon nouveau copain et comme le voleur est un peu sonné je le traîne non sans mal à la rivière et lui offre un petit bain sympathique. Il hurle le loustic, peut-être « y z'ont oublié de mettre l'eau chaude ce matin »…

Mon Esquimau reprend confiance et hurle : *He's a french legionary !* Aïe, aïe, aïe, confusion quand tu pointes ton nez.

De retour au *campground*, j'essaie de convaincre mon Inuit de rester, car il me dit que c'est de trop et qu'il veut rentrer chez lui. Je le rassure et essaie de l'en dissuader, lui explique que c'est exceptionnel et que, depuis quinze jours que je suis ici, je n'ai rencontré que des gens gentils.

Pour rassurer tous ceux qui pourraient croire à des représailles de mon boxé, je peux leur affirmer qu'il ne reviendra plus. À genoux en pleurant, il me l'a promis et puis, d'après certaines mauvaises langues, il paraît que quand je pète les plombs je peux être un tantinet sauvage, mais juste un tantinet…

OUAIS Jo, y'a de bons dentistes dans le coin…

Faut pas ennuyer les faibles, ça me rend « irritable ». Bon, c'est déjà du passé et on va préparer l'arrivée des « néo-aventuriers ».

P'tit frère du Grand Nord

« Nul besoin de faire de la Terre un paradis : elle en est un. À nous de nous adapter pour l'habiter. »
Henry Miller

Bonjour, euh, non, bonsoir ! Quand il fait jour ici, il fait nuit chez vous et vice-versa ? ! ? Ouais, Jo Zef, bonne idée, BONJOIR !

Rassurez-vous les amis, ils sont tous arrivés en pleine forme. D'ici j'entends un grand : ouf !

Donc je vais vous raconter la suite de ma petite « conversation musclée ».

De retour à ma tente, juste avant que l'équipe ne débarque, je m'aperçois que quelqu'un est planqué derrière un arbre à m'épier. Mais c'est mon *punching-ball* à pattes ! Le gamin, apeuré, me tend une poignée de dollars en me priant de ne pas le cogner. Je suis méfiant mais m'approche de lui : un grand gosse.

Son prénom est Max. Je lui dis que tout à l'heure il a eu beaucoup de chance et qu'au lieu d'être juste cabossé, il aurait pu avoir de plus graves ennuis. Il sent l'alcool malgré le bain forcé que je lui ai donné : « Range ton pognon, je lui rétorque, et suis-moi. » Il exécute l'ordre et nous nous retrouvons à parler devant ma tente. Il ne connaît pas son père ni sa mère, il a été élevé par une femme alcoolique et chez lui tout le monde a plongé dans la drogue et l'alcool…

Je lui demande son âge, 18 ans. Il me fait peine, une détresse palpable à dix bornes. Je lui raconte mon parcours de vie et il lève son pull encore humide et me fait voir une cicatrice tout le long de son sternum. Il a eu, en plus de tout ça, une très grave opération. Pas gâté par la vie le gamin. J'attaque mon côté grand frère qui peut être dur mais humain, je lui parle des deux chemins qui se présentent à nous à chaque moment. Le facile et le difficile et comme nous en sommes tous maîtres, il suffit de prendre le plus ardu. Je lui assure que la base de la vie c'est l'amour. Je vais chercher dans la tente la longue lettre que j'ai emportée de ce détenu que j'ai rencontré à la maison d'arrêt de Luynes, un quartier d'Aix-en-Provence. Je lui lis donc les quelques lignes que m'a écrites Antoine sur sa descente aux enfers et lui dis que c'est une histoire qui pourrait ressembler à la sienne s'il continue.

Je vois ses yeux rougir, il me dit qu'il n'a personne qui l'aime et que c'est un mauvais gars et que j'ai bien fait ce matin de le boxer. Pour le marquer dans son âme, je lui raconte ma visite en centrale.

Un cabochard en centrale

« Faites le bien, par petits bouts, là où vous êtes ; car ce sont tous ces petits bouts de bien, une fois assemblés, qui transforment le monde. »
Desmond Tutu

Cinq heures du matin, un réveil classique à bord du *Cabochard* mais pas pour une journée ordinaire. L'ATR survole la Corse et m'offre un lever de soleil extraordinaire.

Je vide mes poches, je laisse à la consigne mon sac et me soumets à une fouille précise, la première grille se ferme, la deuxième s'ouvre : l'oiseau de mer vient de se poser à la maison d'arrêt d'Aix-en-Provence.

Badge, grille, contrôle, ici le soleil c'est des néons, l'horizon des barreaux d'acier. Les matons, les taulards, tout le monde se croise mais chacun pour des raisons différentes.

Si je suis ici aujourd'hui c'est à l'initiative d'un détenu qui, suite à son amputation, a dévissé dans une chute aux enfers, divorce, drogue, braquage et tout le costume qui va avec !

Antoine vient à ma rencontre, je le découvre en le regardant droit dans les yeux. En quelques secondes, il veut tout savoir de mon parcours. On a beaucoup de ressemblances : la jambe amputée, c'est évident, une petite fille qu'il voit peu, moi aussi, et un caractère impulsif. J'ai eu plus de chance et ai su gérer différemment ma détresse en allant vers les autres.

Il me présente à ses copains de galère, chacun me salue chaleureusement.

J'enchaîne par la diffusion du film *Giramondu*, un reportage qui est une sorte de biographie en images, suivi de questions-réponses. Un détenu se souvient de mon passage, il y a quatre ans, à la maison d'arrêt de Borgo (Bastia). Avec humour, il me dit qu'il a déménagé !

Les gars me remercient de mon intervention car, avec ce film, on peut faire un tour du monde, sous des latitudes bien différentes, tout en restant sur sa chaise.

Je sais que je suis une bouffée d'air du large et je parle, sans tabou, d'escapade spirituelle, de respiration. Certains veulent en savoir plus. Être en taule et pouvoir s'échapper mentalement c'est un peu « d'évasion légale », de « belle » sans effraction. Les gars m'invitent dans leurs quartiers, mais le protocole ne peut l'accepter.

Après le déjeuner, je les retrouve et participe à un atelier sport. Philippe, paraplégique, est consultant dans les prisons. Aujourd'hui il va initier qui le veut bien à un parcours en fauteuil de sport. Certains refusent par superstition, d'autres s'y essayent. L'ambiance est bon enfant, les moins sauvages viennent me voir, les caméras et les micros sont plus éloignés. Des gars me racontent leurs bouts de vie, en se confiant, je leur offre un peu de ma liberté. Un gamin immense me serre la main, il a pris 30 ans mais il se livre. Lui aussi vit au jour le jour, un peu comme dans mes aventures !!! Je suis « scotché » par une telle sagesse.

Derrière tout ça, des drames, du sang mais je ne suis pas là pour juger qui que soit, juste transmettre ma manière de penser. Certains viennent me demander des trucs de muscu, alors on se lance dans une séance de gainage statique, facile à faire en cellule…

Le sablier se vide et il est l'heure pour moi de partir. Antoine me serre dans ses bras. Je lui ai promis que dès qu'il sera dehors il participera au stage de plongée Bout de vie…

L'avion survole l'extrême-sud de la Corse. Je reconnais tous les petits coins où j'ai bivouaqué pendant mes « kayakeries » hivernales. Je retrouve la paix et la liberté du Cabochard, ce soir je suis tout chose en raison de cette journée pas ordinaire…

Remerciements particuliers à Alain, prof de l'Éducation nationale, qui enseigne dans l'établissement, et au capitaine Élisabeth qui, avec une main de fer dans un gant de velours, donne une dimension plus humaine à la maison d'arrêt. Elle est à la tête de 600 détenus, tout en étant une femme.

En me remémorant cette journée, j'essaie de convaincre le gamin paumé qui a croisé mon chemin de changer de cap et de voilure. Dès qu'il sera au large, finis les écueils de la descente aux enfers.

Je lui explique que bientôt six jeunes vont arriver et qu'ils ne connaissent rien à la vie de camp. Peut-être pourrait-il m'épauler demain pour le montage des tentes. D'un ton ferme, je lui ordonne de refuser, ce soir, l'alcool et la drogue. Après avoir pris une douche, qu'il aille dormir et surtout que dans vingt-quatre heures il soit là pour nous aider. Qui vivra verra…

Y sont là

« La difficulté n'est pas de comprendre les idées nouvelles, mais d'échapper aux idées anciennes. »
John Maynard Keynes

En fin d'après-midi, la fine équipe est autour de ma tente et c'est la distribution de package Décathlon, mécène de cœur du projet. Mais avant de poursuivre, je me dois de vous raconter comment ce partenaire prestigieux est venu nous rejoindre au dernier moment.

C'est presque un conte de fées ! Comme d'habitude, je rentre le dernier dans l'avion. Ici en Corse tout le monde me soutient, ce qui me vaut beaucoup de « bons mots » qui me rendent un peu mal à l'aise. Ma casquette, vissée sur la tête, porte une maxime que j'ai fait graver dans la ville souterraine de Montréal l'hiver dernier : *Bears, no fears, just tears !* (Ours, pas peur, juste des larmes !).

En face de moi un homme me détaille, mon couvre-chef l'intrigue, je lui souris, on échange deux mots. Nous atterrissons à Orly 110 minutes après, , tout le monde se lève, cinq heures seulement me sont imparties pour mon rendez-vous avant de repartir sur mon île. Le temps m'est compté. L'inconnu met enfin un nom sur mon visage, l'équipage déverrouille les portes d'accès, nous en profitons pour discuter, échanger avec cette étrange sensation que l'on se connaît depuis longtemps. Il me tend sa carte de visite et me promet de me soutenir sur ma prochaine expédition… La suite vous la connaissez…

Mais voilà, un sponsor c'est avant tout un membre de l'équipe et, comme je suis intransigeant avec moi-même, je suis exigeant avec eux (demandez-leur et vous verrez ce qu'ils vous répondront !) Par ailleurs, l'aspect affectif est très important pour moi et je ne suis pas preneur de n'importe quel partenariat. Une banque internationale en a fait les frais et j'ai envoyé balader le grand P. D. G. !!!

Je ne suis pas un produit ou un objet mais bel et bien un vrai cabochard que l'on doit respecter et un peu « aimer » ! N'oubliez pas que, pour être libre, c'est le prix à payer.

Des courriels, des coups de téléphone, et puis on se dévoile, et une lettre juste avant mon départ remplie d'une émotion que j'avais envie de vous faire partager. Une correspondance qui remue les tripes, qui me donne encore plus de courage dans ma croisade au cours de laquelle l'égoïsme et la bêtise m'affectent parfois. Les petits coups bas que l'on m'a assénés se sont envolés…

« J'espère que tu vas bien. Je t'imagine bientôt sur le départ, dans les derniers préparatifs. J'ai en tête que tu partais mi-mai. Je suis en déplacement au Sri Lanka et c'est ce moment que j'ai choisi pour, à l'écart, lire ton livre. Un peu comme un enfant qui attend l'instant propice. Pour lui faire découvrir, aussi, cette autre île ici (et à mon avis il a aimé… !) Il m'a emmené en moi dans toutes mes traversées de désert ou d'océan aux vagues insurmontables. Ce n'est pas que le témoignage pour moi d'un homme accidenté du porte-avions *Foch*.

C'est un message plus fort, plus universel.

Il parle pour moi du regard que l'on se porte, sur l'acceptation de soi, de nos différences. Sa force permet à chacun de reprendre contact avec lui-même, de s'écouter.

Il est une bouteille jetée à la mer, mais qui, chemin faisant, se multiplie et arrive sur le rivage de chacune de nos vies.

Elle nous porte un message de paix, d'amour. J'ai senti les vagues qui hurlaient autour de vous, le froid qui soufflait dans vos tentes, mais j'ai surtout entendu la musique de l'âme. Cette âme si belle qui vit en nous. De mon hôtel en bord de mer, je l'ai entendue s'exprimer en toi et que malgré nos difficultés, nos doutes, nos peines, nos handicaps à être nous-mêmes, à nous écouter malgré tout, tu nous exhortais à avancer vers cette lumière.

Je suis touché par cette bougie qui, en toi, devient phare. Non pas un phare breton (à double sens !) solide et résistant, mais un phare qui aurait fait de sa faiblesse sa force.

De son chemin, un destin.

Je m'amuse à penser que je ne t'ai rencontré que quelques minutes dans un avion et que cette casquette que tu portes a attiré mon regard et a permis notre rencontre.

Alors porte-la bien cette casquette dans l'aventure, qu'elle te porte chance, qu'elle te garantisse d'autres rencontres encore plus belles.

Sache que sur le quai, nous t'attendrons, nous t'espérerons et que pendant ces semaines, nous nous inquiéterons pour toi. Parce que ton message de bout de vie nous parle d'espoir, de lumière.

Et que je crois à ce qui se trouve au bout de la vie. Nous avons besoin de ton message Frank, pour nous, pour nos enfants, alors reviens-nous vite entier, même si certainement transformé au fond de toi.

Continue à transmettre ce message, à écrire, à dire, à porter, jusqu'au bout, cette vie qui nous relie chacun.

Tu peux compter sur mon soutien pour d'autres aventures.

Merci

Éric »

Formation des binômes

« Nous sommes tous l'étranger de quelqu'un. »
Marc Levy

Cette fois c'est mon pote l'Esquimau qui nous rend visite. Je le présente à tout le monde, j'essaie de lui enlever de la tête que je ne suis pas légionnaire, mais j'ai compris que je resterai ce mercenaire du matin !

Il explique aux jeunes sa vie tout là-haut, au-delà du cercle polaire, et qu'il doit malgré son job chasser et pêcher pour subvenir aux besoins de sa famille. Il pose encore des pièges dans la forêt et tous ses aïeux n'ont survécu que de cette manière. Il nous convie à sa tente mais nous devons partir. L'invitation tient cependant et, demain soir, pour leur première nuit, les jeunes pourront entendre des histoires réelles de trappeurs.

Au fait, Tic et Tac & Co étaient bien en forme pour accueillir les aventuriers. Jo Zef a vraiment des potes hyperactifs !

Les binômes se sont formés, Adrien et Elliot, Rémi et Alex et David et Ben. Nuit luxueuse dans un bel hôtel, mais aujourd'hui finie la rigolade, ils vont devoir monter leur premier bivouac sur le bord de la rivière. La guide leur a fourni des tentes neuves et chacun va devoir dresser son mince abri de toile. Elke, Véro, Jo Zef et moi-même sommes spectateurs privilégiés. Alex, le pitre du groupe, ne se fait plus entendre, l'équipe des « silencieux », formée par Adrien et Elliot, est la plus efficace. David et Ben sont très méticuleux et chacun y va de sa propre invention. Nous ne sommes surtout pas là pour les assister ou les materner. Chaque aventurier devra s'adapter et le premier effort qu'on les voit fournir est un vrai bonheur à vivre.

Finalement tant bien que mal tout est monté.

Pas de repos, chacun prépare son casse-croûte et nous partons sur les bords d'un lac, premier contact avec la nature du Grand Nord. Un orage éclate et comme une volée de bruants, ils se ruent dans le véhicule ! Je ne les calcule pas et, sur la plage de galets, je regarde le spectacle de la pluie yukonnaise.

Un par un, ils s'extirpent finalement de leur abri. Ils ont compris que leur place était avec les éléments. La pluie fait partie intégrante de notre passage sur terre. Le soleil revient dévoilant les fragrances typiques des régions boréales. En fin d'après-midi, quartier libre pour les schtroumpfs, ils ont juste rendez-vous au camp pour le « *dinner* ».

Le gamin que j'avais corrigé n'est pas venu mais il a laissé une lettre d'excuse en anglais.

Notre nouvel ami Esquimau nous propose de la viande de caribou.

Pendant leur séjour, ne vous attendez pas à de l'attendrissement de ma part à l'égard des jeunes. La vie nous corrige régulièrement et si, aujourd'hui, dans le groupe, certains ont éprouvé plus de souffrance que d'autres, la chose qui compte c'est de s'adapter, anticiper, inventer, réagir, partager. Se remuer les fesses pour que l'équipe vive en osmose et qu'au final nos bouts de vie ne soient que le savant mélange d'une aventure grandeur nature.

À nous l’aventure

« Un souvenir ne s’achète pas, il se vit… »
Jo Le Guen

4 juin

Cette journée est la plus importante car c’est celle de la préparation de l’aventure en canoë que l’on doit entreprendre. Nourriture, sécurité et comportement à avoir sur les bords du fleuve. Pour bien comprendre, l’État du Yukon est un peu plus petit que la France et est peuplé de 30 000 habitants. Si on enlève les 20 000 de la capitale et les 5 000 de Dawson, la région est quasi déserte. Donc nous ne devrons compter que sur nous.

La journée fut pluvieuse et nous ne sommes pas mécontents car depuis quelques jours la température était si élevée pour la région que les feux de camp étaient interdits. Canicule du Grand Nord, aux alentours des 24 °C, chose absolument inédite pour cette latitude. La journée de pluie fut bénéfique et, ce soir, nous avons pu de nouveau nous réunir autour d’un foyer réconfortant. En fin de journée, David s’est mis à pêcher et, à notre grande joie, il a pris un brochet dépassant le kilo. Les nouilles chinoises déshydratées du menu initial seront agrémentées de poisson frais.

Demain matin, nous allons nous lever très tôt pour notre départ en canoë. Entre vous et moi, c’est très beau de voir comment l’équipe est en train de se souder. Sans que je donne la moindre consigne, alors qu’avec Elliot et Véro je revenais du supermarché où nous avions effectué les ultimes achats, les jeunes avaient allumé un feu et arrangé le bivouac. C’est que ça devient de vrais hommes de la nature.

Plus d'esbroufe sinon plouf…

« Ceux qui pensent qu'il est impossible d'agir
sont généralement interrompus par ceux qui agissent. »
James Baldwin

5 juin

L'aventure a enfin commencé. De bonne heure, nous avons levé le camp, chargé le camion et quitté Whitehorse pour nous rendre quelque peu en aval de la capitale, histoire de ne pas commencer notre expédition en milieu urbain.

Tout le monde a suivi attentivement le briefing avant de recevoir son embarcation. Plus d'esbroufe, la rivière nous offre son lit, peu de mots car à cet instant chacun prend conscience du trajet qui nous attend. Les premiers coups de pagaies sont un peu « gauches » mais il faudra peu de temps pour stabiliser les manœuvres. Robert, le chef de groupe, et Elke, son assistante, ouvrent la marche. À tour de rôle chacun suivra le flux.

15 heures, on décide de faire un break pour un mini-casse-croûte, les premières traces d'orignal nous confirment que le milieu dans lequel nous évoluons est sauvage. Pas de grand répit, on reprend les pagaies. Après une magnifique courbe, le lac Laberge s'offre à nous. 50 km de long sur 4 à 5 de large, une petite mer intérieure. Le vent est faible mais contraire. Je devine les premières fatigues mais personne ne se plaint. Robert m'envoie en éclaireur et finalement je trouve une berge facilement accostable avec un sous-bois proche où le camp sera monté. Les moustiques nous saluent mais là encore personne ne râle, de toute façon les jeunes ont bien compris que cela ne changerait rien. Qui monte les tentes, qui décharge les sacs, qui fait du bois. Pas d'assistance, chacun a son rôle. Le lac en « fond d'écran », un feu nous réunit pour notre

traditionnelle soupe chinoise. Cette nuit, chacun va dormir avec un peu plus d'attention au moindre bruit suspect…

6 juin

Ce matin, avant le réveil collectif, je m'active à rallumer le foyer et à faire chauffer l'eau du petit-déjeuner. Je contemple les tentes en me demandant ce que cette belle équipe va retirer de l'expérience.

Pour la plupart, le fait de bivouaquer tout en pagayant en journée est une nouveauté absolue, leurs différences vont pouvoir leur permettre de surmonter leurs petits problèmes de vie de nomade. Aucune assistance, ils ont assez de leur vie citadine pour ça, je veux qu'ils se prennent en charge.

Alex m'a fait un sacré coup juste avant le briefing de départ. Sans aucun complexe, il m'a demandé si je pouvais lui trouver de la ventoline ! J'ai bondi et lui ai demandé si son asthme était une nouveauté depuis son arrivée ici. Bien sûr, je connaissais la réponse. Comme un acide, je lui ai asséné ce discours : « Mec, tu veux jouer à l'aventurier, alors tu te démerdes et attention, on a rendez-vous pour un briefing important à 15 heures, je te conseille fortement d'être ponctuel. »

La partie n'est pas mince, car en plus de parler anglais, il devra trouver un médecin qui lui délivrera une ordonnance et ensuite seulement, avec son papier, il pourra, à la pharmacie, retirer son médicament.

Pile à l'heure, il est arrivé et bien sûr je ne l'ai pas calculé. À la sortie de la réunion, je lui en ai remis une couche, en lui indiquant fermement que je n'étais pas là pour jouer le rôle de sa mère pendant ce voyage et que, cancéreux ou pas, il allait devoir se bouger les fesses.

Mon rôle, avec ces jeunes différents, n'est pas de les rassurer ou de les assister mais de leur faire réaliser que leurs malheurs peuvent se transformer en chance. Ils n'auront pas d'autre choix que de se prendre en main s'ils veulent s'en sortir.

First paddling day

« Si nous prenons la nature pour guide, nous ne nous égarerons jamais. »
Cicéron

Dès l'aube, je secoue les tentes : « Debout les gars, p'tit-déj' ». Tour à tour, ils s'extirpent des duvets pour affronter le froid du matin : 6° ! Tout le monde dit avoir bien dormi, mais les visages démontrent le contraire. Démontage du camp et on reprend la route. Elle sera longue aujourd'hui, fini le courant porteur du fleuve. Le lac Laberge est seul maître des lieux et plus d'un y a souffert. Les bras sont douloureux mais personne ne veut se plaindre, nous savons tous que nous sommes des privilégiés d'être là. Les binômes de canoë ont changé, Alex a rejoint Robert, le guide. Rémi s'est associé à Elke, l'assistante.

À mi-parcours, un ours noir montre le bout de son nez mais trop loin pour que nous puissions l'observer en détail. Quelques centaines de coups de pagaies plus loin, la côte, formée d'une sylve dense, se transforme en un immense massif de roc. Cadeau du jour, un autre baribal fait une grimpette sur la paroi et se moque bien de notre présence.

En plus des deux guides, trois autres personnes sont de la balade, une Britannique, Ann, et un couple suisse allemand (Martin et Natali). Véro et notre amie british commencent à ressentir la fatigue et, vu que je suis en grande forme, je les prends en remorque. La tâche n'est pas de tout repos mais, dans mes entraînements, les multiples vents contraires m'ont permis de supporter cette charge supplémentaire.

Vers 17 heures, Robert décide de planter le bivouac, les jeunes sont exténués mais toujours à l'écoute de quelques conseils. Séance d'étirements. Hier ils ont pu constater comment j'étais revenu en forme de ma baignade dans le lac. Je leur ai alors expliqué que l'eau cristalline à quatre petits degrés était le meilleur moyen de s'énergiser. Sur la pointe des pieds, la petite équipe qui est devenue très homogène se rend dans les entrailles de l'immense mer intérieure. L'image que j'en retiendrai, c'est David qui ose le grand bain et Ben, le plus jeune, qui l'aide à rejoindre la rive où l'attend sa prothèse. Rémi, Elliot et Adrien oseront aussi l'expérience…

Devant un grand feu, ces « frères du grand fleuve » apprécient les choses les plus simples de la vie…

Si les Dieux du lac sont aussi cléments qu'aujourd'hui, demain on ne devrait pas être loin de la fin de cette infinie kayakerie en eau sans courant…

Le rythme est en train de se prendre.

Même refrain dès l'aube, réveil avec le petit-déj' et démontage et rangement du camp. Le vent de sud-ouest est soutenu et les premiers coups de pagaies devront être précis et justes pour éviter une baignade matinale ! Il reste encore 18 km pour sortir du lac et, tout doucement, nous savourons le spectacle grandiose. Des murailles de granit se jettent dans les eaux profondes et claires du grand lac, les arbres y surgissent comme par enchantement. Au fur et à mesure de notre progression, le vent mollit et, après 5 heures d'efforts, nous voilà enfin sur la Yukon River. Plus d'étendue d'eau à l'infini ou de barrage jusqu'à la mer de Béring ! Un hameau fantôme ouvre les portes du fleuve. Le temps ici s'est arrêté et, avec un peu d'attention, on pourrait encore entendre la conversation des chercheurs d'or. De multiples vestiges rouillent et les quelques aventuriers de passage ne peuvent que constater l'état avancé de dégradation des anciennes maisons.

Nous reprenons la route et, là, nous sentons tous que quelque chose a changé. Une sauvagerie à couper le souffle nous prend aux tripes, le Yukon, tellement rêvé, révèle son mystère. En fin de journée nous nous arrêtons. Après inspection du lieu, la décision de monter le camp est prise. Quelques traces d'orignaux mais pas de plantigrade. Alors que nous déchargeons les embarcations, des cris de coyotes donnent le ton de la soirée. Un feu est immédiatement allumé et, comme si c'était devenu un rite, chacun va à la rivière se laver. La soupe fume et réchauffe nos mains. Nous sommes au milieu de rien et pourtant c'est la sérénité qui est maîtresse des lieux. Un aigle chauve se pose sur une des cimes, des sternes le harcèlent, qu'a-t-il fait pour recevoir autant d'attaques ?

Un peu plus tard, en face de nous, deux masses de poils sortent de la forêt, des castors ! Ils ne nous calculent même pas et remontent le fleuve en profitant des contre-courants. David s'active à la pêche et, sur le menu du soir, on rajoutera une grosse truite… Un peu sur le qui-vive, nous allons dormir en n'espérant aucune visite « surprise »… Demain est encore loin, mais les secondes écoulées sur le grand fleuve sont vraiment un cadeau exceptionnel.

Un coup de cabochard

« Si ce que tu as à dire n'est pas plus beau que le silence, alors tais-toi. »
Proverbe arabe

7 juin

Ce matin, avant le petit-déjeuner, les jeunes ont eu droit à un petit recadrage digne du cabochard. En effet, depuis leur arrivée sous tente, je leur rappelle sans cesse de parler doucement, surtout lorsque quelqu'un est parti se coucher… Hier, ils ont dépassé la ligne blanche et j'ai dû les recadrer, avec ma manière très directe. Tout le monde a compris en étant un peu penaud et j'ai fini mon briefing en leur disant que je les aimais mais qu'il y avait des règles de vie… Comme partout, d'ailleurs.

Fini le lac, le fleuve a un fort débit et le courant frise les 10 km/h, donc sans forcer, nous avançons comme des balles. Le ciel est d'un bleu limpide et certains ont eu l'imprudence de s'équiper comme un été en Europe. Vous allez voir plus loin combien la punition sera digne du Grand Nord.

Tout au long de notre descente, des oiseaux par dizaines nous observent glisser sur la grande rivière. Deux aigles nous font l'honneur de leur présence.

Pour le déjeuner, nous nous arrêtons dans un ancien camp de chercheurs d'or. Des cabanes abandonnées sont encore rangées comme si leurs propriétaires allaient revenir dans un instant. La fatigue pointe le bout de son nez et certains même s'endorment avec leur morceau de pain. J'effectue quelques petits massages d'épaules, qui sont douloureuses, aux plus courbaturés et nous repartons. Tout ce petit monde encore naïf ne se méfie pas de la latitude sous laquelle nous évoluons : en quelques secondes, le ciel se couvre, le vent se déchaîne et des murs d'eau nous tombent sur la tête. Mes aventuriers découvrent l'urgence parfois de s'adapter au terrain, or toutes les affaires pour la pluie sont au fond des sacs étanches, alors ça grelotte. Par mesure de précaution, nous avons préféré nous arrêter pendant le grain. L'équipe Rémi, Ben est encore sous le coup de l'émotion…

Fin d'après-midi, nous montons le bivouac sous un beau soleil et, encadré par des nuées de moustiques comme à l'accoutumée, tout le monde est allé se laver à la rivière.

63 km effectués !!! Pas mal pour des « bleus »…

Journée pas ordinaire

« Si vous pensez que vous êtes trop petit pour changer quoi que ce soit, essayez donc de dormir avec un moustique dans votre chambre. »
Betty Reese

8 juin

Malgré un temps très menaçant nous reprenons le voyage. Réveil, allumage du feu, chauffage de l'eau… La routine du tzigane septentrional. Chacun a trouvé sa place. La pluie largue ses sentinelles mais n'altère pas l'humeur de l'équipe. Ici tout est provisoire, le soleil, le vent, la pluie, le calme plat, ce sont les quatre saisons en une journée.

Le courant nous mène à plus de 12 km/h et, vers midi, alors que la journée passe de l'hiver à l'été d'un coup de pagaie, nous faisons une halte à Big Salmon. Groupement de quelques cabanes qui permettent aux Natifs, dès le retour des saumons, de pêcher. Robert, notre guide, nous raconte un peu l'histoire des *First Nation*. Les jeunes prennent conscience du massacre que nos aïeux ont fait et, de leurs bouches, vous n'entendrez plus jamais les mots « Indiens » ou « Amérindiens », qui n'ont pas de sens, mais plutôt Natifs ou Première Nation.

Un peu plus loin c'est l'arrêt casse-croûte, qui allume le feu, qui prépare les saucisses à griller… Je profite de ce break pour cueillir un maximum de fleurs de rose arctique qui, en séchant, donneront l'infusion des Athapascans. Un promontoire se présente à nous, la vue doit être magnifique. David vient d'être amputé depuis peu et son moignon le fait encore souffrir. Je lui suggère de prendre un bâton pour gravir l'arête. Il râle, puis accepte, l'effort en valait la peine. La journée n'est pas finie, nous continuons à progresser. Vers 17 h 30, nous plantons le camp et Robert, notre guide, initie nos jeunes aventuriers à la coupe du bois dans la forêt. Puis c'est le grand moment magique, chacun va devoir confectionner sa pizza cuite sur le feu. Des instants inoubliables qui resteront gravés longtemps dans leurs mémoires...

Depuis le départ, Sky est notre gardien. Un husky qui défend le camp et qui a vite compris la faiblesse du groupe. Un coup de « je suis un chien malheureux » et hop ! une part de leur repas concédée. Je crois qu'il a dû apprendre avec Jo Zef...

Ici, il n'y a pas de nuit et ce soir un grand soleil inonde le camp où chacun va partir dans des rêves réparateurs...

9 juin

L'été est au rendez-vous et, comme vous le savez maintenant, tout est éphémère ici, donc deux heures après, l'hiver vient nous voir : vent, pluie et chute des températures... Plus personne n'en parle parce qu'ici c'est comme ça et c'est très bien ainsi. La grande rivière et son courant nous poussent toujours aussi violemment. Chacun y va de son rêve : canards, oies, pics-verts, aigles sont nos compagnons de route. Mais... voilà bien le début de ce qui pourrait être comme un conte athapascan, non ?

Sur un rythme doux, nous vaquons à nos pensées lointaines, quand soudain, devant moi, je devine une minuscule tête qui dépasse du fleuve qui frise à cet endroit les 800 m de large. J'essaie de m'en approcher, mais le flux s'y oppose. Je fais un tête-à-queue et me risque à lutter contre le courant. L'animal comprend et tente son va-tout pour me rejoindre. Je lui offre ma main, la petite victime grimpe dessus et rejoint *Immaqa*. Entre l'écureuil et la souris, je n'arrive pas à définir quelle est la « tribu » de mon hôte. Il est épuisé et se blottit contre moi. Rémi et Elliot me rejoignent et mon compagnon d'infortune prend peur et file à l'arrière de mon embarcation. Les jeunes l'aperçoivent et, alors qu'ils s'approchent, celui-ci change de bord. En même temps, un ours noir broute des fleurs de pissenlits sur notre tribord et j'essaie de passer mes jumelles à chacun à tour de rôle. Sans nous en apercevoir un chapelet d'îles barre la route. Elliot et Rémi évitent l'aspiration du dédale en me suivant, mais juste derrière, Alex et Ann ne peuvent éviter d'être emportés dans le mauvais bras.

Je suis confiant car je sais que, plus bas, ils pourront nous rejoindre, mais eux l'ignorent. Ils tenteront de ramer à contre-courant et, s'avouant vaincus, prendront l'option de rejoindre l'extrême sud de l'îlot en remontant la rivière à pied... L'attente est longue et Robert me demande de traverser le fleuve pour essayer de grimper sur un talus et tenter d'établir un contact avec nos « perdus de vue ». J'amarre solidement mon kayak et dès mes premiers pas, je tombe sur des « crottes » fraîches d'ours. Je grimpe avec, en poche, ma bombe aérosol au poivre et constate un terrain classique de passage… Ma première préoccupation est de repérer nos fugitifs et de les guider. Ils apparaissent bien loin et rejoindront le groupe, épuisés. Pendant ce temps, les autres jeunes ont libéré la « souris » qui a failli trépasser dans le courant violent du Yukon.

Voilà une petite histoire qui pourrait s'appeler : « L'ours, la souris et les rescapés ».

Ce soir, nous pouvons noter que nous avons effectué 60 km. Le montage du camp est de plus en plus rapide et les mécanismes sont bien rodés. L'équipe, en deux temps, trois mouvements, a abattu trois arbres secs et créé des bancs avec dossiers pour tout le monde, les sangles de liaisons faites avec de l'écorce de peupliers… De vrais robinsons du Grand Nord…

Bien sûr, pour moi, cette date est un anniversaire. Le 9 juin 1983, le matelot Bruno se faisait écraser sur le pont d'envol du porte-avions *Foch*, j'avais 18 ans et dans ma détresse – hormis ma souffrance physique – ce fut l'ignorance d'une vie avec une « jambe de bois » qui me minait. Malgré une forte présence, j'avais besoin de voir un frère de « guibole », qu'il puisse me rassurer en répondant à mes questions. Mon premier prothésiste était lui-même amputé tibial et, même s'il n'était pas des plus tendres, à son contact je trouvais plein de réponses aux doutes qui m'envahissaient face à un avenir à cloche-pied. Bout de vie est la conséquence logique du besoin que j'ai alors ressenti et, aujourd'hui, être avec ces jeunes abîmés à leur tour donne un tout autre sens à mon accident. Je ne le vis plus comme une injustice, mais comme une initiation.

27 ans déjà…

Encore ensemble quelque temps

« Il vaut mieux suivre le bon chemin en boitant
que le mauvais d'un pas ferme. »
Saint Augustin

10 juin

À propos d'anniversaire, c'est aussi celui de David aujourd'hui (mais de naissance celui-là…)

J'ai récupéré la première carte du Yukon avec le lac Laberge et chacun lui a écrit un mot. Il ne nous reste plus que 30 km pour arriver à Carmacks, du coup on prend notre temps. La rivière est tranquille, mais tout est bref ici, alors on est prudents. À la halte de midi, Robert et Elke ont sorti une pâtisserie *made in bush* et nous avons chanté l'éternelle chanson. Ben l'a interprétée en vietnamien. Mais les nuages se font soudainement menaçants et un orage éclate. Cette fois-ci, nous avons droit à la grêle. Pour notre jeune asiatique, c'est une première : là où il vit, en Asie du Sud-Est, la température moyenne est de 26° ! Croyez-vous que quelqu'un se soit dégonflé ? tout le monde riait sous la pluie battante en chantant…

Finalement nous sommes arrivés à Carmacks. 350 km en 7 jours : vous avez dit handicapés ?

Nos guides sont très émus par cette épopée. En raison de l'engouement que nous avons manifesté, Robert a les yeux brillants. Souvent, dans sa clientèle, beaucoup sont blasés, alors que là, chacun a croqué l'instant présent. Sachez donc que je suis très fier de l'équipe Bout de vie sur le grand fleuve.

Nous resterons trois jours ici à profiter de la région, l'aventure est loin d'être finie.

Les aventuriers se confient

Sky (notre chien gardien de camp) : « Pas mal les jeunes, j'ai réussi mon coup avec eux, à chaque fois je leur ai escroqué de la nourriture !!! »

Véro : « Première expérience en canoë extraordinaire, malgré le fait que ce fut très dur les deux premiers jours, tant les muscles de mes bras et de mes épaules étaient tétanisés. Mais mes coéquipiers m'ont stimulée grâce à leurs "différences" et leurs énergies. De très belles rencontres humaines inoubliables dans un décor grandiose, à vivre et à revivre… »

David : « Belle aventure pleine d'émotion. De très belles rencontres dans un décor unique. »

Rémi : « Encore une magnifique expérience sur le Yukon parsemé d'orages de grêle et d'un superbe soleil. De très belles rencontres. Trois cent cinquante kilomètres à la pagaie qui ne m'ont pas paru très longs grâce à une ambiance extraordinaire. Encore merci pour tout. »

Alex : « Ce fut une expérience enrichissante et hors du commun pour un citadin de ma sorte ! À des milliers de kilomètres de chez moi, de mes proches et mes repères. L'aventure en canoë du lac Laberge (Whitehorse) jusqu'au Yukon (Carmacks) m'a permis de vivre en nature, d'apprendre, d'échanger, de rire et de rencontrer des personnes exceptionnelles. Je rentrerai plein de souvenirs dans la tête et dans le cœur. »

Adrien : « Pour moi c'était une aventure magique, mais il y a eu des moments très durs comme la traversée du lac Laberge, car il a fallu beaucoup pagayer. Se baigner dans de l'eau à quatre degrés c'est quelque chose de spécial, mais ce ne sont que de bons souvenirs. »

Elliot : « C'est une belle aventure qui fut physique et qui m'a appris beaucoup de choses. »

Ben : « C'était un beau voyage en canoë sur le fleuve Yukon. Ce n'était pas seulement une expédition, mais il y avait plein de choses, nous avons pu apprendre à vivre seuls dans la forêt. Pour moi, c'était vraiment dur de traverser le lac Laberge et de se lever tôt le matin, mais nous y sommes arrivés. »

À mon tour de me confier : « Il est toujours difficile de créer une équipe pour une expédition et je sais de quoi je parle. Donc dès leur arrivée, il a fallu que j'analyse vite fait les traits de caractère. Il y avait de quoi faire, car chacun vient d'un milieu absolument différent de son voisin et faire prendre la "sauce" n'est jamais simple. La mise à l'eau des canoës en aval de Whitehorse allait donner le tempo ; les premiers kilomètres étaient assez faciles, mais je redoutais le lac Laberge. Dès notre entrée dans cette mini-mer intérieure le vent était contraire, mais pour tester le groupe il fallait avancer. Et quand Robert trouva notre premier bivouac, les silences en disaient plus long que tout. Finie la vie "confort", chaque élément non perceptible à la maison devenait un luxe énorme ici.

La première question était les toilettes ? Un trou était creusé par un jeune dans la forêt avec une poche en plastique accrochée à un arbre à proximité ; les besoins étaient recouverts au fur et à mesure et le papier-toilette déposé dans le sac. Au moment du départ, un volontaire comblait complètement le tout et jetait au feu la "paperasserie".

La douche, c'était un bain dans le Yukon à 4° C. Le premier soir seulement les guides, Véro et moi faisions toilette, les jeunes nous prenaient pour des fous. À la deuxième étape, ils comprirent que ce moment était comme une prière de remerciement à la grande rivière et, même si le froid pouvait être saisissant, le bien-être qui en découlait était plus fort que tout.

En fin de journée, les canoës devaient être débarqués et les bidons étanches transportés jusqu'au coin mess, et vice versa le matin ; les tentes toujours vidées de produits odorants, biscuits, friandises, affaires de toilette, pour éviter la visite de grizzlys et dérivés !

Nécessaire aussi, le montage de la cuisine avec remontage du réchaud, récolte du bois pour le feu et, bien sûr, l'éternelle vaisselle et le rangement toujours identique dans les caissons étanches prévus à cet effet. Comme vous le voyez, la tâche était loin d'être finie quand les embarcations touchaient la rive.

Au premier bivouac, les jeunes découvraient tout cela et pensaient déjà à la journée du lendemain qui allait être longue puisque, sur le lac, le courant de rivière est inexistant. Les bras déjà courbaturés allaient être mis à rude épreuve. Je leur montrais des exercices d'étirements et chacun s'y mettait... Les jours suivants furent des successions de découverte. Robert, notre guide qui exerce depuis trente ans et possède donc une grande expérience, permit à l'équipe de se gérer dans la longueur et sur la distance. De temps à autre, je recadrais l'équipage, une petite gueulante avec explication de texte, et tout le monde acceptait sans rechigner, car chacun savait que la remontrance était justifiée.

350 km pour des personnes qui n'ont jamais goûté l'endurance, je leur tire mon chapeau.

Quant à mon ressenti personnel, vous êtes aux premières loges pour l'apprécier ! »

Ce matin-là, Robert et Elke continuaient leur route avec un nouveau groupe jusqu'à Dawson.

Nous étions tous très émus, notre guide avait les yeux rouges, et nous tous en silence essuyions cette eau salée si peu habituelle pour la région.

La vie n'est qu'une succession de rencontres, les affluents d'un fleuve sont souvent de minuscules ruisseaux qui à la fin donnent un cours fort et puissant. Peu importe le nom des cours d'eaux qui ont contribué à sa force. L'important est le chemin parcouru pour rejoindre l'océan où, à son tour, il sera « avalé » et évaporé en nuage qui donnera la pluie…

Avant ma solitude

> « Qui veut faire quelque chose trouve un moyen ; qui ne veut rien faire trouve une excuse. »
> Proverbe arabe

Aujourd'hui fut une journée de repos : ils le méritent bien. Bientôt, ils retourneront en car vers l'Europe via Whitehorse et moi je prendrai ma pagaie pour essayer de rejoindre l'océan. La solitude en guise de nouvelle équipe et d'elle je vais devoir apprendre beaucoup. Promis, je ne pleurerai pas au départ, promis je ne me retournerai pas pour voir si eux aussi cachent leurs larmes, promis je ne tremblerai pas le premier soir seul autour de mon feu au milieu de nulle part face à moi-même… Entre vous et moi, je ne sais si je tiendrai ces promesses…

Demain, dernier jour, une surprise les attend, une mini-olympiade ! Du pain sur la planche pour les « guerriers de la lumière » qu'ils sont devenus…

14 juin

Le temps est passé comme un éclair, j'ai l'impression que c'était hier lorsque j'allais les chercher à l'aéroport…

Au programme, du tir sur boîtes de conserve, lancer de gros cailloux, connaissance des nœuds, sciage d'une bûche chronométré, jeu de fléchettes, lancer de précision avec une canne à pêche, transport d'eau depuis la rivière dans une tasse pour remplir une gourde située au milieu du campement… Pour conclure, un questionnaire de connaissances sur le Yukon.

Certains ont brillé par leurs réponses.

À la question « Où le Yukon se jette-t-il ? » Elliot a répondu : « Adriatique » ! Adrien qui devait citer cinq animaux vivant sur le fleuve a noté « poisson » ! À la question : « Quelle est la fleur préférée que mangent les ours noirs ? » Alex répondit : « Pisse en lit… »

Avec Véro nous avons beaucoup ri. Cette bonne humeur a interpellé un groupe de personnes qui était en réunion dans la salle publique du camping qui nous a offert le déjeuner. Dale et Samantha, patrons des lieux, eux aussi tellement sous le charme des louveteaux, les ont gâtés pourris. Quand j'ai demandé à louer une voiture pour aller aux Five Fingers Rapid, ils nous ont mis gratuitement à disposition deux véhicules, offert le bois pour les soirées barbecues, prêté gratuitement huit vélos pour découvrir la région… Et dire que certains médisants m'avaient dit de me méfier des gens de Carmacks !

Ce soir, dernière soirée entre nous, le *campground* est désert. Nous sommes les seuls campeurs et, malgré la pluie intermittente, nous allumons un feu et tendons une bâche entre deux arbres pour le repas. J'aurais pu les amener dans le seul resto du hameau, mais cela n'aurait pas eu de sens. Ce soir, entre les gouttes et quelques éclaircies, nous avons partagé un bout de vie supplémentaire. Ceux qui étaient les plus fermés au départ se sont ouverts et le fait d'évoluer dans un milieu hostile a brisé les habitudes. Plus possible de fuir dans sa chambre devant un écran quelconque, le confort étant réduit au strict nécessaire, les sens se sont aiguisés et certaines valeurs enfouies sous l'effet de notre société de consommation ont pu s'exprimer.

Ce soir, sous notre bâche bleue trop petite pour huit, nous avons encore une fois beaucoup ri. Demain soir, leur hilarité tintera encore dans mes oreilles…

Comme on dit en Corse : « Que Dieu les bénisse ! »

Départ salé

Être compagne d'aventurier, c'est savoir conjuguer le verbe « partir ».

« Je sais et je sens que faire du bien est le plus vrai bonheur que le cœur humain puisse goûter. »
Jean-Jacques Rousseau

15 juin

Ce matin, comme tous les autres, je me lève le premier et je fais chauffer l'eau, mais ce petit-déjeuner sera le dernier avec la belle équipe. D'habitude, il faut que je secoue les tentes pour que les jeunes sortent mais aujourd'hui tout le monde se lève sans que j'aie besoin d'intervenir. Ma Vrai s'active aussi à ranger ses affaires. Le départ approche.

Comme un gladiateur qui va entrer dans l'arène, je ne pense qu'à l'instant présent et surtout pas à ce qui m'attend. Les tentes sont pliées et tout est judicieusement rangé dans les sacs. Moins de rigolade pour l'ultime moment, plus de sérieux, personne ne parle de la proche séparation, mais tout le monde y pense.

Après un succinct repas, le minibus arrive. Mon kayak surchargé est déjà dans l'eau. L'équipe me rejoint sur le ponton flottant, c'est le moment. L'instant est solennel, chacun m'embrasse. Mes joues ont un parfum de mer, je prends ma Vrai dans les bras. Les gamins par pudeur nous tournent le dos. On se serre une dernière fois, je craque comme un gosse.

Le ciel est gris et une grosse averse a embaumé l'endroit, mais un rayon de soleil salue mon départ. Un coup de mes anges gardiens. Ce sont les jeunes qui me larguent les amarres. Je fixe les yeux de ma dulcinée, je ne sais pas quand je la reverrai.

Ça y est, c'est parti, je me retourne sans cesse et hurle un gigantesque « je t'aime ». Je me demande si je suis vraiment fait pour ça !!!

Au premier virage, le pont qui enjambe le fleuve. Je le passe et au moment où je me retourne, le bus est là. Je lève les bras en l'air, je glisse vers mes doutes et eux retournent vers l'Europe.

Je pagaie sans cesse, il me faudra trois heures vingt pour rejoindre les Five Fingers Rapid. Le courant est violent et j'ai du mal à tenir le kayak, mais je le franchis sans embûches. Quelques kilomètres plus loin les Pinks Rapid me barrent la route. Je ne sais où glisser et avec beaucoup d'attention détecte une brèche. Ça secoue plus que la première. Voilà, maintenant que de l'eau calme à courir, le ciel est menaçant et, par six fois, je prends un orage dans la « gueule ». Je ne m'arrête pas et continue malgré le vent contraire qui sévit. Finalement vers 21 h 45, je décide de planter ma tente au lieu-dit Minto. Je trouve un vieux débarcadère avec un terre-plein tel que la carte l'indiquait. C'est un endroit où un bac fait passer les semi-remorques qui vont ramener des minerais extraits quelque part en zone interdite. Je m'attendais à autre chose. Je prends mon mal en patience. Malgré un départ tardif à 12 h 30, j'affiche quand même 90 km.

Je vous embrasse tous et je vais me glisser dans mon duvet pour aller rejoindre ma Vrai. Jo Zef, lui, ce soir, aura le droit de venir dans mon couchage !!!

Je réalise à quel point cette odyssée va être différente, je découvre la solitude, profonde et infinie. Elle ne laisse place à aucune compagne. Elle est collante, envahissante et de chaque instant.

Le *Cabochard* au mouillage : le lieu où tout commence.

Argentine, région de Catamarca.
Camp de base très isolé. Étape obligée avant de poser un pied
au sommet du Cerro del Pissis (6 885 m).

© Teddy Seguin

Camp del Cerro Pissis.
Atteindre le sommet, ma manière de prendre mon pied !

Même dans la difficulté, il faut continuer d'avancer. Du moment qu'on avance, un pas après l'autre est suffisant.

Fabien. Plus que le fils de ma compagne, un ami sur lequel je peux compter.

Un unijambiste sur un mur d'escalade, un travail d'arrache-pied!

Vanessa et ses potes : tout lâcher pour vivre son rêve dans une forêt de L'Anse-Saint-Jean au Québec.

Un tout jeune éléphant de mer à la recherche de sa mère.
Vivre ou survivre.

Ces régions australes sont régulièrement balayées par de violentes tempêtes. L'homme ici n'est que très peu toléré et c'est très bien comme ça !

Géorgie du Sud. Une gigantesque colonie de manchots royaux.

Un nuage tabulaire au-dessus d'une baie sans nom.
Magie du continent antarctique.

Sprinter, relayer, coller. Peu importe la victoire, c'est la route qui est susceptible d'y mener qui est importante.

L'important c'est d'accepter et de savoir s'adapter.

Coaching aux côtés de Chris Mac Sorley : quand deux forts caractères vont dans le même sens… vers le meilleur d'eux-mêmes.

Lac Chadburn au-dessus de Whitehorse.

Les yeux ouverts, je rentre doucement dans mon rêve d'enfant.

Sur les traces des derniers chercheurs d'or. La différence nous a unis.

Sur une jambe, se laver dans une eau polaire devient un sacré exercice de « cirque ».
Solidarité du groupe et tout devient possible.

Devant eux l'immensité du fleuve, un peu comme la vie de tout un chacun.
Doute, peur, souffrance, pour nous mener à l'océan de l'infini.

Plus petit, l'ours noir n'est pas moins impressionnant que son grand cousin.

◆ Rencontre avec le maître des lieux, le grizzly.

Le totem, symbole sociétal et non religieux. Depuis la nuit des temps, ces peuples animistes ont compris que la terre ne nous était prêtée que quelques instants.

Pluie, orage, solitude… La bannière de la Corse flotte sur mon camp, histoire de me sentir moins seul !

Immaqa a droit aux mêmes soins que moi…
une équipe jusqu'au bout des pagaies.

Plus de trois millions de lacs qui ne portent pas de noms.
Alaska, terre encore sauvage!

Quand la grande rivière s'assagit, le rêve prend sa place.

Au fil des kilomètres, je me découvre.
Doutes et craintes m'ont apporté les clés de mes limites.

Grayling, Alaska. Un village de Natifs où vivre est une chance, mourir une fatalité !

Le saumon est séché pour l'hiver, les abats seront donnés aux chiens et les restes confiés à la rivière par respect pour l'âme du poisson ! Croyance, superstition, écologie ?

À genoux devant ce gamin en lui faisant ses lacets, je réalise vraiment ce que je suis.
Juste un bois flottant de la grande rivière. Ni plus, ni moins.

les pignons d'un vélo de salle avec les doigts ! Une partie de ses phalanges avait failli finir dans de la pâtée pour chien. Tout remis en place, malgré quelques raideurs, il devenait l'éclopé de service pour adhérer à ce projet. Sa maman était là pour la gestion communication du camp de base. Un ostéo serait nécessaire. Il fallait quelqu'un sur zone pour remettre en place tous ces petits os qui auraient du mal à supporter les charges en haute altitude et des prothèses qui feraient souffrir les moignons. Stéphanie Marcille, qui me suivait à Porto-Vecchio, avait déjà frôlé quelques sommets népalais. Elle prit logiquement sa place dans le voyage. Hernan, guide argentin, serait le leader de cordée et Martin, son assistant. Marianna deviendrait pour sa part notre cordon-bleu de camp de base.

Mais où sont les porteurs ? Eh bien, au chômage. Nous prendrons aussi le rôle de sherpas de Catamarca.

Après une route de 150 km assez difficiles, sur d'anciens chemins de mineurs, nous arrivons à la première étape. Un camp à 4 300 m d'altitude, là nos corps vont devoir commencer à s'adapter au manque d'oxygène.

Nous sommes tous un peu secoués, mais au ralenti les tentes se montent. Notre cuistot sera la première victime, dans les pommes, elle essaie de comprendre e qui lui arrive. Niko, mon compagnon de traversée du Groenland, est à mes eux d'une résistance exceptionnelle, rien ne le fatigue. Une force de la nature pable d'affronter sans ciller les températures les plus basses. Lui mon « idole rhumaine polaire » réduit à être un touriste migraineux ! Je n'arrête pas de le ambrer. Mais il n'est pas seul à souffrir, Teddy et mon beau-fils eux aussi sont des morts…

Pendant trois jours nous prenons régulièrement notre pourcentage d'oxy-ne qui doit se stabiliser pour ensuite remonter.

Nous effectuons une marche de remise en forme autour des 5 000 m : le n'est plus aussi alerte que sur mes montagnes corses. Le souffle est plus court ne rappelle mon premier sommet en Afrique où, le jour de mes 40 ans, je tais un pied au sommet du Kilimandjaro.

Tout le monde y va de son mieux mais Fabien est le seul à ne pas récupérer, O_2 ne veut pas se stabiliser. Cela nous rend inquiets, je me souviens de sa tion qui m'avait fait sourire. Il m'avait demandé s'il pouvait aller courir le en phase d'acclimatation !

Nous déménageons pour rejoindre le pied du volcan, les trois 4x4 sont gés à bloc et la route, du moins ce qu'il en reste, est vraiment un pâle sentier é par les tempêtes de ce coin perdu.

Cinq heures pendant lesquelles nous sommes subjugués par des décors néma. Les lacs salés offrent un éventail de tous les pastels possibles, du

Cabane de Carmen et Robert, un privilège d'y avoir posé notre sac.

Un lac, un homme, une brise qui se nomme liberté.

Don't cry for me Argentina

« C'est justement la possibilité de
qui rend la vi

C'est une première pour moi d'être en solo et ma derni
était aux antipodes de celle-ci. Treize personnes pour former l'éq
gravir l'un des plus hauts volcans du monde, le Cerro del Pissis
culmine à près de 7 000 m d'altitude. Monter une telle opératio
importante organisation.

Marianne Chapuisat, seule femme au monde à avoir
au-delà des 8 000 mètres en hiver, a vécu quelques années d
Mendoza. À l'occasion du festival du film de l'aventure aux Dia
je me suis retrouvé à ses côtés pour juger les documentaires prés
avons sympathisé et le projet est né là-bas, dans les montagnes
était de faire une équipe mixte, valide et différente. Éric Lecor
avait participé au premier stage de plongée sous-marine Bo
et depuis avait progressé dans sa nouvelle existence. Une so
pour une émission de télé avait choisi un panel de personnes
le Kilimandjaro en Tanzanie. Il était arrivé au sommet. Fra
premier contingent sur mon île, amputé tibial, avait rach
réussi à traverser l'Atlantique à la rame avec une compag
Mandsen, Américaine paraplégique.

Teddy Seguin, le photographe qui me suit depuis l
en image l'aventure. Nicolas Dubreuil, lui, serait le cadreu
du froid polaire le mettrait à l'aise sur le glacier. Sa com
voyage. Fabien Pietri, le fils de ma Vrai avait eu la mauvais

turquoise au bleu nuit. Les flamants roses ne se soucient pas de ces aventuriers en recherche d'adrénaline. Seules les vigognes restent craintives devant la cohorte poussiéreuse.

Nous voilà arrivés dans une vallée encaissée avec, comme fond d'écran, le géant du coin. Un glacier annonce la difficulté. À mon grand bonheur, pas la moindre trace de camp, nous sommes seuls au monde. Un reste de plateforme en bois accueillera la tente-mess, nos guitounes binômes seront en file indienne pour essayer de se protéger en cas de vent violent. Tout le monde, malgré une petite forme, reprend gentiment le rythme. Seul Fabien, le plus jeune de la bande, nous donne du souci. Son appétit est inexistant et son visage blême en dit long sur sa migraine qui ne veut pas s'atténuer. À chaque contrôle de pression partielle d'O_2, seule la sienne est instable et, pire, recommence à chuter. Voilà deux jours que nous sommes au camp de base, au même niveau que le sommet du Mont-Blanc, et il arrive à peine à sortir de la tente. Hernan vient me voir, cela devient critique : sa pression chute, il risque l'œdème !

Sa mère, ma compagne, avec laquelle je partage la tente, est foudroyée par la nouvelle. Je lui interdis toute visite à son fils qui ne ferait qu'aggraver son stress. La décision est prise : il faut l'évacuer d'urgence.

Vers 5 heures du matin, le véhicule tout-terrain est enfin prêt pour un départ d'évacuation sanitaire. Véro, bien sûr, l'accompagnera jusqu'au dispensaire du village de Fiambala à 2 000 m. L'ambiance est solennelle, Fabien est debout malgré son terrible mal de crâne et chacun l'embrasse et y va de son petit mot d'encouragement. Ma Vrai me serre fort dans ses bras. Elle me conjure d'être prudent et me confie un crucifix en métal léger qui appartenait à son père, décédé il y a à peine deux mois. Elle devait le remettre à son fils avant l'ascension finale pour qu'il le dépose au sommet de la montagne en une sorte de « connexion chrétienne ». Cela devient ma mission.

Ce soir, nous apprenons par téléphone satellitaire qu'il est sorti d'affaire. L'hôpital n'a rien détecté.

Que Dieu vous protège… sous la voûte céleste et le grand silence de ces géants de lave, vos regards me manquent tellement…

On rentre dans le vif du sujet !

« Qui vit sans folie n'est pas si sage qu'il croit. »
François de La Rochefoucauld

Hernan me donne de bonnes nouvelles de Fabien et ma Vrai : ils sont en train de rouler vers Mendoza.

Ce matin, 9 heures, départ pour le camp 1. Les charges des sacs ont été divisées et nous devons avoir environ 14 kg sur le dos.

La marche est ouverte par notre guide. L'altitude donne la cadence du pas. Franck ne dit rien, mais on voit qu'il souffre. Son pas trébuche souvent sur un terrain très accidenté. Éric, lui, est plus à l'aise car, hier soir, il s'est soulagé en nous annonçant qu'il renonçait au sommet : peur de l'immensément grand, effroi du néant, histoire personnelle ! Peu importe, sa petite voix lui a dit d'arrêter là.

Lucie et Teddy souffrent encore un petit peu de mal de tête. Vers les 5 000 m, le pas est encore plus lent. Lucie a du mal à avancer et décide de stopper l'ascension. Niko, son chéri, trouvera les mots pour la réconforter. Festor peine de plus en plus. C'est à mon tour d'essayer de trouver les termes qu'il faut pour l'encourager. Sagement, il décide d'arrêter. Il est arrivé au bout de ses forces. Je le prends dans mes bras et il me confie que s'il a grimpé aussi haut, c'est un peu pour lui, mais surtout pour son gamin Alexis qui fête aujourd'hui ses cinq ans.

La route est encore longue jusqu'au sommet. Teddy me donne du souci. Il s'entête à continuer malgré une mégamigraine. Le campement prévu à 5 200 m est déplacé plus haut en raison du manque de neige. Celle-ci une fois fondue doit en effet devenir notre eau potable. Martin, qui ferme la marche, a récupéré les affaires de nos amis qui ont rebroussé chemin et doit porter, à vue de nez, 30 kg… (Respect !)

Finalement, après 7 h 30 d'efforts, nous arrivons au pied du glacier du Pissis. Un abri précaire de pierre servira de refuge à nos affaires pour la future ascension. Dopés un peu par cette première réussite, nous ne mettrons que 1 h 45 pour rejoindre le camp de base. Encore un clin d'œil du destin, nous arriverons presque tous en même temps. Je suis très fier de l'équipe Bout de vie, car aujourd'hui tout le monde a donné le meilleur.

Dans la maison de l'âme

« N'attendez pas le jugement dernier – il a lieu
tous les jours. »
Albert Camus

Ce jour est consacré à la récupération.

Petit-déjeuner avec beaucoup de bonne humeur. Fabien et Véro manquent bien sûr. Chacun bricole un peu sur son matos, en profite pour lire ou dessiner.

Un 17 janvier, il y a quelques années, naissait une petite Suissesse. Qui aurait pu croire qu'elle serait un jour une alpiniste hors pair. À midi, Marianna nous a régalés d'un succulent repas avec, s'il vous plaît, un gâteau garni de bougies !

¡ Feliz compleaños Marianne !

Cet après-midi, Diego, notre chef 4x4, nous a emmenés à la Laguna Verde, une mer très salée à 4 100 m d'altitude. Chacun a pu se ressourcer autour de cette étendue d'eau turquoise à la beauté infinie. Nos guides, comme tout bon Argentin qui se respecte, avaient amené le maté, une boisson qui ressemble de très loin au thé et dont la préparation nécessite tout un rituel. À tour de rôle, nous savourons la boisson : bonheur d'être dans ce coin si hostile et si beau à la fois…

Au retour, nous nous sommes arrêtés dans un ruisseau de fonte d'un glacier pour nous laver un peu et essayer de rincer quelques affaires. L'eau est fraîche, mais cet instant est un grand moment de communion avec la nature andine. Demain matin, nous partirons pour tenter l'ascension qui devrait nous prendre trois jours.

Amis, proches, si le cœur vous en dit, allumez une petite bougie pour l'équipe Bout de vie, la marche va être longue, belle, mais seule la montagne dira si cette aventure est possible.

Diego, qui est un Natif, m'a dit qu'en langue quechua le Pissis signifie la maison de l'âme. Tout un programme !

Au téléphone avec Véro par liaison satellite : « Nous sommes partis à 10 heures du camp de base avec une grosse émotion. Nous y avons laissé Éric et Franck, non sans un pincement au cœur. Nous avons marché aujourd'hui 6 heures pour atteindre 5 300 m. Montage des tentes et nous retrouvons la nourriture laissée à l'abri ici lors de l'ascension précédente. Sans porteur, il faut se débrouiller pour ne manquer de rien. Toute la bande a la forme. Lucie n'a plus mal à la tête. Nous embrassons tout le monde. Nous avons eu vos messages d'encouragements par le biais de notre webmaster. Merci à tous pour votre soutien. Nous étions tous émus de pouvoir lire vos petits mots, ça nous a bien fait plaisir toute cette attention. »

Deuxième jour

« Dure et longue journée. Partis du camp 1 ce matin pour rejoindre le camp 2. Ascension difficile sous la neige, nos sacs à dos faisaient plus de 20 kg. Nous avons récupéré la nourriture qu'il a fallu porter. Contraignante la charge, à cette altitude, quasi surhumain d'avancer, surtout avec une "guitare" en moins.

Nous avons atteint 5 745 m d'altitude, avec une grosse épaisseur de neige. La foudre, le vent et l'orage nous accompagnaient. Mais je vous rassure, ça va. Teddy et Lucie ont donné le max pour arriver. Ils ont fait un bel effort ».

J'explique à Véro que Lucie avait normalement abandonné. « Elle est redescendue au tout premier camp, puis a fait demi-tour pour nous rejoindre. Elle voulait la faire cette ascension ». Je salue son courage et sa force.

« À 3 heures du matin, si le temps se calme, le trio de binômes va prendre la direction du sommet, c'est-à-dire : Hernan et Martin ; Marianne et Stéphanie ; Niko et Frank. Teddy et Lucie les attendront au camp 2. [...] Teddy va bien, je suis avec lui dans la tente et il dort déjà !... Quant à Jo Zef, lui, il me chauffe le duvet, toujours présent. On a vraiment le moral, O.K., on est fatigués, mais on a la patate. En plus on a deux guides extraordinaires, je les remercie vivement. »

Donc demain c'est la tentative du sommet. Il nous reste, en gros, 1 250 m de dénivelé, ça devrait être un peu plus facile, nos sacs sont plus légers, nous ne prenons pas les tentes qu'on laisse au camp 2. Je pense qu'il va nous falloir 15 heures environ. Une dizaine d'heures pour l'ascension puis 5 heures pour redescendre.

Le rendez-vous téléphonique est pris pour demain soir si je ne suis pas trop fatigué et si les conditions météo le permettent.

Troisième jour

« Ce matin vers 4 heures, munis de nos frontales et crampons, nous quittons le camp 2 pour tenter le sommet. Toute la nuit, il a neigé et les orages étaient violents. La marche dans la poudreuse est lente. Marianne souffre du froid qui nous assaille. Le souffle est coupé, mais le moral est bon. Lucie reste sous la tente alors que Teddy veut nous suivre pour une heure ou deux. Hernan ouvre la route, mais je suis surpris de la lenteur de son pas. Il respire mal, il doit s'arrêter pour prendre son souffle. Le vent se renforce et le froid s'intensifie. Tout le monde, à part Niko, souffre des conditions polaires. Nous passons la barre des 6 000 m avec l'horizon qui s'éclaircit. Le ciel est étoilé, mais je remarque que le géant que nous tentons de dominer se couvre d'un nuage. Je dis à Hernan que pour moi cette enclume est le présage d'un vent fort avec des risques d'orage. Il me le confirme !

6 100 m, Hernan n'en peut plus et décide de rebrousser chemin, Niko l'accompagne, Martin prend sa place. Je suis de plus en plus sur le qui-vive. Juste avant de partir, mon frère de glace me regarde et nous avons la même sensation de danger.

À 6 245 m, le vent se renforce et, en fouillant mon sac pour sortir ma radio, un de mes gants en duvet a failli m'échapper ! Grâce au petit jour qui se lève, je scrute encore une fois le sommet. Je sens une catastrophe arriver. Martin qui n'est que guide assistant se confie et d'un œil un peu inquiet me demande ce que j'en pense ? Je lui dis qu'il faut renoncer aujourd'hui, cela pourrait être fatal.

Au fur et à mesure de notre descente, le vent se déchaîne. Ma tente va servir de dépôt et nous y laisserons les crampons, piolets, nourriture et tout le matos qui ne servira qu'à la tentative finale. Enfin, vers 16 heures, nous sommes devant un plat de pâtes que notre super cuistot nous a préparé avec son sourire habituel. Pendant notre absence, Diego a appris à Franck et Éric un jeu de dé argentin.

Merci à cette petite voix qui veille en permanence sur mes collègues de cordée et moi-même. Tout le monde vous embrasse bien fort surtout Jo Zef, fier d'avoir pété son record d'altitude ! »

Que la nuit fut bonne pour toute l'équipe. Dehors la neige tombe, mais nous sommes bien au chaud dans nos duvets.

Ce matin, en sortant de nos tentes, quelle surprise de voir la terre saupoudrée de blanc, malgré un grand soleil. Mais le beau temps ne va pas durer. Le baromètre ne veut absolument pas remonter et de nouveau des bourrasques de neige et de vent viennent nous rendre visite.

La tente-mess qui sert de cuisine (et de quelle qualité !!!) est aussi une table de partage de récits. Chacun des membres de l'équipe a un tel parcours, si différent, que les échanges sont forts en émotions. Hernan nous parle de sa famille, Marianna de son *novio* (fiancé) Mariano, Martin de sa ville Bariloche, station de ski la plus importante d'Amérique du Sud…

Chacun prend le temps d'écouter l'autre.

Le matin étant ensoleillé, tout le monde procède à une toilette plus au moins importante. Teddy et Marianne, avec la complicité de Marianna, se lavent les cheveux. J'en profite pour me raser. D'autres font la vaisselle… Le temps libre me permet d'entendre la voix de mon amoureuse, qui me raconte ses journées à Mendoza et me donne des nouvelles de Fabien qui retrouve le moral.

Le break est vraiment bénéfique pour tout le monde. Dans la montagne, le tonnerre gronde et nous sommes tous conscients de notre chance d'être au doux camp de base et non coincés là-haut, dans la furie des éléments.

Jo Zef est devenu le roi de la cambuse, mais, bientôt, il réintégrera le sac à dos pour essayer de poser une patte sur le sommet.

Surprise au réveil, le camp est blanc ! De toute façon la journée était prévue pour la récupération. Tout le monde trouve une occupation. Cet après-midi, nous partons pour une petite randonnée. Ce lieu est tellement sauvage qu'il n'est représenté sur aucune carte. Et, ce qui paraît encore plus incroyable, c'est que toutes les montagnes inférieures à 6 500 m ne portent pas de nom.

Une sensation de pionnier m'envahit. Je demande au petit groupe si je peux rester là, seul. Je me retrouve isolé sur un monticule. Là-bas dans un coin, indifférente, une vigogne ne me calcule pas. Je suis serein et épaté par ce désert de lave. Comme mon âme de gosse ne me lâche pas, il me vient une idée ! Je ramasse des grosses pierres et attaque la construction d'un cairn creux. Je m'applique et me réjouis de ce moment de partage avec les Andes. Au bout d'une petite heure, mon édifice est superbe. Délicatement, je glisse au fond un œil de sainte Lucie que j'ai ramené de Corse. Comme une offrande à la montagne. Demain, normalement, c'est le départ pour le camp 2.

Deuxième tentative de dépassement

« La chance est un hasard, le bonheur est une vocation. »
Alexandru Vlahuta

« On a quitté le camp de base vers 9 heures ce matin.

Franck et Éric ont décidé de venir avec nous et ainsi on a atteint le camp 2. Après une heure passée tous ensemble, ils ont décidé de redescendre en bas dans la vallée. Quelque temps plus tard, on a su par radio qu'ils étaient bien arrivés, heureux d'avoir pu gravir un peu plus le Pissis.

De notre côté, un petit grain neigeux, assez venteux, nous a bloqués dans nos abris, mais pas méchant, puis nous nous sommes organisés pour nous reposer.

Hernan, notre guide, a décidé qu'on lèverait le camp vers minuit. Les conditions météo se dégradaient en général en début d'après-midi et, de ce fait, plus tôt on arriverait au sommet, plus on mettrait de chance de notre côté pour ne pas subir d'intempéries. »

« *Buena suerte a ellos !* »

« Bonne chance à eux ! » souhaite Véro par liaison satellite.

Réveil à minuit. La tente est recouverte de givre mais le moral est au beau fixe. Le ciel est étoilé. Comme une procession, nous attaquons le flanc de la montagne. Le froid dérange presque tout le monde, seul le crissement des crampons brise l'immensité de cette nuit andine.

Hernan ouvre la marche. Les averses de neige des jours précédents compliquent la progression. Un coup sur des plaques à vent, un coup dans de la poudreuse à faire blêmir n'importe quel skieur. En zigzag, nous prenons du dénivelé.

La marque symbolique des 6 000 est atteinte sans trop de contrainte, à part le froid qui engourdit les membres. Nous atteignons un premier microplateau où l'air polaire nous enveloppe encore plus. Le jour commence à montrer le bout de son nez, mais la progression est de plus en plus difficile. Ici le vent a dû être très violent car tout est soufflé et les grands trous sont bien cachés. À tour de rôle, nous trébuchons sur ces pièges. Je suis la victime de ce jeu vicieux. La neige cache les crevasses et quand nous arrivons sur les éboulis je ne vois pas où je peux poser ma prothèse. Munie de broches, ma patte folle n'accroche pas et chaque fois mon moignon subit une torsion douloureuse.

À 6 445 m, je comprends qu'il serait imprudent de continuer dans ce chaos. Je pourrais poursuivre l'ascension mais la descente, avec l'effort immense que j'effectue, risque d'être suicidaire pour l'équipe. Si l'un de nous avait un problème à cette altitude, il serait très compliqué d'effectuer une évacuation sanitaire.

Je prends la décision avec sagesse, philosophie et sérénité. Hernan, lui aussi, est bien entamé par la fatigue, il sera mon binôme pour notre retour. Martin, Teddy, Marianne et Stéphanie continuent. Mais la neige fraîche ne laissera aucun répit à la petite équipe. Teddy jette l'éponge à 6 500 m et Stéphanie le rejoint tout de suite après.

Marianne a encore du jus, elle est devant les cinq dômes qui représentent le sommet. Elle choisit le plus haut mais Martin, épuisé, essaie de l'en dissuader. Sa grande expérience lui dit qu'elle peut le faire et, du coup, notre ami argentin se sent obligé de l'accompagner sur ce bref tronçon. Après 9 heures d'efforts, ils atteignent le plus haut volcan du monde…

Le retour pour tous fut un calvaire, mais nous voulions retrouver le confort du camp de base le soir. Une journée qui restera pour l'équipe, « un pied au sommet », un moment inoubliable d'amitié et de partage pour que l'un de nous aille au plus haut.

Tristesse, échec, défaite, autant de mots qui ne sont absolument pas de mise pour notre épopée d'andinistes. Chacun a donné au maximum de ses possibilités. Bien sûr toute l'équipe pense bien fort à Fabien qui a retrouvé la grande forme à Mendoza entouré de ma Vrai.

Jo Zef, ce soir, a fêté son record d'altitude toujours supérieur au mien, car il veille sur le haut de mon sac à dos…

Nuit réparatrice !

« Même si la vie n'a pas de sens, qu'est-ce qui
nous empêche de lui en inventer un ? »
Lewis Carroll

Ce matin, sous la tente-mess, chacun avait retrouvé un visage apaisé. Hier, tout le monde est allé puiser au plus profond de son âme, pour repousser tout au long de l'ascension ses propres limites. Ici toute l'équipe a atteint son sommet et de quelle manière !!! Hélas, je crois que le retour va être compliqué pour quelques-uns car celui qui n'a jamais osé repousser ses limites ne parle que de résultat et certains d'entre nous se sentiront donc jugés. Sur le papier, seuls Marianne et Martin sont montés jusqu'au sommet, mais objectivement, un Teddy, hier, a fait une performance au-delà des 8 000 ! Il a réussi à sublimer ses angoisses et souffrances et a atteint son Everest. Marianne, elle, qui a gravi le Cho Oyu (8 201 m en hiver), hier, était en dessous de ses limites (sans ne lui enlever aucunement sa performance), c'est elle qui nous l'a avoué ce matin.

Aujourd'hui, nous avons ce sentiment de bon boulot accompli et nous nous retrouvons tous un peu dopés par nos exploits respectifs. J'ai été le premier à rebrousser chemin, car ma petite voix me dictait la sagesse. J'avais sur moi plein de « gris-gris » qui me transformaient en missionnaire : la croix du papa de ma Vrai, décédé il y a quelques semaines, ainsi qu'une pierre issue du cimetière de son repos que j'ai déposée en plein milieu du glacier. Et aussi, un dessin d'Élisa, la plus jeune stagiaire de Bout de vie.

Tout au long de mon « crapahut », j'avais en tête les encouragements de Franck et Éric, restés au camp de base. Je me remémorais la voix rigolote de ma grand-mère – décédée aussi récemment – qui me susurrait, avec son humour habituel, qu'elle était fière de son petit-fils… Eh bien, malgré tout cela, je savais qu'il fallait que je rebrousse chemin, car je venais d'atteindre mon plus haut sommet : humilité de la haute montagne et de la vie !

Je suis serein d'être là, ici, assis parmi les géants de Catamarca. Une pensée à mes proches et à tous ceux qui ont prié pour notre salut.

Jo Zef est en train de se faire tricoter un poncho avec du fil récupéré sur un sac d'oignons par la belle Marianna. C'est qu'elle va frimer la mascotte. Il me souffle ce vieux proverbe : « L'oignon fait la force » ? ! ?

Hier soir, après le dîner, j'ai demandé à tour de rôle et avec calme quelle était la conclusion ou plutôt quel enseignement chacun tirait de cette acension.

Martin a commencé avec beaucoup de recul : il est guide aspirant et vient de réaliser malgré lui un record d'altitude. Il a découvert dans ce groupe pourtant disparate une grande unité et le désir de chacun de se dépasser. Il finit en disant que cette expé lui servira énormément pour son futur métier de guide de haute montagne.

Marianne, qui traduit à tour de rôle en espagnol, a découvert une façon différente d'aborder la montagne, une équipe sans grande expérience qui malgré la difficulté a su se surpasser.

Teddy déclare que se retrouver face à lui-même en repoussant ses limites lui a permis de découvrir une partie de lui jusqu'à présent inconnue.

Éric n'avait pas réalisé à quel point l'aventure allait se dérouler dans un milieu austère et, du coup, cette découverte l'a déstabilisé. En tout cas, il en retiendra une aventure de partage.

Franck, lui, en a tiré une plénitude assez zen. Il a retrouvé son âme apaisée et la joie de vivre.

Stéphanie, notre « osologue », a toujours eu l'habitude de voyager seule et sa peur était la vie en communauté. Mais, contre toute attente, elle en a tiré une grande leçon.

Marianna, notre cuisinière, est trop émue pour nous dire quoi que ce soit.

Diego, notre pilote 4x4, avec ses mots toujours pesés, trouve l'aventure extraordinaire car il n'arrive plus à savoir qui a quoi comme différence.

Hernan, notre guide de haute montagne, lui, s'est trouvé confronté à une équipe tout à fait hétéroclite et le fait que chacun ait dépassé ses limites, haut la main, l'a enchanté.

Pour ma part ! Sur le discours de chacun, souvent j'ai entendu ce que l'on me rabâche depuis longtemps : Frank est un surhomme ! De prime abord, cela peut faire sourire, mais en vivant cette aventure, j'ai pour la première fois posé le genou à terre et chacun a conclu que cela me rendait enfin humain. Quand j'ai pris la décision de rebrousser chemin, je me suis senti léger, comme si je commençais le chapitre d'une nouvelle vie. En redescendant, je me suis senti autorisé à être ce que je suis depuis ma naissance : un être libre comme le vent. Si j'ai refusé le sommet, c'est que je ne voulais pas, une fois de plus, trop demander à mon ange gardien. Cette décision m'a rendu encore plus fort, plus indépendant, plus grand, plus humble que si j'avais gravi les derniers 500 m. Ce soir encore, plus que d'habitude, je me sens léger…

Aujourd'hui, nous sommes allés au cairn creux que j'ai construit pour y cacher une bouteille avec un message écrit par chacun. Seul Jo Zef a noté le point GPS !!!

Disparition

« En vérité, vous ne devez rien à quiconque.
Vous devez tout à tous. »
Khalil Gibran

Le jour du départ de notre deuxième tentative était arrivé au camp de base un duo de Buenos Aires. Martin, guide de haute montagne, et Juan, son client âgé de 69 ans. Nous avions sympathisé, échangé les banalités d'usage. Alors que nous redescendions du sommet, ils quittaient le camp 2 pour le 3. Nous avions remarqué que Juan marchait lentement. Pour vous donner une idée, j'avais mis quatre heures alors que lui en avait mis onze !!!

Hier matin, une camionnette devait les récupérer mais personne au rendez-vous. Immédiatement, Hernan et Martin partaient à leur rencontre mais devaient ne trouver que le guide. Son témoignage était étonnant : il avait atteint le sommet du Pissis à 17 heures avec son client qui paraissait épuisé. Il avait décidé de prendre de l'avance pour rejoindre le bivouac et commencer à faire fondre la glace pour l'eau du repas du soir. Ils devaient se quitter au dernier goulet où ils pouvaient voir leur tente.

Leur dernier contact avait été vers 18 h 30. À la nuit tombée, ne le voyant pas arriver, il avait entrepris une courte recherche. Mais la fatigue et un orage l'avaient obligé à rebrousser chemin. Au petit jour, il était descendu chercher du secours pour enfin tomber sur nos guides. Avec mon téléphone satellite (le seul de tous !), ils avaient pu prévenir le peloton de gendarmerie de haute montagne de Catamarca. Au petit matin, un camion de l'armée arrivait au camp de base.

Hernan leur servira de guide jusqu'au camp 3 où un faible espoir pouvait encore exister. Mais, à 16 h 03, la nouvelle tombait : la tente était vide. À cette haute altitude, sans eau, sans nourriture, sans abri, l'espoir de retrouver quelqu'un en vie après deux nuits passées à la belle étoile est nul.

Pendant ce temps, nous avions rangé nos affaires, car le lendemain matin, de bonne heure, toute l'équipe Bout de vie devait descendre aux thermes de Fiambala.

Pour ceux qui croyaient encore que c'était une balade de santé, la triste nouvelle me donna raison d'avoir renoncé aux derniers mètres. Encore un merci à cette petite voix qui me guide. Que Dieu protège Juan !!!

Avant que le soleil n'inonde nos tentes respectives, nous nous affairons au démontage du camp. Chacun de nous s'applique, malgré la glace qui engourdit les mains, à tout ranger minutieusement. Normalement, Manuel devrait arriver pour être le troisième tout-terrain et nous descendre en bas, à Fiambala.

Le trio de gendarmes de haute montagne est toujours sur zone. D'un accord commun, nous leur laissons la tente-mess et la cuisine qui va avec. Entre nous, ils nous font un peu de peine. Pratiquement aucun moyen de communication et, surtout, une organisation quasi inexistante. Bref, nous les quittons en leur souhaitant « *buena suerte* », mais de toute façon, ils ne retrouveront jamais Juan vivant.

Je me retourne en regardant une dernière fois le Pissis et me félicite du sérieux de l'expédition « un pied au sommet » et de sa totale réussite. Tout le monde a pu dépasser ses limites en observant les règles de sécurité les plus strictes.

Cinq heures de piste nous attendent pour rejoindre le village sous une forte chaleur. Des vigognes et toujours des vigognes croisent notre route. Le décor, même s'il est toujours le même depuis plusieurs semaines, est époustouflant.

Nous rangeons notre matériel au dépôt de Diego et rejoignons les thermes qui dominent la vallée désertique de la région de Catamarca. Nous avons droit à un bain prolongé dans les eaux chaudes qui surgissent de la montagne.

Ce soir, derrière un feu à la lueur des étoiles, nous nous régalons d'un méga « *asado* » (barbecue d'abats et de filets). Fatigués mais heureux d'être libres…

Samouraï du Grand Nord

« La seule chose qui puisse empêcher un rêve
d'aboutir, c'est la peur d'échouer ! »
Paulo Coelho

16 juin

La nuit fut en pointillé et ce matin, vers 5 h 45, je démonte le camp. Le ciel est déjà bleu et je sais que je serai moins morose qu'hier. La rive gauche est dévastée sur 15 km, le feu vient de brûler une forêt entière. Ici, aucun moyen pour intervenir, alors c'est le destin qui joue les pompiers.

L'atmosphère est âcre, j'essaie de positiver. Ce que je vis est formidable alors pourquoi serais-je triste ? Je bouffe du kilomètre, mais sans avoir la sensation de forcer, je pagaie en cadence non-stop tout en douceur. Vers 11 heures, j'atteins le village de fort Selkirk. Le hameau semble endormi et une dame souriante m'accueille. L'endroit fut abandonné en 1950. Depuis quelques années, ils s'acharnent à le restaurer, malgré un accès difficile, seulement par la rivière. Nancy, c'est son nom (et la ville de naissance de ma Vrai !), me demande si j'ai une famille ? Je balbutie, je me mords les lèvres, je ne veux pas craquer encore une fois, mais rien n'y fait. Je lui explique, elle sourit, je me reprends. Marque un mot sur le registre de la commune, je suis le quatrième visiteur cette année. Elle me demande où est située la France et, bien sûr, n'a jamais entendu parler de la Corse. J'essaie malgré ma mélancolie de lui décrire mon chez moi, grand comme l'État du Yukon avec soixante millions d'habitants. Elle explose de rire et pense que j'exagère…

Vers midi, sur un îlot de gravier isolé en plein milieu du fleuve, je fais un arrêt nouilles chinoises. Comme à bord du *Cabochard*, je m'autorise une microsieste de 10 minutes qui, chez moi, a un pouvoir très bénéfique. Alors que je suis dans les bras de Morphée, un bruit me fait sursauter. Un homme arrive en kayak !

C'est Hiro, un Japonais que j'avais croisé à Carmacks et qui se dirige aussi, seul, vers l'océan. Je suis heureux de cette rencontre, je lui offre un café lyophilisé et lui des carottes fraîches. On reprend la route ensemble mais comme tout bon solitaire chacun y va à son rythme. Je vais prendre ma vitesse de croisière, mais l'informe qu'à partir de 18 heures j'essaierai de trouver un bivouac sérieux.

120 km au compteur ! Pas mal pour un début ! Mon aire de repos est trouvée. D'abord en faire le tour pour détecter toute trace animale puis, si tout est clair, y monter la tente et allumer un feu. Qui vois-je à l'horizon ? Mon samouraï ! Soirée d'échange. Il me livre son bout de vie pas très facile, sans famille ni ami. Tous deux, côte à côte, sur un tronc d'arbre, devant un brasier qui crépite, nous nous sentons bien peu de chose devant l'immensité qui nous entoure. La nature hostile a réuni ce soir deux guerriers pacifiques, qui mènent chacun un combat différent sans querelle…

Enfoui sous mon duvet, je pars rejoindre ma dulcinée, sa paume est dans la mienne, son odeur m'enivre et peu importent les mains meurtries et le dos rompu, l'amour est un baume régénérateur.

Encore un mot avant de vous quitter. Jo Zef n'est pas peu fier ce soir : en face de nous, coule la rivière « mascotte !!! » Même ça, il me l'aura fait !

17 juin

Toute cette nuit les bourrasques de vent ont secoué ma tente et la pluie n'a pas cessé de tomber. Le réveil sonne, le déluge martèle ma « catiche », je me fais le forcing en pensant qu'il y a des pays où ils ne connaissent pratiquement pas l'eau du ciel. Donc, c'est du bonheur. Sans protester, je m'équipe et replie tout dans les sacs étanches. La tâche est plus compliquée que par temps sec, mais je m'adapte en essayant d'être le plus précis possible. Finalement dans un bourbier digne des tranchées de Verdun, je reprends la route. Rien ne bouge du côté du bivouac de mon coéquipier d'une soirée. Sans bruit je lève le camp, à la manière nippone, je salue dans la direction de sa tente et m'éloigne pour rejoindre mon histoire.

Les montagnes sont toutes enrubannées de coton, mais la visibilité est bonne. Je reprends le rythme, il me faudra une heure avant de retrouver toute mon énergie. J'avance, c'est ça qui est le plus important, avancer. Pas de pause « pipi », je continue, je réussis à m'extirper du kayak sans m'arrêter et bien sûr sans prendre le moindre risque. À l'heure du déjeuner, je découvre comme une mise à l'eau artificielle créée par l'homme ! Un camp abandonné, je suis équipé de ma bombe au poivre et de ma machette. L'endroit est glauque. En plus de la pluie, il y a des nuages de moustiques et de mouches. J'avale vite fait mes nouilles chinoises, fouille le coin outillage et reprends la route. En même temps que je monte dans le kayak, je sens une présence ! En face de la rive, j'entends des cailloux tomber de la montagne. Et qui je déniche ? Un bel ours noir en train de se prendre pour un alpiniste. Le courant me fait trop dériver et je n'arrive pas à m'en rapprocher pour le filmer. Un peu plus loin, je surprends son frangin, décidément on aime la grimpe dans le coin !

Alors qu'un orage me fait passer par un petit canal, histoire de ne pas trop avoir de vent contraire, c'est au tour d'un grizzly de se montrer. Je glisse sans bruit sur l'eau, le vent devrait couvrir mon arrivée mais le bip de ma caméra le fait fuir… Je suis déçu de ne pas avoir pu le cadrer, mais en même temps un peu rassuré par sa réaction de fuite.

En milieu d'après-midi, finalement, les ondées cessent et le vent change de direction pour me pousser dans le bon sens. J'en profite pour déployer mon cerf-volant et faire du 15 km/h de moyenne pendant 30 minutes, mais, c'est bien connu, les bonnes choses ont une fin.

Je reprends la pagaie et croise un orignal qui semble bien intrigué par ma présence. La photo ne sera qu'un pâle souvenir. Jour de chance, j'en aperçois deux autres ensemble et, sans bruit, je peux les cadrer.

Le soleil finit par me donner rendez-vous et, en début de soirée, je décide d'établir mon bivouac sur une belle île qui, après inspection, s'avère absolument vierge de traces de pas suspects. Cette journée qui partait mal s'est, au bout du compte, révélée merveilleuse. Encore 110 bornes au compteur. Demain, si le temps se maintient, je devrais doubler Robert et Elke pour arriver vers Dawson.

La tristesse du départ s'est finalement envolée, je commence à rentrer dans le sujet.

Rencontre boréale

« Vivez les rêves que la vie vous défie de rêver. »
Martin Luther King

18 juin

Quoiqu'il me fût difficile de trouver le sommeil, j'ai réussi à me reposer en profondeur. La preuve, j'ai zappé le réveil et ce fut « grasse mat' » à mon insu ! Je démonte le camp et vous connaissez la suite, 8 heures du matin, je suis sur l'eau et vous savez quoi ? Je pagaie !

Je me sens bien, ma tristesse des jours passés est en train de s'adoucir. Le décor change, jusqu'à présent j'étais comme dans un canyon profond et obscur. Maintenant le paysage s'assagit, les montagnes sont moins impressionnantes, je me sens moins « microbe ». Je commence à me faire aux sautes d'humeur du courant et, en frôlant le pied d'un haut massif, je surprends un chien noir ! Suis-je bête, encore pollué par la ville ! Ce n'est pas un cabot mais un loup. Il est rachitique, l'hiver a dû être long pour lui. Je n'ai pas le temps de dégainer mon appareil photo qu'il s'est déjà enfui. Hasard ou pas, à une vingtaine de kilomètres plus à l'est dans la montagne se trouve l'une des cabanes où Jack London a hiverné.

Je continue mon errance « yukonnesque ». Une maman orignal et son petit sont en quête de nourriture, d'un coup je suis repéré, la mère me fait front mais je suis bien loin d'elle et elle reprend son petit-déjeuner. Elle gardera quand même un œil en coin. Je sens une autre présence. Ce n'est pas vrai ! Je n'y crois pas, je viens de les rattraper !!! Devant moi, à moins d'un kilomètre, des canoës à l'envers sur une berge, Sky, Elke et Robert !

Je sors mon harmonica et joue un quadrille de mon invention. Robert tend l'oreille, se retourne et me voit. Il avance rapidement vers la plage pour me prendre les amarres, il est ému, moi aussi, on se serre dans les bras en silence. Elke le rejoint, alors que Sky se couche sur le dos pour un chatouillis « cabochardesque » ! Ils ne m'attendaient pas aujourd'hui. Sans transition, un bon café chaud m'est servi et on me demande des nouvelles des jeunes : « Ils sont tous bien rentrés ! » À mon tour de m'informer : comment est la nouvelle équipe ? Robert tourne les yeux et change de conversation. Je ne veux pas trop m'attarder et reprends ma route en promettant de l'attendre jusqu'à samedi au camp de Dawson. Je sors mon instrument de musique et me laisse dériver au gré du courant et des airs de quadrille. L'un de ses clients se met même à danser sur la berge…

Beuverie en règle

« La vie c'est comme une bicyclette, il faut
avancer pour ne pas perdre l'équilibre. »
Albert Einstein

Je me sens léger et poursuis en douceur. À midi, le courant est vraiment bon et la brise dans le bon sens, alors je zappe l'arrêt casse-croûte et transforme *Immaqa* en restaurant dérivant. Je tourne à 360° sans propulsion et pendant que mes pâtes s'hydratent, je savoure le paysage. Le vent a la même vitesse que nous avec le courant en prime, douce sensation de jour sans brise. Et un strip-tease, un. Torse nu pendant deux bonnes heures, j'en profite même pour faire une mini-toilette... Je pagaie, je pagaie sans cesse mais je suis bien, je viens de franchir les 100 km, mais je continue. Allez ce soir, on mange une pizza ! Jo Zef est tout à fait d'accord, aux avirons matelot, souquez ferme.

130 km au compteur, plus que 10. Un bruit énorme ! C'est le dernier des Mohicans qui nous attaque ? Jumelles à poste, nom de bleu, deux canoës à l'horizon ! Préparez les couleuvrines, poste de combat, ceci n'est pas un exercice ! Eh mollo Jo Zef, on va avoir des ennuis avec ces comportements... Une paire d'individus sur deux canoës qui se laissent dériver : « Eh ben y z'avait pas que de l'eau à boire !!! » Ivres morts les loustics... Je les évite pour ne pas me mettre dans les embrouilles et ils hurlent quand ils me voient passer comme une balle : « *Hi men ! come for a beer* ». Je leur réponds : « Je suis Français et ne parle pas l'anglais ! » Ouf, j'espère qu'ils ne vont pas louper la ville, les matelots. Sinon, ils risquent la déshydratation !!!

Dawson City est devant moi : 140 km ! Quelle journée !

J'ai « *beaché* » à l'endroit indiqué par Robert et me voilà parti à la recherche du *campground*. Une belle côte de 150 m de dénivelé et je trouve le lieu. Aïe, aïe !

Un repaire de hippies et autres dérivés. Je vous rappelle que je suis encore équipé « Yukon », coutelas au ceinturon, que même Rambo il aurait peur, pas rasé depuis… heu ! me rappelle plus ! Les yeux encore dans l'effort. Mon arrivée est remarquée. Le gars du terrain me souhaite la bienvenue et se barre. Mon kayak est en bas sur les bords du fleuve. Je crois avoir compris que le chariot pour le transport est là, mais seul pour monter mon barda d'au moins 200 kg, je vais péter une durite ! À tout problème une solution : des jeunes que j'avais croisés à Carmacks et qui, eux, sont descendus en pneumatique à rames décident de m'aider. Ouf !

Finalement, tout est en place, la tente montée, le kayak à portée de machette, pardon de pagaie et il ne manque plus qu'à laver la bête. Pour la toilette, il faut suivre les panneaux et passer d'abord au dépôt de bois… Une pièce sombre en planches avec un poêle surmonté d'un réservoir d'eau qui va être chauffée par celui-ci. À côté, un fût de 200 l d'eau froide alimenté par le ruisseau juste derrière. Il suffit de faire chauffer tout ça pour avoir une bonne douche réparatrice. Assis sur mon petit banc, je savoure à tour de rôle les bacs d'eau bouillante et glacée…

Finalement, propre comme un dollar neuf, je sens l'appétit poindre son nez. Eh, je n'ai pas fait tout ça pour un plat lyophilisé ! Un coup de ferry « boîte » pour passer la rivière et me voilà en ville !!! Mort de rire. Un vrai décor de Lucky Luke et je n'exagère pas. Depuis la ruée vers l'or du Klondike rien n'a bougé ou presque. Bon, je ne suis pas là pour visiter mais bel et bien pour engloutir une monstrueuse pizza. L'endroit semble mort : des gamins ronds comme des queues de pelle, des nanas guère plus vieilles, habillées « very light » que ça mérite réflexion, et quelques paumés qui se sont retrouvés dans ce cul-de-sac semi-polaire en ayant perdu le ticket retour. Mais ça ne me donne pas ma pitance tout ça. Enfin un gars un peu moins bourré que les autres et qui, par miracle, a lu la presse locale : « Ouais, t'es le mec du journal ». Je suis en bermuda, donc facile de faire la relation avec le french amputee. Il décide enfin et « en faim » de m'accompagner jusqu'au pizzaïolo. J'entends parler grec ! Mais cette journée ne finira pas de rebondir !

« *Kalispera, ti kanis* ». (Bonsoir, comment allez-vous ?) L'Hellène est surpris : un barbu qui parle sa langue ! Pendant qu'il me façonne ma *tessera tiri*, on échange quelques mots. Moi, sur mon long séjour avec mon *Cabochard* en Grèce et lui sur son immigration, il y a plus de quarante ans au Canada… *Efkharisto poli*… Enfin ! ma récompense tellement convoitée. En face, la grande rivière, les jeunes à ma vue s'éloignent d'un air méfiant et moi, un peu comme un clochard, je mange sur un banc… Vous avez dit aventure !

Ouais Jo Zef, le premier qui s'approche des sacs à provisions, t'as le droit de lui mettre un gros coup de poêle à crêpes sur la tête.

Au fait, ça me suit comme un chewing-gum collé au caleçon. Comme à Whitehorse, tout Dawson – c'est-à-dire five mecs – dit que je suis un *french legionary* !!! Ça, j'en suis sûr, c'est un coup à Franck. Festor…

Into the solitude

« Tout ce que les hommes ont fait de beau et de bien, ils l'ont construit avec leurs rêves... »
Bernard Moitessier

20 juin

Au petit matin le *campground* a retrouvé son calme. Une partie de la nuit, là-bas, en face sur la rivière, des gamins se sont enivrés et ont déliré jusqu'à peu... L'homme : drôle d'animal dangereux !

Je fais chauffer mon eau pour le thermos, prends mon petit-déjeuner et démonte ma tente. Robert et Sky sont mes voisins, nous savourons un sachet de café ensemble. On ne se reverra plus avant un moment et on le sait. Il m'aide à descendre mon fourbi jusqu'à la rive. Ses yeux sont déjà rougis, il connaît par cœur ce qui m'attend, dans quoi je me lance, et seul de surcroît. Cela fait 40 ans qu'il pratique la région. Le kayak est prêt, on se serre comme si on se connaissait depuis toujours, *take care Frank*... Je sors mon harmonica et joue le seul air que je sache jouer. Je me retourne sans cesse. Sky me fixe. Le courant du Yukon m'entraîne vers mon destin... La solitude inconnue...

Je sais qu'à partir de maintenant cela va être mon quotidien. Il est encore trop tôt pour la saison et les camps à saumons ne sont pas encore montés. La grande rivière est toujours emmitouflée dans ses légendes d'hiver. De-ci de-là, quelques névés dans les coins ombragés et un kayak rouge qui glisse en silence. Des images défilent dans ma tête, je m'enfuis, avec les gens que j'aime, éloignés physiquement, mais présents dans mon cœur. Je repense à mes galères, à mes amis, à ceux qui ont croisé mon chemin, à ma fille dont j'ai rêvé cette nuit, déjà cinq ans que je ne l'ai plus vue, la vie est bizarre...

Peut-être est-ce nous qui nous la rendons ainsi...

Je ne fuis pas mon destin, je le vis, ce choix de rester isolé si longtemps est peut-être une manière comme une autre de faire une retraite et de méditer sur les autres, sur moi. L'homme est tellement vaniteux, égoïste, nombriliste que, par moments, je préfère me replier sur moi-même que de subir ses tourments…

J'avance malgré le vent contraire, le courant me porte, mais les bras doivent mouliner pour garder la direction. Un ours noir sur mon tribord joue les spectateurs, je l'observe à la jumelle, mais dois vite reprendre la pagaie. Un morceau de bois à ma proue, un coup de palonnier pour actionner mon safran et l'objet flottant a des yeux, une bouche ! Un castor devant, à 3 m, la caméra, trop tard ; il m'a aspergé le sagouin ! Je reprends la cadence, il ressurgit en bout de pelle et hop un deuxième claquement de queue et il m'inonde encore, ça y est, il est parti ? Non, le revoilà de nouveau pour un autre coup de semonce, mais il m'en veut ou quoi ?

Je pagaie, mais les bras souffrent contre ce vent de face. Dans un virage un peu plus abrité, je fais mon arrêt casse-croûte. Pendant que mes nouilles chinoises se réhydratent (toujours les mêmes), je sors mon iridium pour appeler ma Vrai. On discute de tout, de rien, on se manque, mais il faut raccrocher…

Une longue série de courbes me permet enfin de reprendre le rythme, vent, pas de vent, vent, pas de vent… Encore un bois flotté ! Mais plus gros et surtout qui ne va pas avec le courant, mais en travers ? Un orignal qui s'est « Manaudoudisé » ! J'arrive enfin à le filmer, ce qui me coûtera un 360° puisque j'ai arrêté mon boulot de galérien. La bestiole semble épuisée de sa traversée, mais le flux violent ne me permet pas de lui poser la question.

Cela fait plus de 8 heures que j'avance contre la brise d'ouest et je suis remoulu : 84 km quand même. J'arrive au camp de Forty Mile et cherche où est cette aire de bivouac. Après quatre arrêts dans la bonne vase gluante, je trouve l'endroit. Un terrain aménagé par la nation tagish pour la pêche et la chasse. Le lieu est vide d'âmes, mais il est propre et du bois a même été entreposé. Il y a des traces de loup sur la vase mais je suis tranquille, cet animal a une peur dingue des hommes en cette saison. Très affaibli après l'hiver, il quitte la meute pour retrouver sa femelle.

Ma guitoune est montée, le feu chauffe l'eau du dîner, mais avant : la douche. L'important est de se trouver dans l'axe de la fumée, car malgré le noroît qui se durcit, les mouches noires et les moustiques sont en forme. Les fumerolles empêcheront ces parasites de me dévorer pendant mon nettoyage où je suis nu comme un ver…

Aujourd'hui, je n'ai vu aucun homme et c'est très bien comme ça. Ce soir, j'ai une pensée très forte pour toi, Antoine, à la prison de Luynes. Je viens d'apprendre ta lourde condamnation et je te promets, vieux frère, que dès que je rentre de ce fleuve, je viendrai te voir ainsi que les autres pour tout vous raconter. Salut Antoine, passe le bonjour aux copains et prends soin de toi, je sais qu'aujourd'hui c'est la fête des pères et que Chloé t'a fait un joli dessin…

Être seul et aussi isolé me rend philosophe, mais je vous rassure, les Nietzsche, Freud ou Einstein n'ont pas de souci à se faire. Comme je souffre un poil (d'ours) je me lance.

La douleur.

Les douleurs sont pénibles, multiples et inévitables. La douleur doit être acceptée, mais à sa juste valeur. C'est nous qui lui accordons de l'importance et, de par ce fait, elle envahit notre univers en proportion de l'intérêt que nous lui attribuons. Celle qui est physique est certainement la plus « facile » à gérer. Pourtant, c'est elle qui fait le plus peur. Sa violence est certainement accentuée par l'ignorance. Si on analyse, décortique pourquoi elle est là, d'un seul coup elle perd de sa grandeur, de sa détermination, de sa superbe. La douleur nous rend visite seulement pour tenter de définir une limite, mais la limite, est-ce que ce n'est pas nous qui devons la poser ?

La douleur du quotidien est plus sournoise, la société en a une besace pleine. Comme la douleur physique, à nous de lui donner sa place. Selon nos dispositions tout peut devenir sujet à faire souffrir.

Douleur de perdre un proche ? On naît pour mourir…

Douleur de perdre un poste professionnel ? C'est dans l'adversité que l'on grandit… Douleur de croiser un regard qui fait mal. L'autre nous tend un miroir et reflète notre image.

Douleur de ne plus être en phase avec des êtres aimés. Notre vie est une longue croisière, les escales se suivent, mais le vent nous pousse et il est souvent difficile de revenir dans le même abri.

Au début de ma vie de handicapé, je souffrais du regard des autres, de leurs jugements et puis le temps et la réflexion m'ont fait accepter ma différence. De compassion leur sentiment s'est transformé en admiration.

La douleur est une compagne omniprésente, les sept milliards d'êtres humains en sont emplis, mais chacun la vit différemment.

Notre vie, amollie par un confort excessif, fragilise, et la douleur s'y est ménagé une douce place. L'adversité nous forge et la précarité endurcit contre la douleur.

Certains matins, quand elle vient me dire bonjour, je me souviens de quelques régions que j'ai visitées, de moments de vie qui m'ont marqué. Je l'invite à s'asseoir à ma table, mais elle ne peut que voir un homme serein, car la douleur même présente ne constitue qu'un minuscule bout de mon voyage.

Fuir devant elle est dangereux. Beaucoup l'occultent comme un sujet tabou, mais un jour, tôt au tard, ils seront rattrapés et l'impact sera violent, destructeur.

Pour être performant en sport il faut s'entraîner, pour écrire il faut lire, pour vivre il faut vibrer. Rencontrer au quotidien ces petits moments de douleurs, c'est un peu de l'homéopathie.

Ne pas en avoir peur, l'affronter sans lui donner trop d'importance : un juste équilibre que certains appellent sagesse, philosophie…

Je ne suis pas du tout moraliste ou donneur de leçon mais, si la douleur est une compagne qui vient souvent partager ma vie, comme chaque être humain sur terre d'ailleurs, je la refuse comme amante et encore plus comme confidente. Elle est devenue une ombre et me suit partout, je la lasse de lui donner si peu d'importance, alors elle se ratatine, se décompose, elle se disloque et mon chemin, bien que boiteux, devient encore plus lumineux.

Pour conclure ce chapitre sur la douleur, il y a un médicament hors norme, sans prescription et remboursé par la sécu : la respiration ! Tout vient de là. Essayez de faire rouler votre voiture avec du jus de choux ou de l'eau salée ! Pas sûr que cela marche. Respirez mieux et la douleur s'avouera vaincue.

Une fois de plus cette réflexion n'est issue que de mon expérience.

Moustique Land

« En allant au fond de nous-mêmes, nous découvrons que nous avons exactement ce que nous désirons. »
Simone Weil

21 juin

Toute la nuit, les bourrasques ont secoué ma tente. Un vilain coup de vent ; à vue d'œil, des rafales à 40 nœuds. Malgré tout, je trouve le sommeil. À l'aube boréale, le grand silence me réveille, c'est fini…

Il faut démonter le bivouac et tout ramener au kayak. La tempête ayant disparu, les mouches noires et les moustiques me tendent une embuscade. Je n'ai jamais vu ça de ma vie. Des millions d'insectes tournoient autour de moi, ils tentent par tous les moyens de me sucer le sang. J'essaie de ne pas y penser et, malgré tout, je suis le protocole anti-bestioles à la lettre : rien qui ait une odeur dans la tente. Je prépare donc mon petit-déjeuner et le repas de midi dehors.

Heureusement que, pour l'instant, je ne crains pas trop leurs morsures (les moustiques piquent pour sucer le sang alors que les mouches découpent la peau) car mes mains sont noires. Mon kayak est posé sur un lit de vase et si j'y séjourne trop longtemps, je reste cimenté. Côté prothèse, c'est alors compliqué à se décoller. Tant bien que mal, je mets tout en place et remets le cap au nord. Là-haut, les nuages défilent encore bien vite et le baromètre est toujours inerte. Une petite heure de répit et Éole revient me voir, il reprend de plus belle et me met un coup au moral. Je ferme les yeux et pagaie en essayant de m'évader. Le courant, lui, est portant et, en m'appliquant, j'arrive à maintenir la moyenne de 10 km/h. Les bras commencent à s'habituer, le fessier aussi, mais ce sont les cervicales qui me font un peu souffrir. Mais non, je ne me plains pas, c'est trop extraordinaire d'être là.

Je mange de la distance et ça, c'est bon pour le moral. Des dattes séchées me donnent le coup de bonheur en plus, ainsi que mon petit sachet de café lyophilisé de 10 heures.

Mes bras tiennent le rythme et mon coude droit qui m'a tellement fait souffrir l'hiver dernier, lui, est flambant neuf ! Ce qui est incroyable dans notre corps, c'est cette connexion entre « le tableau de bord, le moteur et les roues ». J'ai une hygiène de vie monacale : nourriture, sommeil, lieu de résidence et environnement, tout est parfait pour « péter des flammes ». Mais voilà, pendant toute cette préparation j'ai eu des douleurs au coude droit. Kiné, ultrason, acupuncture rien ne m'a soulagé. Après avoir consulté plusieurs ostéos sans résultat, j'ai fait mon diagnostic. D'abord, il m'a fallu soigner les dents qui, à force de chocs, se sont un peu abîmées. Une bonne dentition pour éviter les problèmes sur les tendons. Ensuite la tête. Eh oui, le gros dur redoutait cette aventure et je me suis déclenché cette inflammation. Encore une fois, j'ai travaillé sur moi-même, beaucoup d'exercices de respiration et j'ai résolu mon psycho-problème. La manière de penser est très importante, elle gère tout et bloque le corps qui a peur, qui doute. Mon ami Loïc Leferme m'a initié à des techniques qui me sont d'un grand secours dans mon quotidien. Travailler sur l'apnée statique dans un contexte calme, décontracter tous ses muscles, déverrouiller toutes les tensions, pour s'auto-soigner. On peut être aidé mais notre guérison n'adviendra que grâce à un désir profond de recherche sur soi sinon les fantômes resurgissent et répandent des grains de sable dans les rouages.

À 12 h 30, je fais ma pause syndicale : nouilles chinoises accompagnées aujourd'hui d'huîtres fumées sous huile, un vrai délice. Pendant cet arrêt, j'en profite pour changer la puce de mon GPS et y insérer celle de l'Alaska. Eh oui, à nous l'Amérique. Ouais, Jo Zef, on va chez les Ricains, hamburger, hot-dog, ketchup !!! Euh, pas de suite quand même !

Ça y est, on est passés, pas de poste frontière, seulement les drapeaux canadien et américain accolés Ouais la mascotte, on est des clandestins, quel luxe d'entrer aux USA sans visa.

Douze kilomètres plus loin, apparaît le hameau d'Eagle et je me demande bien où sera le bureau de douane ? Avec mes jumelles, je devine des bateaux sur la berge, mais les rafales violentes m'empêchent de lâcher trop longtemps les pagaies. Enfin, j'arrive, je n'ai même pas le temps de m'extirper d'*Immaqa* qu'une grosse bagnole avec gyrophare arrive dans un nuage de poussière. Eh Jo Dalton planque-toi, t'es une mascotte sans papiers ! Il se nomme Jack et m'attend ! Mais qui vous a prévenu ? La radio aux infos ! Au poste aujourd'hui, y z'ont parlé du Français en kayak et je me suis dit qu'un gars comme toi, même avec un temps pareil, il allait pagayer quand même ! C'est pire que le tam-tam leur truc. Je ne fais que signer le papier vert et il fera le reste.

Il me raconte sa vie ici, au poste frontière, de mai à septembre et sa bonne relation avec les 150 Natifs du bled. L'hiver, il est à Anchorage avec sa femme. Ses deux fils sont officiers dans l'armée US. Il est fier de serrer la main du *french legionary* ! Il me demande où je compte dormir ce soir. Je vais continuer encore une heure ou deux, histoire de manger une bonne poignée de kilomètres. Il me demande d'attendre quelques instants et revient avec des oranges, du pain, du chocolat, du rosbif et me souhaite bonne chance. Tout heureux, je plante mon bivouac à 6 km au nord du hameau. 92 km effectués contre le vent… De mon bivouac, je vois le village frontière et j'essaie d'imaginer les premières neiges, le fleuve qui se fige…

Une fleur séchée

« Il faut toujours faire ce que l'on ne croit pas pouvoir faire. »
F. D. Roosevelt

22 juin

Hier soir, juste avant de m'endormir, j'ai ouvert une des enveloppes bleues que m'a données Véro à Carmacks avant mon départ. Dedans, une fleur séchée, donnée par les parents de Fred Mondoloni, lâchement assassiné le 31 janvier 2009. Je ne le connaissais pas trop, mais le croisais souvent chez ma dulcinée et son souvenir m'émeut aux larmes : un brin de jasmin séché. Je sais qu'il m'accompagne dans cette croisade. Si ici, il n'y a pas de nuit en cette saison, une étoile veille sur nous tous malgré tout et elle s'appelle Fred…

Ce matin, le vent semble être tombé et je prends le « large ». Calme plat, enfin presque. Une demi-heure après, une rafale en plein dans la poire me fait courber l'échine. Ça promet encore une journée de gladiateur. Pourtant, le baromètre s'est stabilisé et surtout le front qui est passé hier devrait donner un souffle du levant et non un coup de tabac ! Finalement j'avance, je serre les fesses, au fil des heures le vent cesse et laisse place à un souffle d'est. Enfin ! Le calme retrouvé, je peux ralentir le coup de pagaie et vaquer à mes rêveries. Je reviens à la fleur de jasmin et repense à Fred, à Bernard, le père de ma Vrai, et à sa tante Marguerite. Je vogue vers d'autres disparus fidèles à mon cœur, mon parrain Walter, parti juste avant mon départ. Son fils, qui est aussi mon cousin, m'a remis son sifflet de prof de sport.

Quand nos ancêtres européens sont arrivés en terre du Grand Ouest ils ont appelé les Natifs de ces terres vierges les « sauvages ». En découvrant ce poème athapascan, je me demande si ce ne serait pas plutôt nous, « les sauvages » ? Tout le monde fuit la mort alors qu'elle est inévitable et nous, les grands donneurs de leçons, nous nous cachons derrière un océan de mensonges…

Plus le temps passe plus une partie de moi part déjà pour un périple incroyable… Le voyage intérieur, celui qui fait peur à beaucoup…

Lisez ce poème en paix et un air de liberté du Grand Nord vous envahira et vous rendra serein. Si vous êtes mal à l'aise après sa lecture, c'est que vous n'êtes vraiment pas bien avec vous-même et il est toujours grand temps de vous ouvrir à l'inconnu.

Quand je ne serai plus là, relâchez-moi
Laissez-moi partir.
J'ai tellement de choses à faire et à voir.
Ne pleurez pas en pensant à moi
Soyez reconnaissants pour les belles années,
Je vous ai donné mon amitié.
Vous pouvez seulement deviner
Le bonheur que vous m'avez apporté.

Je vous remercie de l'amour que chacun de vous m'a démontré,
Maintenant, il est temps de voyager seul.
Pour un court moment vous pouvez avoir de la peine.
La confiance vous apportera réconfort et consolation.
Nous serons séparés pour quelque temps.
Laissez les souvenirs apaiser votre douleur.

Je ne suis pas loin et la vie continue…
Si vous avez besoin, appelez-moi et je viendrai.
Même si vous ne pouvez me voir ou me toucher, je serai là.
Et si vous écoutez votre cœur, vous éprouverez clairement
La douceur de l'amour que j'apporterai.

Et quand il sera temps pour vous de partir,
Je serai là pour vous accueillir.
Absent de mon corps, présent avec Dieu.

N'allez pas sur ma tombe pour pleurer
Je ne suis pas là, je ne dors pas

Je suis les mille vents qui soufflent
Je suis le scintillement des cristaux de neige
Je suis la lumière qui traverse les champs de blé
Je suis la douce pluie d'automne
Je suis l'éveil des oiseaux dans le calme du matin
Je suis l'étoile qui brille dans la nuit.
N'allez pas sur ma tombe pour pleurer
Je ne suis pas là. Je ne suis pas mort.

Je trouve cette pensée locale adaptée pour la disparition de mon parrain, chacun donne un nom différent à son ou ses dieux. Même si le plus important dans notre passage larvaire sur terre est partage et amour. À bientôt Walter ! Ton filleul.

Puis je pense à Lulu, ma grand-mère, et mon pote champion apnéiste, Loïc Leferme. Dédé, que je ne pourrai jamais oublier, dont j'entends toujours le rire, les expressions. C'est lui qui m'a formé pour mon monitorat de plongée et, des histoires en commun, on en a en pagaille. Vous tous, vous êtes devenus des étoiles et, dans mon errance solitaire, vous me guidez, me protégez. Non, je ne suis pas seul avec vous. Je ne suis pas triste, mais je me mets à saler mes joues. Une fois de plus, allez-vous dire. Ce n'est pas de mélancolie dont il s'agit mais d'intensité. Personne à des centaines de kilomètres à la ronde et la nature est si grande que je me sens comme un électron qui ne va vibrer que quelques secondes sur l'échelle de l'infini.

Un ours noir joue les grimpeurs sur ma droite, un orignal et son petit me calculent à peine, alors qu'un aigle pygargue pense la même chose que moi de ces satanés goélands qui veulent nous trouer le crâne. En fin de journée, je trouve une île sans trace de « kikis à poils » et monte mon bivouac. Hier c'était le 21 juin et la journée fut la plus longue de l'année. Pour fêter cela, la température a augmenté et, fait du hasard, j'ai entreposé *Immaqa* sur une mini-crique de galets noirs. En allant y prendre des affaires pieds nus, j'ai pu constater que l'eau était chauffée par le sol sombre. Aubaine du jour, j'ai pris un bain tiède et ce n'est pas des « Yukonneries » !

J'ai même fait ma lessive. Jo Zef se demandait si je n'avais pas embarqué en douce du fromage corse !

Au fait, 93 km au compteur : pas mal pour un unijambiste !

Five stars Cabin

« Les circonstances ? Quelles circonstances ?
Je suis les circonstances. »
Napoléon 1er

24 juin

C'est l'aube et déjà l'eau chauffe pour le thermos et le petit-déjeuner. Un peu plus de soixante minutes et c'est parti. La première heure est toujours un peu pénible, la machine doit chauffer. J'avance à un bon rythme et c'est ça l'important. Le premier quart est récompensé par un café et quelques dattes séchées. La surprise du jour vient d'une bestiole que je vois déambuler sur la plage : tiens un chat… Ouah ! Un lynx ! Je pousse sur les pagaies et m'approche de lui, la caméra tourne et finalement j'arrive à le cadrer. Il feint de m'ignorer et semble plutôt intéressé par des trucs qu'il renifle dans le sable. Mais non Jo Zef, y cherche pas des restes de crêpes ! (soupir).

Je reprends mon « pagayage » et, une fois de plus, le vent vient me dire bonjour et pas dans la bonne direction. On courbe l'échine et on avance. Je sens une présence foncer sur moi. Sur mon bâbord arrière un aigle à tête blanche me fonce dessus. Je lève la pagaie et il m'évite de justesse ! Ouais la mascotte, s'il continue y va finir dans la casserole « mon truc en plumes » !

Le vent augmente et, depuis ce matin, la rivière est de plus en plus large et je prends mes premiers moutons. Les vagues, pas les bestioles ! O.K. ?

Donc j'avance quand même. Je sais que je suis à deux heures d'une cabane du parc et que ce sera l'occasion de me refaire une santé. Effectivement, à ma grande joie, je découvre un somptueux palace. Je pense n'y trouver personne, mais non, je suis accueilli par un ranger du nom de Dew. Il est garde du parc national Charley Yukon River. Il me reçoit avec un grand sourire et me fait visiter le château. Cet édifice fut construit en 1930 et servait de relais pour la poste. Tous les 40 km, une cabane avait été construite et le courrier pouvait suivre en toute tranquillité le cours du fleuve. Beaucoup ont été détruites avec l'âge mais celle-ci vient d'être restaurée. Le jeune garde me demande si je veux rester dormir ce soir et quand je vois le confort qui m'attend, je me laisse convaincre et pose mon barda. Il m'amène sur la route d'une ancienne mine d'or, vestige du temps passé, tout est resté en place. La folie de la fortune !

Un air du film *Délivrance*

« Chaque homme doit inventer son chemin. »
Jean-Paul Sartre

25 juin

Cela faisait longtemps que je n'avais pas dormi aussi bien, d'un sommeil profond, sans l'oreille à l'écoute du moindre bruit suspect. *See you Dew and thanks a lot…*

Je reprends mon pèlerinage, la route est encore longue mais belle, même si par moments la tristesse m'envahit. Hier soir, comme d'habitude, j'ai ouvert une enveloppe bleue que m'a remise Véro il y a déjà 10 jours, je reconnais son écriture et avec beaucoup d'émotion, je découvre un petit porte-clés en céramique. Un ourson qui tient une moitié de carte à jouer, un as de cœur bien sûr. Comme un gamin, je m'endors en le serrant fort dans ma main.

Il faut qu'on lui trouve une place à bord d'*Immaqa*, digne de la princesse qui nous l'a confié. Bien vu la mascotte ! Accroché sur le vide-poche fixé devant moi, juste à côté du transbordeur qui émet notre position. Il sera amarré sur le même anneau que le sifflet de mon parrain disparu. Jo Zef, faut qu'on lui trouve un nom ! Ce sera Kuma qui veut dire ours en japonais. Bonne idée la mascotte.

Donc voilà que Kuma rejoint la fine équipe sur le Yukon. Jo Zef chef de bord, *Immaqa* amiral, Maguy Bole timonière (je barre le palonnier avec les pieds)… et moi l'esclave qui pagaie et fait avancer ce petit monde.

Le vent semble vouloir être sage aujourd'hui, alors on dévore du kilomètre, mais ici, vous commencez à connaître le refrain, tout a une fin. Une série d'orages éclate. Des gouttes grosses comme ça et du vent dans le nez ! Mais rien ne nous arrête, direction le hameau de Circle. Tous en chœur on rêve de hamburgers, de douches chaudes, peut-être même d'un « cerbère café » pour des nouvelles fraîches.

Depuis une bonne heure, un canoë vert est loin devant moi, je le rattrape doucement, pour finalement arriver en même temps sur la plage du bled ! J'avais su par Dew qu'ils me précédaient de deux jours. Un couple avec un petit garçon et un gros chien. C'était sûr que j'allais rapidement les rencontrer. Encore un coup de mes anges gardiens, je leur demande de me garder *Immaqa* pendant que je pars à la recherche de victuailles.

Un village fantôme digne du vieux et terrible film *Délivrance*. Un motel à l'abandon, un saloon en vente et des Natifs totalement insensibles à mes « *Hi !* » Je demande à une dame où se situe *the grocery store* et du bout des lèvres elle m'indique la direction en me disant que de toute façon il est fermé. Je le trouve et il est ouvert ! Une blanche m'accueille aussi très froidement. Des peaux de renard et d'autres bestioles sont pendues pour la vente. Les rayons sont poussiéreux, tout est mélangé, le bricolage avec les bouteilles de spiritueux… Je comprends mieux, c'est une zone *wet*, c'est-à-dire que l'alcool y est autorisé et, du coup, c'est la catastrophe. Je paie mes provisions et rejoins vite mon embarcation, je croise de jeunes gamins, je les salue, ils ne me calculent même pas. *Immaqa* est intact. Ouf !

Je remercie ces gens qui ont fini leurs vacances pour rentrer chez eux à Fairbanks et reprends ma route. Je serre Kuma et sens des larmes couler sur mes joues. Je pagaie sans cesse et veux m'éloigner de cet endroit malsain. Finalement je trouve un îlot presque sans herbe, avec du bois et aucune trace de bestiole. Le camp est monté, le feu allumé et je prends soin de me laver dans la grande rivière en remerciant tous mes anges gardiens d'être aussi présents.

Encore 100 km accomplis. Je suis aux portes des Yukon flats, l'endroit où le fleuve perd de sa force pour s'élargir dans une sorte de labyrinthe que je vais devoir déchiffrer. Tout au long de mes journées, je pense à vous tous et j'imagine vos activités. Pour beaucoup, je ne vous connais pas, mais peu importe. Je sais que des bougies brûlent pour mon salut et vous ne pouvez pas imaginer comme je sens vos présences.

Ce soir, j'avais envie de mettre un peu de Corse sur cet îlot de nulle part. Alors la tête du Maure flotte sur mon bivouac.

Dans un labyrinthe

« Les Corses ont des cœurs brûlants qui,
pour sentir la vie, ont besoin d'aimer
ou de haïr avec passion. »
Stendhal

26 juin

Ce matin je suis un peu en avance. Le cercle polaire est à portée de pelle, environ 120 bornes. Ciel plombé, peu importe, hier soir j'ai eu ma Vrai au téléphone et je suis inondé de soleil. Depuis deux jours j'ai changé de pagaies, celles en fibre de verre sont remplacées par une paire avec des pelles plus fines, mais plus longues et en bois. Je me sens plus rapide face aux bourrasques et, surtout, la prise au vent étant diminuée je produis moins d'efforts.

Je pars pour le Nord, la moyenne est bonne, les flats me rendent prudent. C'est un méandre de milliers d'îles et, si l'on n'est pas attentif, on prend un bras mou et adieu le courant porteur. J'avance en chantant, en rêvant de mon arrivée, d'une rentrée d'Anchorage à Whitehorse en voiture avec ma Vrai en prenant notre temps… Je batifole, je lâche cinq minutes les rames pour un petit air d'harmonica, les averses se succèdent, mais ce sont des pipis de chat, le vent est faible, que du bonheur.

Vers 16 heures, je suis presque au bout de mes peines, mais le ciel se noircit, les éclairs m'encerclent et je n'ai aucune solution ! Un nuage d'un noir impressionnant fonce sur moi, j'ai à peine compris que la tempête éclate, que tout se déchaîne. Il faut que je me mette à l'abri, je trouve un îlot et fonce dessus. J'amarre *Immaqa* et pars vite à la recherche de traces d'ours, l'île en est dépourvue, encore heureux. Je ne peux monter ma tente de peur de la perdre à cause des bourrasques. Je sors ma bâche qui sert à protéger le soir mes sacs de provisions et m'enfouis dessous, je tremble. De tous les côtés ça claque, la foudre tout autour de moi, je suis pris au piège. Je prie, je sanglote mais qu'ai-je donc fait pour mériter tout ça ? Je me calme et je sais que ce sera bref et qu'il faut que je fasse confiance à mes anges gardiens. Pendant deux heures je suis coincé. Finalement, la pluie perd de sa violence et surtout le vent s'essouffle. Sous une fine bruine je réussis à monter ma tente. Quand tout est en place, je n'ai plus qu'à écoper toute l'eau qu'il y a à l'intérieur. Je retrouve le sourire, parle au fleuve et lui présente mes excuses, car s'il s'est déchaîné comme cela contre moi c'est que, peut-être, je lui ai manqué de respect.

Promis, je m'appliquerai encore plus et serai plus humble. Pour sécher notre chez moi, j'allume avec précaution le réchaud à l'intérieur. Instantanément la température augmente et la toile peut enfin devenir vivable. Jo Zef est extirpé du sac étanche et comme un enfant je le serre de toutes mes forces contre moi. Misère, qu'on a eu peur ! Ce soir, le bivouac est à 3 km sud du cercle polaire. Cent cinq au compteur, mais est-ce si important ? Je suis vivant et bientôt je vais pouvoir serrer dans mes bras ma Princesse… Clin d'œil de la vie, l'île où je campe ce soir se nomme Toussaint Island et j'ai trouvé sur la plage un morceau de filet de pêche ! (En Corse, où mon *Cabochard* m'attend au mouillage, Toussaint est un copain marin pêcheur !)

Merci pour vos prières et vos bougies allumées, je suis sûr que ce sont elles qui ont sauvé ma peau de cabochard aujourd'hui…

Cœur grenat

« Que m'importe que Dieu n'existe pas.
Dieu donne à l'homme sa divinité. »
Saint-Exupéry

Je m'envole par la pensée dans des rêves qui me réchauffent et me font oublier les difficultés du moment. Alex, encore et toujours lui, continue son rôle d'agent intermittent, il a en tête de me faire intégrer une équipe pro de hockey. Mais pour l'instant, j'ai ce projet fou de descendre en kayak la Yukon River, alors je pagaie en Méditerranée. La météo est clémente, l'embarcation parée, je me lance. La brise d'ouest me porte gentiment. Comme avec la yole de mer, je suis à ras de l'eau et en contact privilégié avec les éléments. L'hiver est doux et les Bouches de Bonifacio me laissent glisser sans coup tordu. Au bout d'un moment, comme dans chaque sortie d'endurance, l'esprit s'évade et je rejoins les anges. Cette année, des potes ont quitté prématurément la terre et je converse avec eux. Ma grand-mère les a aussi rejoints. Dans son lit funèbre, sa dernière volonté était d'avoir une photo avec elle de son petit-fils. Pendant la cérémonie post-incinération, j'accompagnais ma mère et mes deux tantes, les trois sœurs étaient terrassées par la situation. Pendant la prière du curé, je parlais avec « Lulu ». J'avais l'impression qu'elle paniquait de voir la détresse de ses filles. J'essayais de la rassurer et lui disais : « Ne t'inquiète pas, elles vont comprendre que maintenant tu as rejoint tes proches ». Je ne sais pas si c'est moi qui suis à côté de la plaque, mais j'avais l'impression sincère de communiquer avec elle. Une grand-mère poétique jusqu'au dernier moment, puisque la cérémonie eut lieu le jour de la Saint-Valentin…

Le kayak monté sur la plage, je plante le bivouac. Avec le bois flotté j'allume un feu. La plénitude me gagne. Je retrouve enfin les îles Lavezzi, les vraies à mes yeux, celles de l'hiver. Cela faisait tellement longtemps que je ne leur avais rendu visite. Le soleil vient de passer derrière le sémaphore du Capo Testa en Sardaigne et je me rends au cimetière de la *Sémillante*. C'est toujours une émotion d'être dans ce sanctuaire : 755 morts dans le naufrage le plus dramatique de Méditerranée. Alphonse Daudet a consacré à la catastrophe un récit complet dans son œuvre littéraire *Les Lettres de mon moulin*. Comme depuis le premier jour où je suis rentré ici, je leur parle de la même façon qu'avec mon aïeule disparue. Mais elle est partie sereine. Et je sens ici la présence d'âmes errantes encore en tourment. Parfois je me pose des questions. Est-ce bien normal de converser avec les morts ? La nuit enveloppe l'île et je rentre au campement. Le feu est toujours actif. Je l'alimente, je pense, assis sur un billot de bois, et je me réchauffe les mains. Dans l'axe du feu, la lune sort, elle est pleine, je n'ai ni musique, ni radio, seulement la mélodie de la nature. C'est toujours dans ces moments de bonheur que je repense à mon accident. Il s'en est fallu d'un cheveu pour que je ne vive plus. Même une patte en moins je me sens serein, fort, très fort, un peu comme un arbre fruitier ! Quand on lui a coupé quelques grosses branches il a le choix de mourir ou alors de repartir de plus belle. Je me souviens, il y a au moins 15 ans, d'une violente tempête d'hiver qui avait malmené les Bouches de Bonifacio et le vieux mûrier des Lavezzi avait bien souffert. Une grosse moitié avait cédé et il était bien mal en point. Je l'avais élagué, soigné et, depuis, il est reparti de plus belle. Les anciens à terre disent qu'il aurait au moins 300 ans. Avec moi tout se recycle, tout a une renaissance, la preuve : je suis encore là. Le gros tronc tombé, je l'ai débité, mis à sécher dans mon hangar et, depuis, un petit morceau de ce tricentenaire sert de support au compas du *Cabochard*…

Que de souvenirs sur ce caillou, que de victoires, et de défaites parfois…

Le lendemain, de bonne heure, je lève le camp pour rejoindre mon pointu. Le mistral se lève, pile-poil dans le nez, pas très fort, mais juste assez pour transformer la balade en rame forcée. Je suis prêt à rejoindre ma nouvelle aventure.

Même pas 24 heures et me voilà à Genève logé dans le plus luxueux hôtel de la ville. Hier, j'étais sous des milliers d'étoiles. Ici, il n'y en a que cinq ! Le rendez-vous est fixé avec le coach manager Chris Mac Sorley. Alex fait les présentations et nous discutons à bâtons rompus de tout et de rien. L'homme dégage une force et une énergie incroyable, en quelques secondes nous sommes sur la même fréquence. La patinoire des Vernets est le repère de ces gladiateurs des temps modernes. Chris et Alex m'introduisent auprès des joueurs.

Je me lance. Je leur explique, comme ils s'en doutent, que je suis absolument novice dans leur sport, par contre étant un élément libre et neuf je vais essayer de leur apporter un peu d'oxygène. Une manière de penser différemment. Ils sont professionnels et ils savent que si leur coach m'a fait venir c'est qu'il y a de bonnes raisons. Pour me mettre un peu plus dans le bain, je participe avec eux à l'échauffement. Hans, le coach assistant, leur donne la cadence. Pompes, abdos, étirements, je ne loupe rien. Ils m'observent tout en étant concentrés sur leurs efforts. Je suis convié d'office à la conférence de presse de présentation des playoffs. Je n'ai rien préparé et écoute d'abord l'entraîneur, puis Goran, le capitaine, et enfin Igor Fedulov, le vieux briscard russe. Je me présente et tente d'expliquer ma venue. Lors de ma traversée du Groenland à pied je souffrais le martyre avec une prothèse mal adaptée. Venu de nulle part un petit oiseau s'était posé sur mon traîneau, on ne parlait pas la même langue, on ne vivait pas avec les mêmes objectifs, mais pourtant sa présence m'avait réchauffé le cœur. Ma venue parmi les grenats devra être comme celle de ce bruant des neiges. Le lendemain la presse romande reprenait en titre cette métaphore.

Je les observe pendant leurs entraînements sur la glace, même en préparation ils se donnent à fond. Je me permets de les inviter à une séance de respiration. Certains dédaigneront ma proposition, normal, je ne suis pas hockeyeur et encore moins prof de sport. Pourtant, d'autres tenteront cette technique. Avec mes mots simples, j'essaie de leur transmettre mon expérience. Un moteur – le corps – a besoin d'essence – l'oxygène. Sans une bonne carburation, il y aura des ratés, des toussotements.

On fait aussi l'expérience sur la glace, pendant une séance de tirs aux buts, ils mettront en action une vraie respiration. Je ne dis rien, j'observe en douce, à tour de rôle ils viendront me confier leurs sensations positives.

Cette année leur objectif était le maintien en ligue A, mais ils ont fait mieux et ont fini deuxième. Ils se retrouvent en playoff dont je vais expliquer brièvement le fonctionnement pour les novices comme vous et moi. À la fin du championnat, composé de quatorze équipes, les huit premiers sont retenus. Le premier rencontre le huitième, le deuxième le septième, etc. Le tout sur sept matchs allers-retours, espacés de deux, voire trois jours maxi. Celui qui obtient quatre victoires est qualifié. Nous sommes à 48 heures du départ de ce huitième de finale. La presse est très enthousiasmée par ma présence. En France, il serait impossible qu'une personne dite handicapée puisse intégrer une équipe sportive pro pour apporter sa part d'énergie. Vous verriez un Frank Bruno au côté d'un sélectionneur des Bleus ? Mon cher pays est encore bien loin de certaines contrées anglo-saxonnes où cette pratique existe depuis belle lurette. J'ai bien saisi mon rôle, je connais ma tâche et ne m'en détournerai sous aucun prétexte. Le premier match se joue ici et le début se déroule cahin-caha. La partie est gagnée mais aux penalties, car la règle de ce jeu est différente par rapport aux autres sports d'équipe. La parité n'existe pas. Si c'est le cas, à la fin des trois tiers-temps de vingt minutes, il y en a un supplémentaire. En cas de nul on finit par une succession de tirs aux buts façon « mort subite ». Donc ce soir Genève l'emporte aux penalties.

Cependant, ce n'est pas le résultat sur l'adversaire qui compte, mais la victoire sur soi-même.

Avec les gars le courant passe bien, nous échangeons beaucoup, évidemment l'équipe est très internationale. Trois Canadiens, un Slovaque, un Russe naturalisé suisse, un Français, Laurent Meunier, Goran Bezina, le capitaine d'origine croate et des Helvètes de cantons différents : du Tessin et de Suisse alémanique et romande. Tout ce petit monde a le même objectif : donner le meilleur pour la victoire. Deux jours après, nous nous rendons en bus à Rapperswil au nord du pays, le match est catastrophique, le public est violent et vulgaire. Les joueurs ne parviennent pas à garder leur calme, pas plus que leur entraîneur. Le jeu sur la patinoire se transforme en combat de rue. Le résultat en dit long : défaite 5 à 1. Les quatre heures et demie de bus pour le retour sont interminables. Le lendemain je déjeune avec Chris qui me demande mes impressions. L'homme est fascinant et j'ai pu observer que tous ici le craignaient. Sans mettre de gants, je lui explique ma façon de voir. « Si hier soir l'équipe a perdu, 80 % c'est la faute des gars mais 20 % c'est la tienne ! » Je vois sur son visage que ma déclaration ne lui convient pas. Je lui déconseille même de venir à l'entraînement aujourd'hui, histoire que son absence ait un impact psychologique. Je vois dans ses yeux beaucoup d'interrogations : « Ce type, je le fais venir, je le paie, il n'a jamais vu un *puck* avant d'arriver ici et il me dit de ne plus venir aux entraînements. Mais qui c'est ce *Frenchie* pour me dire ça ? » Sans lui laisser le temps d'analyser mes commentaires, je le plante là et rejoins la patinoire à pied. À mon arrivée aux Vernets, je chuchote à Hans, le coach assistant, la situation. Je rentre dans les vestiaires et solennellement j'annonce : « Chris aujourd'hui ne viendra pas ! » J'entame un monologue avec l'équipe, je n'attends aucune réponse de leur part. Je suis là seulement pour leur dire ce qu'eux n'ont pas vu pendant leur défaite catastrophique. En quelques secondes, je leur démontre qu'hier soir j'ai vu une équipe fragile car elle s'était trompée d'adversaire. Leurs rivaux sur la glace n'étaient pas les joueurs bleu et blanc mais bien eux-mêmes. La bombe est lancée ! Silence dans le vestibule. Très concentrés, ils s'entraînent, mais malgré notre discussion Chris arrive. Je le bloque à l'entrée de la patinoire et lui rappelle droit dans les yeux : « 20 % de la défaite hier soir c'est toi, je pense qu'il vaut mieux les laisser faire ! » Comme tout grand entraîneur, il analyse rapidement la situation et repart. Après la douche certains se confieront à moi et je sens tout le monde un peu libéré. C'est l'anniversaire de Thomas Deruns et il nous invite tous pour un déjeuner oriental. Le troisième match en dira long: 5 à 0 pour les Aigles du Servette. Ils se qualifieront pour les quarts de finale. Mon boulot est fini, est-ce qu'il aura servi ? Je pense un peu… En tout cas, ce qui est sûr c'est que l'expérience est très enrichissante pour moi. Les rapports humains sont la base de l'évolution de l'homme et pas seulement dans le sport de haut niveau.

Bref arrêt à Menton, ma ville natale. Une vieille librairie locale organise une matinée signature, pour mon premier livre. J'arrive à l'heure, il y a du monde, des visages que je connais, mais les noms ne me reviennent pas toujours. Certaines dames sont très touchées de me revoir, d'anciennes petites copines sont venues aussi, « pas rancunières les filles », me souffle Jo Zef. Mais de toutes ces visites, plus émouvantes les unes que les autres, ce sera celle d'Aurélie et sa maman Poussy, l'épouse de mon pote Dédé disparu, qui me bouleversera. Les regards parlent. La petite est une jeune femme qui est prête à accoucher. D'ailleurs, deux jours après notre rencontre, elle mettra un petit Joseph au monde ! La mascotte se la joue un peu, car elle croit que c'est en son honneur.

Les hommes viennent et repartent, c'est le cycle de la vie : on naît pour mourir !

Ouf, je retrouve mon calme, mon paradis, mon *Cabochard* bien solidement amarré. Un copain me dit qu'une grosse tempête a balayé la Corse-du-Sud avec des pointes de vent à 160 km/h. Aïe, mon kayak de mer posé sur le ponton n'est plus là. Il fait presque nuit, j'essaie de chercher derrière, sur la plage en bordure du maquis. Dans la pénombre, je ne vois pas grand-chose. Je sais qu'ici chez nous ce style de vol est très rare. Je me maudis, car juste avant de monter dans ma voiture, pour aller récupérer mon avion, j'avais regardé le kayak en me disant: « Tiens, tu ne l'as pas amarré… » Je n'ai pas écouté la petite voix, celle qui me dit toujours les choses justes. Je dépose en vrac mes affaires sur le bateau, appelle Véro pour lui expliquer la situation et me voilà muni de ma frontale avec mes bottes à la recherche de mon frêle esquif ! Ce minuscule port est une anse naturelle et le fond du fjord s'ouvre sur une petite rivière. Je marche sur l'embouchure, mais je ne trouve rien. J'ai allumé une lanterne sur le *Cabochard* pour voir l'axe du vent par rapport à l'endroit où je suis. Normalement les eaux sont basses, mais là, ce soir, seulement pour pimenter ma balade nocturne, elles sont très hautes. Je me retrouve inondé presque jusqu'à la taille. J'éclate de rire : « Ah le mec ! Hier, il était à la télé devant des millions de téléspectateurs chez Marc-Olivier Fogiel à faire le cador et ce soir il est en train de patauger comme un gamin ! »

Les bottes sont mises pour la forme, car bien sûr cela fait un bon moment que l'eau provenant de la fonte des neiges me les a remplies. Mais, un peu cabochard le mec… je poursuis donc ma recherche. Finalement je le vois, mais je dois traverser. Ce n'est pas le Mississipi, mais quand même ! Je tâtonne, de l'eau jusqu'au nombril, en espérant qu'il n'y a pas un trou qui me ferait faire le bain de minuit complet. Mais la berge remonte et je suis sauvé. Mon beau kayak est là, posé, il m'attendait, quelques minuscules égratignures, mais rien de grave. Je vérifie bien l'embarcation et redescends le cours d'eau, heureux du dénouement.

Mon retour en Corse sera de courte durée. Me voici à peine arrivé que la Suisse trépigne déjà de mon absence. Les gars sont en demi-finale contre Fribourg et rien n'est joué, mais ils s'accrochent et obtiennent la qualification.

Entre-temps, pour continuer dans la série « je me prends pour le gourou de service », Jean-Christophe Chopin, manager de la société Bornforsports et mécène de mes aventures depuis le premier jour, me convie à skier à Méribel. Il est aussi partenaire de l'équipe de France de ski alpin. Et me voilà en route pour les Alpes. Le but est une journée de promotion pour la Fédération française de ski, une rencontre de jeunes et anciens champions avec le grand public. Dans la bande, le seul que je connaisse est Jean-Pierre Vidal, du coup je me sens moins seul. Les filles sont là aussi et j'en reconnais certaines, car j'avais skié avec quelques-unes l'année dernière aux « Étoiles du sport » de La Plagne.

Les groupes sont formés et je me retrouve avec J.-P. et Jean-Baptiste Grange. Ne croyez pas que je me sois dégonflé, bien au contraire. Je les chambre d'entrée de jeu et le feu part comme prévu. La neige est canon. Non, pas canon à neige, super quoi ! Et nous enchaînons les descentes, malgré le fait que je skie depuis l'âge de trois ans, je peux vous dire que je m'applique, mais on ne joue pas dans la même catégorie. Je suis loin, loin derrière, mais en même temps les quelques non-champions qui se sont joints au groupe sont à leur tour loin, loin derrière. Non mais alors, on ne va pas se laisser faire par des bipèdes non !

Malgré mes heures d'entraînement de vélo et de course à pied, mes cuisses sentent le brûlé, mais quel plaisir de skier avec ces phénomènes ! Une fois de plus, on m'aurait raconté le lendemain de mon accident cette journée, je ne l'aurais jamais cru. L'après-midi est consacrée à un géant en équipe en deux manches. J.-P. me récupère dans son groupe, nous sommes quatre amateurs et un pro. Bon, sur un temps de 41 secondes j'en mets 19 de plus que le médaillé olympique, une bagatelle me direz-vous !

Attention le premier qui me dit que l'important c'est de participer, je « pète » tout !

Mais ce que je voulais noter, c'est ce petit exercice que j'ai imposé au jeune champion. Avec mes mots, parfois un peu lourdauds, je le mets mal à l'aise et décide de faire quelques mètres sans ma prothèse. Jean-Baptiste Grange n'a pas l'habitude de ce type de « fada », d'autant que je lui demande de skier sur une jambe ! Jean-Pierre Vidal, qui me connaît mieux, jouera le jeu...

Bref une journée d'échanges, mais vous vous doutez bien que je n'étais pas invité pour mon niveau de ski mais, « oh miracle », comme éventuel « coach mental ». En effet, à la fin de la journée de ski les entraîneurs sont venus dialoguer avec moi pour un possible partenariat pour la saison prochaine (il ne se conclura pas).

Donc retour à Genève dans mon bivouac cinq étoiles. Je me débrouille pour arriver juste après l'entraînement et entrer dans les vestiaires pour créer la surprise. Les gars sont ravis de mon retour et, même s'ils ne sont pas les rois de la démonstration, je vois dans leurs yeux l'enthousiasme que suscite ma venue. Le premier match joué quarante-huit heures avant avait été remporté à la maison haut la main. Ce soir, ils joueront dans l'immense patinoire de Zurich devant 12 000 supporters déchaînés. Dans le bus, tout le monde se cale pour une sieste en vue d'arriver frais au match. La victoire à ma grande surprise est obtenue sans donner l'impression de forcer. Les Alémaniques accusent le coup d'un gros effort pour leur qualification en finale. Mais rien n'est joué, il faut gagner encore deux matchs. Le lendemain tous les médias parlent déjà de titre probable pour Genève, mais je sens les gars déconcentrés, moins motivés comme si c'était déjà fait. Le match retour ici aux Vernets est catastrophique. Défaite sans aucun engagement des Grenats, il va falloir se réveiller pour remonter là-haut. Mais là ça devient la bérézina, nouvelle défaite...

Deux jours pour se préparer, pour se ressaisir, pour gagner à la maison. Dans les vestiaires les gars sont motivés à 300 %, mais la loi du sport est cruelle. Comme je l'ai expliqué précédemment le match nul n'existe pas et ce seront les tirs aux buts qui donneront la troisième victoire aux Zurichois. Encore une et ils auront la coupe.

Mac Sorley décide de jouer toutes ses cartes. Nous partons la veille pour une mise au vert, afin d'être moins fatigués par le déplacement. Ce match c'est « *Black jack* » ou la mort !

La patinoire est archicomble, la pression monte. Pour calmer le jeu, je leur fais seulement un très bref discours en leur rappelant que, quoi qu'il se passe, cet épisode restera pour nous tous gravé dans nos têtes jusqu'à la fin de nos vies. Qu'est-ce qu'ils doivent retenir ? Ces playoffs avant tout c'est une incroyable équipe de copains qui ont créé ce groupe uni, soudé et ici, dans ce temple de glace pour la finale, ils doivent jouer le plus beau match de hockey de leur vie.

Malgré le fait que je sois sur le banc de touche, j'ai les mains moites. Le rituel de sortie des vestiaires est le même depuis mon arrivée. Le groupe se forme en mêlée et, comme un *haka* maori, Rivera gueule : « Pour Genève, *boys* » et le groupe hurle : « *let's go* ». Igor, le vétéran, sort l'avant-dernier juste avant moi et m'attend pour me taper son poing ganté sur le mien nu. Le public déchaîné hurle et siffle les gars, mais ils sont concentrés, rien ne peut les atteindre. 5' 30" et les Servettiens ouvrent le score, c'est du bonheur, je ne les ai jamais vus jouer aussi bien, ils sont survoltés et, en face, c'est la panique. Pourvu que ça dure. Deuxième tiers-temps, on mène toujours par un petit but. Dernière période, le public se déchaîne, Chris Mac Sorley reçoit un gobelet de bière dans le dos, les hooligans envoient sur la glace des nuées de pièces et de briquets, le jeu doit être interrompu. Les gars s'énervent et les pénalités tombent, supériorité numérique et les Lions égalisent. Les derniers instants semblent n'en plus finir. Prolongation de vingt minutes pour revenir au score. De ma vie, je n'ai jamais trouvé le temps aussi long. Les assauts arrivent de tous côtés, les Grenats se regroupent et ne cèdent pas. Finalement le score reste nul. Tirs aux buts, la roulette russe, c'est à Zurich d'ouvrir le feu. Notre gardien d'exception, Gianluca Mona, sur un réflexe incroyable détourne le *puck*. Comme au ralenti, celui-ci s'élève au-dessus de lui pour retomber mollement et pénétrer la cage. De notre côté, notre *top scorer* manque son tir.

Après un suspense incroyable, nous en sommes au dernier penalty pour nous, Igor Fedulov s'élance et le gardien alémanique sort le boulet de canon ! La patinoire explose, les casques adverses ainsi que les gants montent au ciel, nous, nous restons figés. Les supporters envahissent la glace, nous sommes protégés par le cordon de sécurité, mais tout semble embrumé. Le cerveau n'arrive pas enregistrer ce moment, on est groggy. Le podium appelle les vainqueurs qui brandissent dans un vacarme incroyable la coupe de champion de Suisse. Je me ressaisis et m'approche de Goran, le capitaine, pour lui dire qu'il doit être fier de son équipe. Ce soir ses gars ont livré un match qui restera une référence dans l'univers du hockey helvétique… Dans les vestiaires, le coach vient leur dire merci pour l'incroyable saison qu'ils ont menée, c'est sûr que cette aventure les rendra encore plus solide pour le futur. Chris, à part, me serre dans ses bras, ses yeux sont humides, les miens aussi, *thanks Chris, thanks a lot* !

Le jeune supporter Aurélien vient nous rejoindre, il est peiné, mais sa présence cadre tout le monde. Aujourd'hui, c'est moi qui l'ai fait venir à l'avant-match pour une photo souvenir, car il fête ses dix-neuf ans. Devant l'abattement des joueurs, il leur sourit car, lui, depuis quelques mois, est devenu, comme disent les médecins, tétraplégique ! Chaque jour vécu est une victoire.

De Genève, je retombe dans mon kayak. Ces balades mentales me permettent de tenir le coup et de souffrir beaucoup moins physiquement.

Enfin le cercle polaire

« C'est n'être bon à rien de n'être bon qu'à soi. »
Voltaire

27 juin

Eh bien, elle était belle la rouste d'hier ! Heureusement que j'ai réussi à récupérer et à sécher tout mon barda. Allez l'équipe, on reprend la route. Le labyrinthe est vraiment mystérieux, des milliers de canaux et un seul qui est le tapis roulant. Le reste : de vieux moignons du fleuve tout flasques !

À pas de loup, on avance, pas question de s'engouffrer dans un cul-de-sac ou pire, revenir en arrière. Une heure après, enfin, la latitude 66°33' N-E franchie, c'est le cercle polaire. Juste en face de moi le village de Fort Yukon, mais l'on m'a fortement déconseillé de m'y arrêter : une ville où l'alcool est autorisé à la vente comme à Circle et où le Blanc n'est pas toujours le bienvenu.

Je pardonne la rancœur que peuvent avoir certains Natifs envers les Blancs. Pillés, humiliés, torturés ils n'ont pas su se révolter ou bien, malheureusement, trop tard. Dans mes lectures hivernales j'avais trouvé ce texte, une pensée du grand chef Wallowa Joseph. La mascotte m'a menacé de me scalper (du moins ce qui reste) si je ne vous transmettais pas les paroles de son aïeul (j'ai abandonné l'idée de lui démontrer que ce n'était que le hasard si ce brave Natif s'appelait Joseph).

Sous un seul et unique ciel

Nous voulons seulement avoir les mêmes droits que les autres hommes, nous voulons être comme faisant partie de l'humanité. Et lorsque le Natif sera traité par l'homme blanc comme tout autre être humain, alors nous ne connaîtrons plus la guerre. Nous aimerions être les enfants d'une même et seule famille sous un seul et unique ciel entouré du même pays, et nous prions pour que cela advienne.

Traitez tous les hommes pareillement. Donnez-leur à tous une chance égale de vivre et de croître… Vous pouvez aussi bien attendre des rivières qu'elles coulent à l'envers, qu'exiger de n'importe quel homme libre qu'il soit content d'être enfermé et que la liberté d'aller où bon lui semble lui soit refusée. Si vous attachez un cheval à un piquet, vous attendez-vous à ce qu'il grossisse ? Si vous parquez un Natif dans un coin de terre et que vous l'obligez à rester, il n'y sera pas content et il ne croîtra ni ne prospérera.

[…] Rendez-moi ma liberté – liberté de voyager, liberté de m'arrêter, liberté de travailler, liberté de faire du commerce là où je le choisis, liberté de suivre la religion de mes pères, liberté de penser et d'agir pour moi-même – et j'obéirai à chaque loi ou je me soumettrai au châtiment.

Chief Joseph

Bien sûr, je ne suis pas responsable de ce passé, mais je suis touché par tous les dégâts que les soi-disant « bons Blancs » ont faits tout autour du globe.

De mon kayak, j'observe les maisons de loin et poursuis ma route de nomade du Grand Nord. Un bruit de moteur derrière moi, deux pêcheurs me doublent et me saluent quand même.

Le labyrinthe encore et toujours lui. J'y vais au feeling, car la carte est fausse, ainsi que le GPS ! Pour décrypter le bon passage, il suffit de se présenter devant l'île en arrêtant de pagayer quelques secondes et sentir où va le kayak. Une fois le courant décelé, reprendre le rythme et la navigation.

Le ciel devient moins menaçant et le ciel bleu dévoile le bout de son nez. En pagayant, je pars dans mes rêveries, je pense aux stagiaires de l'association. D'ailleurs, hier, quand j'ai ouvert l'enveloppe bleue, c'était celle de Valentin qui m'offrait un poil d'éléphant porte-bonheur. Ce jeune homme m'a ému par sa faculté d'adaptation. Amputé des deux jambes au niveau des fémurs, il est la joie de vivre. Affectueusement il m'appelle « tonton ». Je suis touché par cette attention et, si pour moi la tâche est rude, je sais bien que ceux qui sont là-bas sur le vieux continent souffrent aussi. J'en suis désolé, et je fais gaffe. Et puis *Immaqa*, Kuma, Maguy et Jo Zef me surveillent, donc pas de problème.

Le vent n'est qu'une brise, sauf par moments quand, je ne sais d'où, une rafale violente arrive en plein dans le mauvais sens. C'est la première journée où je ne vois pas de neige. L'été est de retour, il sera bref et la nature le sait bien. Des milliers d'insectes jouent les coupeurs de trajectoire et combien de fois je les vois percuter l'embarcation. Il y a des oiseaux en pagaille de toutes les marques ! Avec un long bec, avec des pattes courtes, avec des couleurs ou tout ternes…

Mais j'ai eu une surprise, une sorte de bécasse est venue me voir avec un je-ne-sais-quoi d'humain. Elle s'est arrêtée à deux mètres et m'a détaillé longuement. J'en ai stoppé mon boulot, elle m'a dit des tas de choses et puis elle est repartie ! De bleu ! que le volatile m'a ému. « Eh ben, l'aventurier y se retrouve tout chose devant une boule de plumes… ? » J'avance toujours, c'est mon job non ? Alors, je pagaie. Allez, je repars dans mes rêveries, et mes questions bizarres.

Au fait, le Yukon c'est il ou elle ? La force de l'homme ou la tendresse de la femme, mais de quel sexe ? Je lui cause souvent et on me répond régulièrement, mais en sourdine. D'ailleurs l'oiseau tout à l'heure, c'était une de ses explications.

Parfois je lui dis elle, parfois lui…

Voilà une bien belle journée. Celle d'hier était un rappel du fleuve. Je fanfaronnais et faisais le fier, alors on m'a secoué pour que je sois toujours très attentif et moins prétentieux, j'ai bien compris la leçon.

Une mascotte qui veut la parole !

« La Terre n'est pas un don de nos parents. Ce sont nos enfants qui nous la prêtent. »
Proverbe apache

Je vous parle souvent de ma mascotte et je crois que vous avez compris pas mal de choses depuis, mais je sens que vous vous posez encore des questions… Pourquoi un bonhomme comme lui se promène-t-il toujours avec une peluche ?

Aïe ! Jo Zef, pas la tête, t'es pas une peluche, O.K. ! Mais tu vas t'exprimer tout à l'heure. Je vais d'abord te présenter, arrête, ça fait mal !

Noël est une fête que je déteste ! Cette débauche d'argent jeté par les fenêtres me gêne. Et dire que depuis la nuit des temps c'était une veillée qui symbolisait le retour des jours qui s'allongent. L'essentiel dézingué par le dieu « € ».

C'est pourtant le 25 décembre que ma belle-fille m'offre un koala en peluche. Moi, le solitaire, j'en suis presque ému, je lui trouve une place à bord sans trop le calculer. Puis, au mois de juin, c'est le deuxième stage de plongée au cours duquel j'accueille, entre autres, une petite fille de trois ans qui vient d'être amputée de la jambe à la suite d'un accident de tondeuse à gazon. J'essaie d'entrer en contact avec elle mais elle m'oppose un refus absolu. Alors, c'est là, pour la première fois, qu'intervient la peluche. « Aïe, mais arrête, je te prive de crêpes si tu continues ! »

Amadouée, à la fin de la semaine, elle ne veut plus s'en séparer. Petit subterfuge et je le reprends à mon bord. L'idée vient de là : et s'il devenait ma mascotte ?

Mais il faut lui trouver un nom, alors je demande à ma belle-fille. Elle soupire ! Tu as quarante ans je crois et tu veux lui donner un nom ? Allez, aide-moi. Une vraie chipie la Marie. Bon, ben il va s'appeler Joseph. Facile, il arrive aux fêtes de Noël, tu t'appelles Marie, lui c'est Joseph. Mais attends, ça fait un peu bigot comme nom de mascotte ? C'est vrai, ici il y a toujours du vent alors se sera Zef et puis avec une patte en moins, faire le premier pas, faut oser… donc, affaire conclue. Nom de la peluche : Jo Zef (« J'ose zef » en phonétique).

Ouf ! eh ben, c'était long et scabreux comme présentation.

À toi Jo :

« Eh bien, pour lui faire lâcher la plume au grand dadais il en aura fallu du temps. Ouais, je fais équipe avec lui parce que, ce sauvage, il est toujours seul et puis y faut voir où on part des fois, le trou du fût du monde. »

Tu te trompes la mascotte, ce n'est pas fût ! O.K., O.K., vas-y !

« De le voir se démener comme un malade, j'essaie de le rassurer. J'ai l'habitude maintenant. Quand il me serre fort dans ses bras noueux, c'est qu'il va me saler mon beau pelage, des fois même je dors dans son sac de couchage, mais ça c'est vraiment quand on est dans la mouise ! Ouais, il a le chic pour ça.

À Caille land, euh Groenland plutôt, j'ai cru qu'on allait y rester pour de bon. Y m'avait mis un bonnet, mais pas de pantalon, un coup à prendre une congestion.

Pour voir s'il a des réflexes, je lui fais des coups : pendant qu'il vomissait en ramant, je m'étais planqué dans le fond du duvet. Fallait voir comment il soupçonnait Dumè de m'avoir jeté par-dessus bord ! Bon, je n'ai pas tenu longtemps dans sa tanière, on aurait dit qu'il y avait eu un renard mort depuis plusieurs semaines.

Dans les montagnes aussi, j'aime bien le taquiner. Alors qu'il se promenait avec sa belle sur un sentier de haute randonnée en Suisse, j'en ai profité pour sauter de mon siège bébé et rencontrer de jolies marmottes. Une heure, il lui aura fallu pour percuter que je n'étais plus là, il était sacrément essoufflé le grand sportif quand il m'a ligoté sur son sac.

Et puis je vais aussi dans des trucs où y'a beaucoup de monde, avec plein de photographes et des machins qui ressemblent à des caméras. Ouais, il aime bien jouer la vedette, alors je deviens son garde du corps. Une fois j'ai cru qu'il allait s'évanouir. Y me dit : "on va jouer au foot !" Aïe en principe, je suis au fond des cages et comme c'est une passoire je prends tout dans les dents. Bref, j'avais réussi à me faire oublier sur son sac à dos avec mon porte-bébé, euh, mascotte, pardon ! Deux grands mecs s'assoient autour de moi, la même dégaine que le grand. Haut sur patte, mince et la boule à zéro. Bien sûr, ils m'ignorent et ça parle de famille « et les petits, comment ils vont ?… » Et moi je suis au milieu.

Les deux mectons, même pas ils me calculent, puis devant moi, je vois mon aventurier figé comme une statue de plâtre. Y paraît que j'étais entre Zidane et Barthez ! Mais c'est qui ? Des crêpiers bretons de renom pour que ce soit si extraordinaire !

Ah ouais, dans les vedettes, j'ai ma chouchoute, la jolie Claire qui est maquée avec son frère d'océan, Bixente. Ouais, pas facile comme prénom à porter, moi j'aurai préféré Vincent ! Mais ça l'énerve quand on l'appelle comme ça, comme quand on me traite de peluche. Donc avec "ma" Claire j'ai été sur une île déserte de l'océan Indien et pendant que les deux frangins y cherchaient un trésor sous-marin, moi je dansais le séga avec elle en tête-à-tête. Et tac !

Et puis, on y a même fait une blague avec Claire. Comme le grand la harcèle pour quelle cesse de fumer, elle m'a mis une clope au bec. Fallait voir sa tête de déterré.

Mais bon, ça ce n'est pas tous les jours mon quotidien de mascotte aventureuse. C'est plus souvent des fonds de sacs étanches, remplis de miettes avec des bouteilles d'essence qui fuient, ou des bivouacs avec des trucs qui me ressemblent, mais un poil plus grand et qui ont oublié de se faire couper les ongles.

Moi je préfère les paillettes, le champagne, les suites... La belle vie quoi !

Bon, allez, je vais vous avouer ma faiblesse, je dois tout vous dire, je suis accro, dépendant même. J'ai tout essayé pour arrêter, mais chaque fois je replonge. Je ne sais pas comment procéder pour me défaire de cette drogue dure. Non, ce n'est pas le jeu. Les femmes ? Mais, non pire ! Le L.S.D. ? Si ce n'était que ça !

Je suis dingue des crêpes !!!!!!!!!!!!!!!!!!!!!!!!!!!!!!

Mais ce n'est pas fini. Avant tout, chaque année, je l'aide à recevoir des petits frères et sœurs comme lui, rabotés. Je vais de moignon en moignon et chacun y trouve sa force, son réconfort. Ils sont tellement "chou" avec moi qu'à chaque fin de stage, je leur offre un de mes rejetons. Le jour où ils auront de l'eau salée dans le fond des yeux, d'un trop-plein de mal de vivre, à leur tour ils pourront serrer très fort un de mes gamins. Je suis comme cela et comme j'aime le dire, je vous dis "à pluche !" »

Eh bien la mascotte, tu es parfois un peu émouvante.

Et si je te posais quelques questions sympas pour conclure ?

« Allez, vas-y vite, car j'ai des crêpes à finir. »

Tu aimes les gens ?

« Oui, enfin pas tous. Ceux qui ont toujours le nez en l'air à observer la nature ouais, ceux qui râlent et qui se plaignent tout le temps, pas trop... »

Crois-tu en Dieu et si oui comment s'appelle-t-il ?

« Bien sûr j'y crois, je l'ai même vu à plusieurs reprises, c'est un vieux druide qui se nomme Goudurix ! »

Ton animal préféré ?

« Oh la blague, le koala. »

Ta région de prédilection ?

« La Corse, quand il n'y a plus les touristes ! »

Tu ne serais pas un peu sauvage ?

« Un peu, mon neveu ! »

Ton idole ?

« Tic et Tac, pardi ! »

Peux-tu donner ta recette de crêpes ?

« NOOOOONNNNNN, jamais !!! »

O.K., je ne la ferai plus celle-là.

Et la dernière, ta citation préférée ?

« Quand tu fais une connerie, que tu sais que tu t'es trompé de chemin, ce n'est pas grave, dis-toi que le vieux chêne a commencé sa vie par être un gland. »

Merci la mascotte et à pluche.

La peur compagne de jeu

28 juin

15 heures, il faut que je trouve un abri, quelque chose de malsain m'arrive droit dessus. Le nord-ouest se met à souffler violemment, pourvu que derrière l'îlot il y ait une plage. Ouf ! elle est là, tout comme il faut. Un mélange de beaux galets et de sable fin noir, protégé du vent par une forêt de peupliers baumiers. J'arrime *Immaqa* et pars rapidement à la recherche de traces éventuelles de plantigrades. Tout semble clair. Vite, il faut que j'aille vite, le vent redouble de violence. Je sors d'abord un sac de toile que j'ai bidouillé avec des cordelettes et deux mousquetons, je le remplis à ras la gueule de cailloux et le fixe à la tente qui attend d'être montée. En cas d'erreur, elle ne s'envolera pas. J'enfile les arceaux, mais l'orage éclate, des trombes d'eau s'affalent sur le pauvre pagayeur en pèlerinage que je suis.

Finalement, tout est monté et je peux me mettre à l'abri. Non, j'ai oublié *Immaqa* et Jo Zef ! Je retourne au kayak, installe la bâche anti-pluie prévue à cet effet et mets mon bateau à l'abri. Jo Zef, lui, est dans le fourre-tout étanche avec mon sac à dos et attend patiemment que je le sorte au sec.

La tente est trempée, mais moins que la dernière fois, j'allume mon réchaud dans l'habitacle à titre exceptionnel et éponge la toile. Finalement, l'air chaud fait son effet et je retrouve un abri digne de ce nom. Trempé comme une soupe, sans m'en apercevoir je m'endors sur mon tapis de sol.

Le froid me réveille. La pluie est moins violente, alors je vais essayer d'allumer un feu, en prenant l'axe du vent pour que la fumée et la vapeur englobent mon bivouac. Les moustiques et autres suceurs de sang devront changer de victime.

Vers 19 heures, le soleil refait son apparition et je reprends la routine. Filtrer les quatre litres d'eau du fleuve et en mettre un à chauffer. Brûler les sachets du repas de midi, sortir les plats lyophilisés du soir… Enfin, mettre le panneau solaire en marche pour charger quelques accus…

Le labyrinthe des flats est épuisant, des virages sans cesse, quasiment à 180° et des bras morts à la pelle. L'œil vissé sur le courant, aucune erreur tolérée, sinon c'est la glu et l'effort qui va briser les épaules.

Le calme revient, le silence est mystique, de temps à autre comme une déflagration, un pan de berge d'îlot se détache. Ici tout est éphémère, même la terre.

Je prends ma grande carte d'Alaska et visualise où je suis. En plein milieu du néant. Par moments, j'en ai le tournis, je n'arrive pas à réaliser. Ici comme partout d'ailleurs, l'important c'est d'apprécier le présent, instantanément sans plus, seulement la seconde que l'on vit, le reste c'est de l'abstrait !

L'instant présent, c'est ce camp protégé du vent d'ouest, c'est se réchauffer, c'est ne plus songer à hier et encore moins à demain. Demain, je ne sais pas ce que je ferai…

Penser, vous n'avez que ça à faire ! Je pars en réflexion sur ces gens qui m'ont abîmé, qui m'ont construit, qui m'ont aimé, qui m'ont détesté… Pour certains j'y vois de l'amour, pour d'autres de la jalousie ou alors peut-être est-ce moi qui n'ai pas compris. Je sais ce que je suis, un mec qui essaie de faire de son mieux. Un peu égoïste avec un brin de partage, un peu public avec un brin de solitaire, un peu pépère avec un brin de casse-cou.

La grande rivière ne me juge pas, ne veut rien m'apprendre, elle fait sa vie comme depuis la nuit des temps, à moi de découvrir ses secrets. Je sais qu'en partant en solo sur un tel périple les plus grands prédateurs dont je dois me méfier sont mes fantômes. Ils rôdent et d'eux il faut que je m'écarte.

Au fait, aujourd'hui je suis à mi-parcours, mais pas de plan sur la comète, je ne sais pas quand j'arriverai, alors j'essaie de ne plus y penser.

Le soleil réchauffe la tente et ce soir le fleuve viendra encore me conter de belles légendes…

Comme conclusion à cette journée, une analyse de la peur par Walt Goodridge :

Une seule peur au ventre, plus ou moins intense, et d'innombrables raisons d'avoir peur : la peur du lendemain, la peur de l'autre, la peur de la maladie, de la contagion, la peur du terrorisme, de la guerre froide ou du réchauffement climatique. D'une manière plus large, la peur du manque, du vide, de l'abandon et de la mort. La peur engendre souvent des attitudes automatiques de défense destinées à préserver un certain équilibre de vie. Mais la peur est souvent un handicap sérieux lorsqu'elle s'invite de manière répétée et déplacée dans le quotidien. À chaque moment, nous pouvons apprendre à choisir l'amour et à abandonner la peur.

Une peur qu'on évite nous hante à tout jamais. Une peur qu'on affronte meurt instantanément.

Mon engagement aujourd'hui : j'écris ce qui m'affecte et, ainsi, je commence déjà à m'en libérer.

L'Alaska en feu

29 juin

Devant, dans le sac étanche, mais c'est qui, planqué ? *Yes, the mascot* !

Ce matin, le ciel est plombé et j'ai la sensation de sentir de la fumée. Du coin de l'œil, je dévisage Jo Zef, au cas où il se mettrait à cloper en douce ! Le vent est encore présent mais rien de méchant, bien sûr, exactement dans le sens où je dois aller. Donc on reprend la route, je ne sais pas où l'on va, mais en tout cas, on est partis. Ces derniers jours m'ont appris beaucoup de choses qui s'ajoutent à mon recueil de leçons de vie. J'avance, il faut être attentif, ce labyrinthe est sournois, une mauvaise passe et bonjour les embrouilles. Les chablis charriés par le fleuve et les barrages de castors, les sables mouvants... Que du bonheur !

J'ouvre l'œil et même les deux. Le vent tombe, mais le ciel s'obscurcit, ce n'est pas un orage, mais des fumerolles âcres et sombres. Je longe une forêt calcinée depuis peu. Ici pas d'intervention de l'homme, trop loin et puis, aucune habitation, donc on laisse faire et d'après les rangers c'est un écosystème bénéfique à l'Alaska. Terre morte et vision sordide, je pense aux milliers de bestioles qui n'ont pas pu échapper aux flammes. J'avance dans un calme absolu, le nuage sombre est derrière moi et je pagaie sans cesse, pas rapidement, mais à une cadence constante. Quand j'en aurai marre, j'arrêterai.

Pour vous éclairer sur mes journées, voilà un rite de progression. Départ toujours vers 7 heures. Environ 60 minutes après, je prends, en me laissant dériver, mon premier café avec une moitié de barre de céréales, ensuite, toutes les heures, un demi-encas. À 10 h 30, deuxième boisson chaude toujours en glissant dans la veine du flux, puis vers midi, pause casse-croûte, sans m'arrêter. Je verse l'eau bouillante de mon thermos sur une part de nouilles chinoises. Pendant qu'elles « infusent », je me fais un gueuleton avec une boîte d'huîtres ou de clams fumés sous huile. Hop, les pâtes, une petite compote pomme cannelle et le dernier jus de la journée, puis je reprends la cadence et, toutes les heures, une demi-barre de céréales. À partir de 17 heures, d'après ma carte et mon feeling, je définis où l'on va faire le bivouac. Contrôle des lieux et de traces de « kikis à poils », montage de la tente, allumage du feu, chauffage de la gamelle et grande baignade dans le fleuve qui se réchauffe à grande vitesse. De quatre degrés, on doit être au moins à dix. La clé de mes longues journées sans la moindre courbature consiste en de profondes séries de respiration et d'étirements. Avec le temps, je trouve regrettable que ce ne soit pas enseigné dans les écoles. Comme un sou neuf, je prépare les rations du lendemain et choisis le plat que je vais déguster le soir.

Au menu du resto « Yukon River view », bouillon de bœuf, poulet tandoori avec une ration de riz supplémentaire, soit 250 g de féculents et une crème à la vanille. Bien sûr, tout cela est lyophilisé. Depuis mon départ, le 4 juin, je crois avoir perdu seulement le surpoids que j'avais pris volontairement avant, c'est-à-dire 3 kg. Je vais maintenir la cadence de 10 heures effectives de pagaie quotidienne jusqu'à Tanana, soit environ 230 km. Puis je vais relâcher un peu pour terminer avec du jus, au cas où je devrais fournir un gros effort.

Voilà un peu mes petits secrets et croyez-moi, le rythme est doux, ah, oui, j'oubliais ! Toutes les heures, j'augmente ma cadence pendant 3 à 4 minutes pour désengorger mes muscles, c'est un peu comme une série d'étirements.

Ce soir dans une paix assez incroyable, je vous envoie toute la douceur et la quiétude du grand fleuve.

Un hydravion vient de nous survoler à basse altitude. Je l'ai salué, il a battu des ailes, c'est juste assez pour ce soir.

Ma liberté c'est d'être ce que je suis : une âme libre d'être un éternel nomade.
(Celle-ci, elle est de moi !)

Un pont de nostalgie

30 juin

Peut-être la dernière journée dans ce méandre où il est fastidieux d'avancer. Bivouac démonté en un clin d'œil, on reprend la route, un remerciement aux lieux qui nous ont protégés, permis de récupérer et : « À la pagaie ! » Des virages, encore et toujours des bras morts, des pièges en veux-tu en voilà, mais finalement, à midi, nous sommes enfin libres ! Pour fêter la nouvelle, plutôt que de dériver pendant l'hydratation des pâtes, un bref arrêt sur une berge de sable noire. C'est dingue, au mois de juin les plages sont désertes, y doit y avoir un truc !

Qu'est-ce que tu en penses la mascotte ?

« Y sont tous en Corse ! »

Comme à chaque arrêt sur un îlot, je « cueille » quelques petits cailloux de toute beauté. Et devinez pour qui ce sera ? On reprend la cadence, dernière île avant la grande ligne droite. Elle aussi est en train de se faire rogner par le courant. Des talus entiers dégringolent dans un fracas incroyable. Mais que vois-je ? Un vison ! Non la mascotte, pas une dame âgée de la Côte d'Azur ! Une bestiole à pattes et poilue. Elle traverse un monticule quand au même moment celui-ci cède. Et hop, un vol plané, tout le monde descend ! Le sauveteur qui sommeille en moi prend cap sur le lieu du « crash » en espérant voir la petite tête dépasser. Mais, en deux temps trois mouvements, je la vois foncer sur une racine pendouillant au-dessus du fleuve et remonter à fond les manettes dans la forêt… Eh ben, quelle baignade !

Je retrouve la rivière qui a perdu beaucoup de sa vigueur et je dois pousser sur les pagaies pour garder une certaine allure. La première ligne droite est impressionnante. Au moins dix bornes rectilignes. La brise est dans le bon sens, ouf ! De temps à autre, je sors la caméra et fixe des bouts de vie. Tout à l'heure, je me confiais et avouais que, depuis deux jours, je n'avais plus de crises de larmes et qu'il m'avait fallu du temps pour m'acclimater, on est des durs ou pas ?

Je pagaie. Cette ligne droite est longue, trop longue, le fessier me fait souffrir, les bras ne veulent plus, même *Immaqa* semble râler. Mais voilà, pas d'île, que de l'eau et des rives typiques à ours noirs. Seul Jo Zef n'est pas fatigué et ordonne que l'on avance. Il est hors de question qu'une mascotte de ce calibre se fasse racketter sa portion de crêpes par un mal léché ! C'est vrai, je suis serein depuis quelques jours, mais là, la lassitude me tend un piège. Enfin le pont, je le vois de loin, au moins 4 km. Et puis d'un coup, je ne sais d'où, c'est venu, l'édifice certainement me rappelle Carmacks et le minibus bloqué sur celui-ci qui me regarde partir. Je me mords les lèvres, ah non pas encore ! L'eau salée coule sur mes joues, je sanglote comme un nouveau-né : « Que c'est dur d'être seul ! » dit le solitaire.

Je passe le pont et sur ma droite se trouve une table d'orientation avec des bancs. Je mémorise le lieu et je sais que d'ici peu j'amènerai ma Vrai, et me remémorerai « l'eau disait » du fleuve… Ce pont d'ailleurs, le seul d'Alaska qui traverse le Yukon, mène à Prudhoe Bay, un camp de travail sur les bords de l'océan Arctique où l'on a découvert de l'or noir. Acheminé par pipeline jusqu'à Anchorage, il sera raffiné et amené dans les États d'en-dessous comme disent les locaux.

Juste après l'édifice, une île « gravier », j'y pose *Immaqa* et m'active, car j'ai la sensation que quelque chose de mauvais arrive. Effectivement, un violent orage éclate, mais la tente est solidement arrimée et, tout sec dans mon duvet, avec Jo Zef, on rêve d'un petit *Cabochard* au mouillage, avec une jolie princesse…

Malgré le manque de courant, 60 km engloutis…

Écrit par Francis Santucci, le 30 juin 2010 :

Pensées sédentaires et affectueuses pour t'accompagner… Si peu !

Un jour le fleuve fut, le soleil, les eaux, les sables, les vents une nature qui règne sur un monde éteint.

Tout est calme ici, pas le moindre ressac, l'écume des jours et son clapotis. « Ta tendre » qui rame parfois à contre-courant, sans doute l'absence ! Et toi qui dois te battre contre une nature oubliée… Les insomnies de l'enfance, l'adversité de l'amour et autres avanies… Comme un livre entrouvert où page à page, tu quittes l'homme et revois à nouveau l'enfant qui rêve, début d'un nouveau chapitre, suite de l'histoire, aucun continent n'a l'étendue de ton cœur.

Rêverie boréale

1er juillet

Toute la nuit la pluie martèle la tente, qu'est-ce que je fais ? Je pars ou je reste ?

Demain, c'est déjà trop loin, alors il faut que je dorme. La voix de ma douce que j'ai eue longuement au téléphone me berce et me fait m'envoler pour le pays où il y a la nuit, donc des étoiles…

Le réveil me surprend, il pleut ! Pas grave, d'abord je vais voir dehors comment *Immaqa* a passé son temps de repos. Il frétille, Kuma a veillé sur lui. La pluie n'est pas si forte et surtout le vent est nul. Allez les amis, on reprend le chemin pour aller rejoindre le bout du rêve. Finalement l'ondée cesse et il fait drôlement bon, 14° sans soleil. Je suis heureux d'être sur l'eau, je croise mes premiers moulins à saumon (tourniquets munis de poches en filet, qui piègent par la force du courant les poissons qui remontent la rivière). La journée va me permettre de m'évader beaucoup plus que les jours passés dans les méandres des flats. Le courant a perdu de sa vigueur, c'était prévu, mais je garde le même rythme de coups de pagaie. J'avance, il n'y a que ça qui compte. Mes bras tirent, mais mon cerveau décroche. Je rêve d'un projet : descendre le début du Yukon avec Dumè, Fabien, mon beau-fils, et Teddy alias Tintin reporter. J'imagine les scènes, je suis seul heureusement, car on m'enfermerait tellement je ris en pensant à la belle équipe. Et puis je vois l'arrivée à Dawson sur le quai, ma dulcinée et sa fille Marie, l'instigatrice et donc la maman de Jo Zef. J'imagine la soirée où Dumè avec ses mimiques raconterait sa première rencontre avec un ours. Fabien, malgré ses grands silences, laisserait transparaître sa fierté d'avoir relevé le défi. Teddy, avec un boîtier rempli d'images superbes de deux potes raccourcis, sûr que cette fois *Paris Match* prendra le sujet. À moins que Raymond D. soit encore à la une pour sa demande de divorce avec E. !

Je ris de tout ce bonheur imaginaire, mais qui le sait ? un jour peut-être. J'imagine ma fin d'odyssée avec ma moitié sur la berge, à côté d'elle, un homme dans une veste de pluie Quechua, ouais Éric tu l'as dit, tu l'as fait. Je repense à Antigua où, après cinquante-quatre jours de rame sur un drôle d'océan pas pacifique, je revoyais le sourire si réconfortant de ma dulcinée. Je pagaie, mais le vent ne cesse d'augmenter. Tiens ? là-bas un gros nuage. Voilà la raison de cette forte brise. Non, ce n'est pas pour moi, trop au nord, seulement du vent contraire. Depuis deux ans que je travaille sur ce projet, je n'ai effectué mes entraînements qu'en mer et, quand le souffle n'est pas favorable, tu recules. Je me souviens d'une fois où, parti à 6 heures du matin du village de Cargèse, je ne devais rejoindre le *Cabochard* qu'après 26 heures de vent contraire. Je ne sais pas encore comment j'ai pu tenir. Et puis le lendemain, 165 km de vélo pour aller récupérer ma voiture. Des entraînements durs, mais qui payent. Ici quand la météo n'est pas consentante, tu avances quand même.

Vers 16 heures la tempête se déchaîne. Je me colle à la côte et affronte le clapot de 50 cm de face. *Immaqa* encore bien chargé ne bronche pas. Ses 150 kg de « bagages » le rendent stable et je tiens la cadence, 8 km/h de moyenne pendant 10 heures. Soit ? Jo Zef compte sur ses pattes… « Et je retiens une crêpe… Plus un arrêt restaurant qu'on a zappé… Ça donne l'heure de manger ! »

Sacrée mascotte.

Ce soir, fatigué mais pas trop, je suis heureux de cette belle journée. Si elle fut comme ça, c'est grâce à vos prières, à vos bougies, à votre amour tout simplement. Si j'ai tellement de force, c'est votre flamme de vie qui me la donne. Merci du fond du cœur, je sais, je ne suis pas seul.

Another day in paradise

« La seule chose promise d'avance à l'échec,
c'est celle que l'on ne tente pas. »
Paul-Émile Victor

Chaque matin, je roule mes paillasses. Sur mon mini MP3 où j'ai oublié de charger des chansons, je n'ai en vérité que le groupe corse *I Mantini* et du Phil Collins. Hasard ou circonstance, ma journée débute toujours avec la chanson : *Another day in paradise.*

« Il n'y a point de chemin vers le bonheur, le bonheur est le chemin » : petite phrase que m'a envoyée Alex.

Encore du vent et de la pluie, je jette un œil dehors, je hume, allez c'est parti.

Du nord-ouest dans le nez, vous connaissez le refrain. Mais on avance, la deuxième heure, je double un camp de pêche où j'aperçois sur les trois hommes un éclopé. Une canne et beaucoup de difficultés à descendre la butte en terre. Je les salue n'en attendant aucune réponse puisque, jusqu'à présent, on m'a toujours ignoré.

Eh bien non, on m'interpelle et me demande de m'arrêter, mais le courant est trop fort et je ne peux que continuer ma route. Quelques minutes après, leur hors-bord surmotorisé me rattrape : « *Hi guy, where are you from ?* » (Eh mec, d'où es-tu ?) « *Hi !* » On s'intéresse à moi !

Je leur conte mon bout de vie et eux le leur. L'éclopé s'est brisé la jambe il y a déjà pas mal d'années et depuis c'est comme ça. Ils vont voir leur filet, ça tombe bien, c'est sur ma route. Un saumon monstrueux… je les salue et retourne à ma croisade en solitaire. Une partie de la journée, leurs sourires m'aideront à aller contre le vent, parfois très violent.

En entreprenant ce voyage, je pensais innocemment faire beaucoup de rencontres, mais quelle désillusion. Les quelques pêcheurs croisés m'ont ignoré. Le Blanc a encore une sacrée sale histoire à se faire pardonner.

Des rapides ! Les derniers du voyage. Mais juste avant, un camp de pêche avec un hydravion au mouillage. Au moment où je le dépasse, on me fait de grands signes m'invitant à m'arrêter, mais c'est trop tard, je suis aspiré par le courant et me retourne en leur rendant leurs saluts chaleureux.

Je sentais qu'après le pont d'il y a deux jours, je rentrais dans un autre monde. De Whitehorse à Eagle, c'est le Yukon tranquille, un décor de Walt Disney pour des touristes en mal d'aventure. De Circle au pont, les flats qui obscurcissent le chemin et des gens qui ne veulent pas communiquer et qui plongent dans la misère de l'alcoolisme agressif. Les orages y sont violents autant que peuvent l'être les autochtones.

Et puis voilà, depuis peu, des camps de pêche propres sans détritus, de belles cabanes agrémentées de fleurs parfois, un air de plénitude. La société paisible a repris ses droits. Je me sens mieux, moins opprimé par le prédateur qu'est l'*homo sapiens*.

L'objectif est une petite île qui semble avoir les caractéristiques du bon bivouac. Effectivement, en milieu d'après-midi, j'atteins mon camp. Routine du montage en règle. Je me suis accordé une journée plus courte, car mine de rien, depuis Dawson, je n'ai fait que du non-stop et j'ai besoin de prendre un peu de temps pour moi.

Comme par miracle, le vent est complètement tombé et le montage du « château fort de toile » est plus simple à installer qu'avec des bourrasques qui ne pardonnent aucune faute d'inattention.

Je me fais chauffer de l'eau et remplis ma grande bassine du liquide tiède. À côté d'*Immaqa* se trouve une grosse vasque où la flaque est un peu chauffée par le soleil qui est revenu. J'y installe ma bâche de protection du kayak pour éviter de m'asseoir dans la vase gluante et me prends un bain royal. Propre comme un cent neuf, je rejoins mon matelas de sol pour une sieste très « corse ».

On pourrait croire ma nostalgie plus facile à gérer. Depuis tout à l'heure, aucun nuage douteux ne pointe à l'horizon. Ici, des champignons énormes se forment vers les midi et, en trois à quatre heures, ils se transforment en orages violents. Depuis Fort Yukon, j'en fais les frais. Ce soir ces cumulus-congestus sont partis ailleurs et c'est très bien comme ça.

D'ailleurs la mascotte qui n'en loupe jamais une, brandit une bannière à chaque nuage repéré. Il est marqué dessus : Halte au cumulus (altocumulus) !

Sacré Jo !

Une rafale de mots de maux, *just for fun* :

Surtout ne pas confondre…
Joseph le singulier avec Jo Zef l'aventurier
Peluche made in China *avec mascotte de l'armada*
Pare battage sur bateau plastoc avec défense sur pointu d'époque
Touriste en car avec voyageur en Cabochard
Coup de vent estival avec tempête hivernale
Sortie du port avec secours que l'on implore
Remonte-pente payant avec peau de phoque grimpant
Attache la corde avec amarre sans ordre
Plongée en club sur bateau à ras bord avec découverte de site d'amphores
Hiver parisien avec été sibérien
Handicapé en FFH avec unijambiste qui cravache
Solitude des villes avec plénitude de sans-domicile
Refrain sur bobonne avec cantate sur sa Madone
Vacances au camping de la mer avec bivouac en Alaska solitaire
Dépression nerveuse avec la pression joyeuse
Plateau télé du soir avec feu de camp sans devoir
Merde de chien des villes avec trace d'ours de style
Supermarché du samedi avec prise de poisson en filouterie
Blog de mot bof avec billet de maux philosophe
Mec qui se prend au sérieux avec type qui prend la vie de son mieux
Capitaine dans les ports avec matelot de son bord
Mer Méditerranée surchargée en été avec mare nostrum *libre sans que vous y soyez*
Théâtre à l'odeur renfermée avec maquis au goût de liberté
Camembert pasteurisé avec fromage corse prêt à exploser
Ouvrier spécialisé diplômé avec artisan compagnon déridé
Souvenir acheté avec cicatrice pour l'éternité
Blonde siliconée avec poivre et sel bien trempée
Assiette du soir végétarienne avec viande du midi à l'ancienne
Yu'pik, Inuit et Eskimo avec ramassis de gringo facho
Sportif handicapé médaillé avec athlète différent ignoré
Mort vivant avec vivre avant le néant

Eh ben ! C'était une envie du soir, espoir !
À pluche !
P. S. de Jo Zef :
Hamburger gras dégoulinant avec crêpes nappées de sirop d'érable !
Mais Jo Zef ça ne rime pas !
« M'en fous ! ché vachement bon comme cha ! Schlurps ! »

Comme à la maison

3 juillet

On reprend la route, la mascotte. Au moment de démonter la tente, je vois le tapis de sol qui bouge ! Jo Zef est déjà dans le sac étanche, mais qui donc se cache dessous ? Je le soulève et me trouve nez à nez avec un mulot du Grand Nord. Il tremble et s'escamote sous un autre morceau de ma toile affalée. Je lui parle doucement et lui demande de rejoindre rapidement les herbes qui sont derrière lui, au risque de se faire boulotter par un oiseau en recherche de p'tit-déj' ! Il a l'air de m'écouter et rejoint les fourrés. Un clandestin dans notre bel hôtel !

On charge les sacs et vogue *Immaqa*. Mais voilà, en Alaska tout est difficile et imprévisible. Le vent se met à se lever juste au moment où on largue les amarres. Je me dis que ce blizzard va tomber d'ici peu et que dans un moment tout rentrera dans l'ordre. Mais bien au contraire la brise fraîchit en coup de vent et soulève une « mer » très formée. Je suis la rive de près, mais le courant est contraire et je me rends vite compte qu'à ce rythme, je m'épuise plus que je n'avance. Au bout d'une heure je suis carbonisé de tirer mes 200 kg d'embarcation et me pose sur une plage où je devine une cabane juste derrière. Contrôle de l'endroit, aïe ! Des traces fraîches d'ours noir et de loup, pas bien fréquenté le coin. Je gueule un bon coup en me disant que ça peut faire peur aux bestioles…

Muni de ma bombe au poivre, je m'aventure sur la pointe de la prothèse jusqu'au camp désert. La porte est fermée, mais ici pas de serrure, toujours ouverte pour l'étranger qui passe. Je tire sur la targette et découvre un petit cabanon propre et rangé. Pas de trace de bestioles y habitant et surtout un ordre digne d'un cabochard. En bas sur la rive, le vent se renforce et il est hors de question que je continue. Je fais des allers et retours pour stocker mes sacs à l'abri et remets la surveillance d'*Immaqa* à Kuma. Il y a un poêle à bois que j'arrive à allumer et je découvre les lieux.

Ce sera une journée de remise à neuf du matos. Midi déjà, nouilles chinoises et concours de sieste : *The winner is…* !

Puis je pense, je songe, je philosophe, mais est-ce que je m'assagis ? Le vent mollit un poil. C'est un endroit comme je n'en avais rencontré que dans les livres d'aventures que je dévorais il n'y a pas si longtemps.

Je suis seul dans une cabane au milieu de l'Alaska. Moment de sérénité mais – il y a un gros mais – je ne le partage avec personne – sauf avec vous par l'écrit –, mais pas en vrai avec ma compagne. Je l'imagine en bas sur la rivière qui cherche des jaspes rouges pour les ramener en Corse, j'entends même ses clochettes qui ont pour but de se faire entendre des bestioles. Quoi la mascotte ? « Et si c'est un ours sourd ! »

Heureux d'être là mais… un petit mais…

Une mini-bibliothèque. J'y trouve un livre de Saint-Exupéry et un carnet de bord. Les journées sont résumées par le temps qu'il a fait, les prises de saumons quotidiennes et les faits marquants du jour. Je découvre les prénoms de la famille : Jenny, Kelly, Sawyer (7 mois) et Misty le chien.

Surprise énorme. Le nom de famille des propriétaires ! Brown qui veut dire « brun » en anglais ! Bruno en italien veut dire la même chose… Une chance sur un million et voilà c'est gagné. Je prends un papier et écris un message, je laisse aussi une carte postale de ma traversée à la rame et un petit œil de sainte Lucie que j'ai toujours avec moi. Sur un atlas de la cabane, je fais un point sur l'île de Corse et le glisse de manière voyante.

Je me sers d'un *mug* en porcelaine, me fais un thé pour me réchauffer l'âme et le cœur. J'essaie d'imaginer l'histoire des propriétaires et comment ils sont arrivés là. Par la rivière ou par les airs, en hydravion…

Ce soir, dehors, il tombe des cordes. Derrière moi, le poêle assèche la pièce et un bout de ma vie s'est écrit à la cabane de Quartz creek, *Thanks a lot, family Brown…*

J'essaie d'imaginer dans ma petite maison du moment un mois de janvier ici, le fleuve qui gèle, la neige à perte de vue et un isolement incroyable. L'année dernière au mois de décembre nous nous étions rendus au Nord-Est du Québec, plus particulièrement dans le petit Saguenay.

Mes Chums de l'anse Saint-Jean

« Si tu veux construire un bateau, ne rassemble pas tes hommes et femmes pour leur donner des ordres, pour expliquer chaque détail, pour leur dire où trouver chaque chose… Si tu veux construire un bateau, fais naître dans le cœur de tes hommes et femmes le désir de la mer. »
Antoine de Saint-Exupéry

J'avais entendu parler d'un coin paumé du Canada en hiver et bien sûr j'avais envie d'y frapper la neige (expression québécoise pour « damer le sol enneigé »). Noël n'est vraiment pas la période que j'aime comme vous le savez maintenant : surconsommation pour une fête forcée. Donc, une fin d'année au pays des « Chums ». Bien sûr j'avais promis-juré à ma Vrai : pas de bivouac par -25°, et que des lits chauffés. Ici je me sens bien, les autochtones ne chougnent pas quand il y a la neige et le blizzard avec une pointe de brouillard. Bien au contraire, c'est l'hiver et un bel hiver !

Cette région en cette saison est paisible et j'avais choisi une auberge tellement isolée qu'on était les seuls clients. Mais on va s'y ennuyer ? Justement, comme c'est désert, il y a tout à faire. Véro est bien équipée et, munis de nos raquettes, nous découvrons des forêts calmes et fascinantes. Quand je dis bien équipée, je devrais dire presque, car ma moitié qui n'est pas trop du genre à se plaindre ne m'informait pas que, régulièrement, elle avait froid aux pieds. Sachant ce que j'avais vécu dans mes expéditions polaires, elle n'insistait pas plus que ça.

Un jour, le blizzard était virulent et, comme dirait Nicolas Dubreuil, compagnon du Groenland, « Ce n'était pas un temps de fillette ! »

Ma Véro commençait à ne plus sentir ses pieds et la température aux vents était bien à -35°. J'essayais de la faire marcher plus vite pour activer son sang aux extrémités, mais je crois qu'elle avait trop tardé et le gel avait commencé son travail sournois. Je la laissais à l'auberge, pour reprendre ma balade sibérienne. Mais voilà que ma Vrai payait cash, en commettant une erreur de débutante, bien douloureuse. Elle mettait ses pieds gelés dans une bassine d'eau chaude !

Je devais la retrouver en boule en train de serrer les dents sans oser se plaindre, une vraie guerrière. Quelques ongles refusèrent la situation et décidèrent de se retirer, sur la pointe des pieds, cela va de soi.

Puis, en traînant dans la région, un chenil de chiens de traîneaux devait attirer notre curiosité. Au beau milieu de la forêt, une « minette » était la chef de meute d'une bande de malamutes et autres dérivés de loups. Vanessa, malgré son fort accent québécois, était française. Une vie de baroudeuse, qui l'avait amenée d'abord dans le Mercantour pendant deux ans, à pister des loups, puis à monter un chenil d'entraînement dans le Jura. Après un bref passage en Corse, elle débarquait à Montréal sac à dos avec une poignée de dollars en poche. Une vraie de vraie, rustique, mais avec un cœur gros comme ça. De suite, j'étais embauché pour nettoyer les niches et creuser devant l'entrée de chaque couche pour que les « molosses » puissent sortir sans problème. Ici la neige tombe sans cesse et son déblayage en est le sport national. Donc me voilà promu spécialiste en travaux publics. Je reste aussi vigilant vis-à-vis de certains locataires qui n'ont certainement jamais goûté de la viande « corsée ». Donc j'ouvre l'œil et le bon !

Nous sommes conviés à une balade en forêt, le vent est du sud-ouest, donc doux, et pour ces chiens des forêts boréales c'est la canicule. Six malamutes par traîneau et, d'entrée de jeu, je me retrouve seul avec mon attelage. Rien ne sert de gueuler ou parler fort, ils ont l'ouïe très fine. Il suffit d'être directif au bon moment. Féliciter les athlètes et désamorcer les batailles toujours imminentes. Je suis en queue de train, Véro est dans le traîneau de Vanessa et me voilà transformé en *musher*. La tâche n'est pas si simple, il faut que les harnais soient toujours tendus, car dès qu'il y a du mou cela veut dire que la luge va leur arriver dans les pattes. C'est pourquoi il faut gérer au mieux la pédale de frein qui n'est qu'une lame en acier montée sur tendeur. Suivant la force qu'on lui donne en appuyant dessus, on bloque l'attelage. Les premiers temps mon freinage est mal géré, ce qui me vaut des regards réprobateurs qui me rendent tout penaud. Je crois que j'ai trouvé plus cabochard que moi. Au fil de la journée et quelques échanges de tireurs, je me retrouve avec une belle équipe de gaillards qui a une énergie débordante. Les balades sont un mélange de forêt et de lac gelés. Certains passages en côte sont très éprouvants puisque, là, il est hors de question de paresser, mais il faut au contraire courir derrière pour aider les copains à quatre pattes.

Les descentes sont tout aussi difficiles, car il faut être debout sur les freins pour maintenir le vaisseau des neiges en tension.

Le lendemain ma Vrai va prendre son propre carrosse. Plutôt que de leur parler avec un ton sec et directif, elle est presque à leur demander pardon de leur imposer cette sortie. Les lascars auront vite compris et ce manque de poigne lui vaudra quelques beaux vols planés dans la poudreuse. Heureusement sans « bobos ».

Le soir au retour, d'abord la caresse à chacun avec les félicitations. Puis, les libérer et les ramener à leurs niches respectives. Une grande vigilance est obligatoire, car chacun a son ennemi juré et il faut éviter de passer trop près de l'un avec l'autre. Ensuite, comme ils se sont déshydratés en courant, chacun va avoir droit à sa gamelle d'eau avec du sang frais. Le festin sera conclu avec des croquettes et du gras d'orignal. Malheur à celui qui essayerait de leur piquer le moindre bout !

Un soir d'ailleurs, une bagarre éclate entre eux. Pour séparer les deux combattants, Vanessa pousse une gueulante impressionnante. Comme des petits gosses de maternelle, chacun retrouve son calme et le silence. Elle est un peu leur chef de meute. Cela aura été pour moi le moment de jouer à l'assistant vétérinaire en bloquant l'ancien « con battu », pendant qu'elle tente d'agrafer les plaies que viennent de s'infliger les deux têtes de pioche.

Le jour de l'an approche et, plutôt que du conventionnel, nous décidons de nous installer dans la grangette. Après avoir fait quelques provisions, nous nous racontons nos bouts de vie autour d'un bon feu. L'assistante de Vanessa est suisse romande et je sens dans ses regards des questions sur mon identité. Un peu timide, elle se lance tout de même en me demandant si ce n'ést pas moi qui ai coaché le GSHC ? Même là, au bout du monde, je suis débusqué !

Pour mon anniversaire, je ne pouvais pas être mieux servi que de me trouver là à écouter les deux copines me fredonner des airs du groupe québécois Mes aïeux.

Dehors, il neige et nous, ce soir, nous sommes emmitouflés avec le strict nécessaire pour démarrer une nouvelle année du bon pied !

Salut les Chums.

Capitaine de mon âme

« Une mauvaise herbe est une plante dont on n'a
pas encore trouvé les vertus. »
Ralph Waldo Emerson

Un peu nostalgique, je réalise que mes anges gardiens et vos prières sont définitivement les guides de ce pèlerinage. Je sais que Véro est là, juste en bas ; je vous laisse, je vais lui cueillir une fleur avant qu'elle vienne me rejoindre !

Je vous embrasse tous très tendrement, un cabochard au milieu de nulle part, si… au milieu de lui-même, un privilège à notre époque, je le sais. Et tout avantage suppose un sacrifice.

Au cours de cette journée de réflexion, un poème m'est revenu en mémoire :

Invictus[*]

Dans la nuit qui m'environne,
Dans les ténèbres qui m'enserrent,
Je loue les Dieux qui me donnent
Une âme, à la fois noble et fière.
Prisonnier de ma situation,
Je ne veux pas me rebeller.
Meurtri par les tribulations,
Je suis debout bien que blessé.
En ce lieu d'opprobres et de pleurs,
Je ne vois qu'horreur et ombres
Les années s'annoncent sombres

*. Invincible en latin

Mais je ne connaîtrai pas la peur.
Aussi étroit soit le chemin,
Bien qu'on m'accuse et qu'on me blâme
Je suis le maître de mon destin,
Le capitaine de mon âme.

On reprend du service

4 juillet

Ce matin, je me sens d'attaque. Cette journée de repos m'a permis de récupérer. Je ferme la cabane proprement, comme si elle était mienne. D'ailleurs, elle l'a été l'espace de quelques heures…

Je prends le large et salue une dernière fois cette petite maison des « cousins » du Grand Nord, que Dieu les bénisse.

Un froid de canard, c'est normal. Pour une fois, le ciel est bleu azur et surtout pas un poil de vent. Je retiens ma respiration tant j'ai peur de réveiller Éole. J'avance tout doux, j'aimerais que ce soit une longue et belle journée sans coup foireux. *Immaqa*, qui souffrait d'une blessure au boudin gauche, a l'air d'aller mieux, sans être au top. J'avance, les bras sont bien, le dos aussi, alors je tire sur les pagaies. Pas de nuage à l'horizon, mais ici tout va tellement vite, j'avance. J'arrive au hameau de Tanana, juste à l'endroit où le Yukon reçoit cet affluent du même nom. Sa dimension augmente brutalement, environ 2 km de large de moyenne, j'avance.

Un petit bateau militaire me double et les deux shérifs bien calibrés m'applaudissent et m'encouragent. Tiens, j'existe. J'avance. Le ciel est toujours clair, nouilles chinoises, huîtres fumées et compote, bien sûr le café… J'avance quand même, il est hors de question d'arrêter *Immaqa* sur un si bel élan. Pendant ma pause casse-croûte, je file doucement et ça fait du bien au moral. Je reprends ma route, je suis surpris de ma bonne moyenne.

La journée est longue et, plus haut, je vous ai décrit comment je me nourrissais, mais j'ai oublié un détail qui a toute son importance. Pipi ! Comme vous vous en doutez, je profite aussi de ces pauses, mais sans descendre à terre, pour un petit soulagement naturel. Ce qui vaudrait un beau reportage. J'arrive à pivoter sur moi-même dans mon mini-habitacle, à me mettre à genoux sur mon fauteuil et effectuer la chose. J'exploite aussi cette situation d'ailleurs pour me prodiguer des mini-tapotements sur les fesses qui, par moments, s'ankylosent. Bien sûr, la nourriture est très importante, mais c'est le mental qu'il faut gérer, sinon le rythme est impossible à tenir. Toutes les heures je m'évade. Aujourd'hui, entre autres, j'ai retapé la ruine qui est au-dessus du village où mon bateau est au mouillage : une heure de marche pour l'atteindre. Les murs sont debout, mais pas loin de s'effondrer et je m'imagine en train de les remonter avec ma Vrai qui m'aiderait. Un coup de « cocker triste » auprès d'un copain qui a des hélicos pour m'acheminer du matériel lourd et volumineux. Je prends mon temps, je vois un poêle à bois avec une grosse tempête d'hiver. En bas le *Cabochard* est bien amarré et nous, les amoureux des cieux, ce soir on va se blottir pour mieux s'aimer…

Je repars aussi dans le chalet de mon enfance, sur les hauteurs de la Méditerranée. On n'avait pas d'eau, ni d'électricité, mon arrière-grand-mère Alice était la seule à savoir faire manger ce nourrisson un poil teigneux. Ma mère m'emmenait sur son dos en randonnée avec son fusil à l'épaule, peut-être est-ce là que tout a commencé inconsciemment… Voilà comment j'arrive à encaisser ces longues journées et aujourd'hui, à ma grande joie, 90 bornes au compteur avec un courant bien moins fort qu'au départ.

Ce soir, je trouve mon île et y monte mon bivouac. Derrière moi, les nuages sont noirs d'encre et bientôt le ciel gronde. Un fort vent d'est arrive et ça claque. J'ai tout bien préparé et, sans courir, je peux rejoindre mon duvet pour entendre les éléments se déchaîner. Je suis toujours terrorisé par la violence de ces orages, je sais qu'au Nord cela doit être plus fort. Je tremble devant cette puissance car, blotti derrière quelques millimètres de toile, je ne peux que subir. Je suis comme un nouveau-né sans sa mère, je me sens seul et loin de tout.

Mais je le suis, bordel !

Je flanche, je me mords les lèvres, qu'est-ce que c'est fort. La tente semble éclater sous les coups de boutoir, j'ai peur… Je sanglote encore. Je me raisonne, ouvre mon ordi et lis vos messages de soutien. Merci, merci du fin fond de nulle part. Vous me tenez la main, vous m'empêchez d'avoir froid, de derrières vos écrans, je sens votre amour… Parole de cabochard, bientôt j'arrive au bout de mon rêve.

Je pense aussi souvent à Hiro qui doit être à une semaine derrière moi, j'espère que ses anges gardiens ne le lâcheront pas. Par an, 300 personnes arrivent à atteindre l'Everest. Un seul chaque année en solitaire pour cette foutue descente que je suis en train de tenter !

Hier soir, dans la cabane, j'ai trouvé une bougie et je l'ai allumée à mon tour pour vous, je vous aime…

Souvent l'hiver, dans l'Extrême-Sud de la Corse, le vent est violent et une sortie vélo musclée m'a inspiré :

Et c'est bien comme ça

Vent d'ouest assez fort, mais peu importe le temps, la journée sera belle parce qu'il en est ainsi et pas autrement.

J'essaie de toujours me lever avant le soleil, histoire d'être prêt à lui dire bonjour en premier.

Je remonte ma ligne de pêche, ce sera du riz aujourd'hui et c'est bien comme ça.

Séance de gainage et petit-déjeuner, j'allume la radio, il faut être informé. Bilan qui s'alourdit en Haïti, 200 000 morts, et une polémique sur les gens qui ont été amputés. La venue du président français en Corse a permis aux grévistes de vibrer, un fou se jette sous le métro en entraînant un innocent…

Pas folichon tout ça, je prends mon vélo et pars pour une petite sortie. Bien sûr ma tête est encore dans les infos. La planète se porte à merveille malgré un réchauffement causé par l'homme ou pas, en tout cas elle sera toujours là à tourner. Froide ou chaude, seule elle est éternelle.

Nous ? Je souris ! Bientôt « boum », un souvenir infime, un millième de seconde pour le temps planétaire.

Je pédale, le vent est fort, c'est bien comme ça, je travaille la résistance, le col de Roccapina me tend les bras. Là-bas la mer est blanche. Tiens, un navire de la marine nationale patrouille au cas où des Kurdes assoiffés de sang débarqueraient sur une plage.

Ouf, ils sont là à défendre nos côtes, il ne faut pas des gens comme ça chez nous, c'est vrai quoi et c'est bien comme ça. Au sommet du col, je croise mon pote le chien sans nom à qui il manque une patte, il est avec sa troupe de copains les « *bad dogs* », ils ne l'ont pas rejeté et c'est bien comme ça.

Je pédale, je pédale, mais je crois que je ne suis plus trop là, à un moment il faut faire demi-tour car je n'ai pas que ça à faire, non ? ! Un, deux, trois, dix, vingt, trente, cinquante fourgons de CRS me doublent, ils sont venus me défendre des Kurdes sanguinaires ? Mais non, suis-je bête, hier Nicolas était en visite et il faut le protéger ! Et c'est bien comme ça.

Je pédale, je pédale, pour finalement retrouver mon petit abri bien désert en hiver, je retrouve le bord, je raconte ma matinée à Jo Zef, il me suit du regard et boit mes paroles. Je crois même qu'il acquiesce. J'effectue mes étirements, me prends une douche tout nu sur le pont de mon yacht en plein vent parce qu'après on apprécie la serviette bien rêche. Et c'est bien comme ça.

La cafetière napolitaine, une tasse – Jo Zef n'en boit pas –, fume. Mon nectar est prêt avec deux petits biscuits ramenés du Québec, j'apprécie ce moment de récompense et c'est bien comme ça.

Je me connecte au monde par Internet, les courriels défilent, ma Vrai fait un super boulot de secrétaire, je pense à elle et c'est bien comme ça.

Je suis dans ma bulle, le monde des adultes me bouleverse et me touche de moins en moins. En même temps, après tout, si l'homme veut se détruire que puis-je y faire ? ! Je pose mon petit grain de sable positif sur cette montagne humaine.

Tiens, le soleil part déjà réchauffer d'autres enfants, et c'est bien comme ça…

Schumacher ne me doublera pas !

« Toute âme qui s'élève élève le monde. »
Gandhi

Déjà un mois ! Eh oui, le 4 juin on partait tous en chœur pagayer sur la grande rivière, mais depuis vous êtes tous rentrés et j'avance. Que de chemin parcouru, déjà. Aujourd'hui, il me reste moins de 1 000 km pour la mer de Béring… Mais la route reste encore longue et je ne sais pas ce qui m'attend, alors je demeure plus que vigilant.

Ce matin, je reprends ma journée à 6 heures pétantes et je pagaie. Je pars dans mes pensées, je remonte sur cette petite bergerie qui ne m'appartient pas plus aujourd'hui qu'hier, mais je la retape. C'est le beau du rêve : pas besoin d'avoir un acte de vente pour que ce qu'on aime devienne sien. Puis je pense au prochain stage de plongée de Bout de vie de mi-septembre… Mais j'ai de la route à faire et il faut que je reste en alerte et intuitif pour tenter de prévenir le mauvais coup qui pourrait m'arriver.

Je surveille continuellement le fleuve. Dès que je vois au loin un bout de bois qui va plus vite que moi c'est que je suis sorti du courant principal. Alors, je remets *Immaqa* dans le flux, on reprend la moyenne et je repars dans mes pensées.

Hop, encore une branche qui va plus vite que nous là-bas, alors je dévie de quelques degrés ma route et reprends le rythme. D'ailleurs, je les appelle « Schumacher » et je les interpelle : « Eh, tu crois aller plus vite que moi Schumi, attends j'enclenche la sixième et on va te doubler »…

Puis, dans la matinée, j'ai comme la sensation que quelqu'un veut me parler, je me retourne, mais je suis bien seul !

Depuis le départ, je vous disais que l'âme de la rivière semblait m'ignorer, mais voilà, cela fait un mois que je suis dans son lit. Par moments, elle me malmène sévèrement et jamais une seule fois je n'ai râlé, protesté, critiqué son comportement, jamais. Au contraire, je lui ai toujours dit qu'elle menait sa vie et qu'elle faisait ce que bon lui semblait et que je devais m'adapter. Ce matin, elle est venue me voir, j'ai vu un visage. Une vieille dame aux longs cheveux blancs couverts de talismans avec un regard noir comme le sont ces orages. Elle m'a pris la main, j'ai tremblé une fois de plus, elle m'a dit m'avoir testé de façon gentille et qu'elle avait envie de me connaître.

« Pourquoi es-tu ici ? »

Pour une croisade, pour recevoir de vous tout l'enseignement de l'amour et du partage. Pour me dépouiller du superflu, pour vivre l'essentiel. Je crois que si l'on veut remplir une outre, il faut d'abord qu'elle soit vide. Pendant ce premier mois, je me suis épuré, vidé de tout le « de trop » et je suis redevenu un enfant avide de tout savoir. Et comme un gamin, j'ai souvent pleuré…

Elle m'a demandé si j'avais compris pourquoi les Natifs étaient si pieux avec leurs multitudes de légendes ?

Oui, je crois comprendre. Votre demeure est si belle, mais si violente parfois, les peuples qui y vivent depuis des générations se sont inventé toutes sortes de rites pour affronter leurs appréhensions. Depuis, ils ont réussi à survivre. Puis le superflu est arrivé par les Blancs, ils ont succombé à la tentation et leurs vies ici sont devenues un enfer…

Elle m'a dit que mon raisonnement à haute voix, hier soir, avant mon coucher, l'avait interpellée.

Je parlais à ma peur, je lui disais qu'elle n'existait pas, car c'était moi qui l'avais créée et si je le voulais, je pouvais m'en passer. J'ai juré à haute voix que je n'aurais plus aucune raison d'avoir des phobies, mais qu'il était aussi du ressort de la grande rivière de ne pas être trop excessive dans ses moments de colère.

La vieille dame m'a dit avant de partir que je commençais à comprendre et que je devais continuer à aller sur ce chemin. Je devais toujours être vigilant car, avant de se déchaîner, elle m'enverrait l'un de ses disciples pour me prévenir du danger imminent.

Être attentif, je vais rester concentré. Je crois que ce mois de grande rivière m'a vraiment déjà appris beaucoup de choses : être observateur et n'avancer que par la force de l'amour… À 13 heures, une succession d'orages éclate et je n'ai plus senti cette peur envahissante et dévastatrice. Seulement une vigilance accrue et une sensation d'être ici chez moi…

Aujourd'hui, j'ai fait encore un pas de 100 km, mais le plus important c'est que j'ai enfin réussi à ouvrir le grand livre de la rivière pour recevoir son enseignement… Je vous envoie tout l'amour du Grand Nord…

Vaseux, boueux mais heureux

« Il n'y a pas de répétition : vous n'avez qu'une vie, donc prenez-la en main et efforcez-vous d'être remarquable. »
Anita Roddick

6 juillet

Toute cette nuit des tonnes d'eau se sont abattues sur notre bivouac. L'alarme du réveil m'a fait atterrir en Alaska de nouveau, mais je ne pouvais m'imaginer démonter mon camp sous ce déluge. Alors, j'ai tourné les fesses et j'ai continué mon rêve. Vers 8 h 30, je sors du coma, il pleut encore ! Bon, il faut que je sorte. Le pipi dans un coin de la tente ce n'est pas génial. Pendant que je suis dehors, je me sers mon p'tit-déj' et comme par miracle la saucée diminue. Je ne pense qu'à l'instant présent, tout à l'heure, je ne sais pas. Ça a l'air de se calmer, je change ma garde-robe pour du polaire. Eh oui, 7° ce matin et du coup j'utilise pour la première fois mon pantalon épais et surtout étanche. Ouais Jo Zef, c'est la bonne, on se barre, rester toute la journée sous la tente à se morfondre ce n'est pas notre genre, vous êtes d'accord tous ?

La belle équipe affirme que c'est bien le moment du départ. Un dernier tour d'horizon pour ne rien laisser aux archéologues dans mille ans et on chemine vers le nord. Tout est à portée de main : le thermos d'eau chaude, les nouilles chinoises, les huîtres fumées, les barres de céréales, le gel en cas de coup de pompe et l'eau pour lubrifier les articulations. Dans notre direction c'est tout noir, ce n'est pas grave et tant qu'il n'y a pas de vent violent, on file. L'eau c'est bon pour la nature et, jusqu'à preuve du contraire, on en est constitués d'un fort pourcentage. Et ça tombe, des rideaux de pluie sur la casquette mais ce n'est pas grave, on glisse en avant, chaque coup de pagaie nous rapproche de la fin de la longue croisade. Cela n'arrête pas, mais chaque heure, compter des kilomètres en moins c'est bon pour le moral. Je pars dans mes rêveries et je pense très fort à la vieille dame du fleuve et hop elle réapparaît ! Elle est venue me remercier de la prière que je lui ai envoyée hier. Je disais que je lui offrais tout mon amour pour la patience qu'elle pouvait avoir avec moi, pauvre novice. Que les leçons qu'elle me donnait chaque jour étaient bienfaitrices pour mon avenir, que grâce à elle, j'allais revenir encore plus fort pour aider les autres… Je finissais mon laïus en souhaitant qu'elle soit douce avec tous les hommes qui vivent sur ses rives, malgré le fait qu'ils soient durs et parfois peu respectueux avec la nature dont ils sont pourtant les disciples. Je rajoutais que, derrière, Hiro suivait mon sillage. Comme il n'avait plus du tout de famille, je demandais à la vieille dame du fleuve qu'elle prenne soin aussi de lui. Que Dieu vous bénisse…

Finalement, vers 18 heures, je trouve une île, mais pas trop comme je souhaitais. La pointe extrême amont est toujours celle où je pose ma tente mais, aujourd'hui, c'est un amas de vase molle et de sables mouvants. Je ne prends aucun risque et continue un peu. Il y a un débarcadère en terre pour des bûcherons. Allez, c'est assez pour aujourd'hui, le temps s'éclaircit et, au sec, je peux monter le camp. Mais voici un détail que je viens d'apprendre : en bordure de forêt même sur une île, c'est infesté de moustiques. Pas un, pas cent, pas mille, des milliards ! Ma cagoule prévue à cet effet est au fond du kayak, mais je ne veux pas y penser, d'abord finir le camp puis j'aurai le temps de me plaindre. Finalement leurs morsures les occupent et je finis en règle mon boulot. Une heure durant laquelle je sers de tapas à des suceurs de sang. Je suis sûr que c'est la première viande corse qu'ils bouffent ces « morpions » ! J'allume un feu et y jette un paquet de bois mouillé et, dans un fort nuage de vapeur, je peux finalement prendre mon dîner…

Encore 80 km de parcourus et c'est tant mieux. Je ne suis plus trop loin de Galena où je dois obligatoirement m'arrêter pour compléter ma nourriture et acheter deux bricoles. Le miracle serait qu'il y ait un hébergement possible, caserne de pompiers, militaires, pilotes d'hydravion ou qui y ressemblent, histoire que, pendant deux jours, je puisse récupérer…

Je vous souhaite tout le meilleur du monde et vous dis à très bientôt, profitez de l'été, ici c'est bientôt Noël !

Tout à l'heure, on a vu encore un ours noir et Jo Zef m'a dit que, s'il n'avait pas de K-way, cela voulait dire que demain il devrait faire soleil !

Welcome to Galena

« C'est ce que nous pensons déjà connaître qui
nous empêche souvent d'apprendre. »
Claude Bern

D'une belle table en bois, avec vue sur la rivière, je vous écris ces mots, mais avant d'en arriver là, il y en a eu de l'eau sous la quille !

Ce matin, le réveil sonne et il pleut, c'est toujours le même refrain, avec tout de même une variante non négligeable : ils sont des millions dehors à attendre le p'tit-déj'.

Je plie tout méthodiquement. Le premier matelas de sol dans le sac étanche de la tente, le gonflable avec le duvet et la couverture en textile polaire dans un autre compressible. La valise communication à vérifier, bien fermer sans écrabouiller les câbles et enfin le plus important, la mascotte dans le fourre-tout hermétique avec mon sac à dos qui contient mon passeport et une poignée de dollars.

J'ouvre la tente, ce n'est pas de la pluie, mais de la bruine. Peu importe, j'ai déjà la cagoule antimoustiques et ils se ruent sur le pauvre nomade. Un nombre incalculable qui n'a que mes mains en accès libre à attaquer, alors on y va sur le poignet, le pouce puis encore la jointure. Je les laisse faire. Pauvres bêtes, dans un mois ils seront tous raides par le retour de l'hiver et puis ce n'est pas souvent qu'ils sucent du sang de Franki boy !

Je me hâte, je prépare mon petit-déj' que je cale sur l'hiloire et, sans courir mais très concentré, je mets 45 minutes pour tout parer ! Je pousse *Immaqa* et hop, sur la grande rivière. Je remercie l'endroit de m'avoir protégé, donné asile malgré la vampirisation et reprends la veine du courant. Ça y est, j'y suis. J'ouvre mon bac en plastique et peux avaler ma mixture du matin, soit de la poudre. Un substitut de repas, mais avec tous les produits qu'il faut, sans les lenteurs de la digestion et avec une très forte rapidité d'assimilation par le corps. C'est d'ailleurs Dumè qui les vend et s'en sert pour les championnats du monde de triathlon avec des temps de courses largement améliorés depuis l'utilisation de ces aliments tout à fait légaux.

Je pagaie et j'avance, mais la brise de sud-ouest est déjà présente. J'ai 50 petits kilomètres avant d'atteindre mon objectif du jour : Galena. Je ne dois pas penser à plus loin que l'heure qui arrive. Je salue un ours noir en faisant le pitre, lui demande des nouvelles de la coupe du monde, où il est allé en boîte la dernière fois, mais ma moquerie le laisse imperturbable. Jo Zef me souffle que, peut-être, je n'ai pas encore pris l'accent du coin et qu'il n'a pas tout saisi…

Deux heures que je pagaie déjà et j'avance. Allez, et un café pour la huit, un ! Oui, une barre de céréales aussi, S.V.P. !

Je me ploie face au vent, me dis que ce qui est pris ne sera plus à prendre et puis si je n'arrive pas aujourd'hui ça voudra dire que je n'y avais pas encore droit. Sans bruit, la dame de la grande rivière vient me sourire et me susurre que je deviens sage et que, tout à l'heure, je serai arrivé à destination.

5 h 30 pour 50 bornes avec le vent dans le nez : quand on est motivé, on envoie sur *Immaqa* !

Je vois une magnifique demeure avec une femme blanche qui parle dans son téléphone portable. Retour à la civilisation ! Elle m'interpelle :

« *Hi*, d'où venez-vous ?

– Whitehorse, Canada.

– Quelle est votre nationalité ?

– *French from Corsica, Napoleon's Island…* Où puis-je trouver un abri sûr pour ce soir ?

– Dans deux miles à droite, il y a une maison bleue, c'est celle du parc où on pourra vous aider.

– *Thanks a lot.* »

Et elle répond : « *Absolutly marvellous your trip, marvellous, good luck…* »

Eh bien, c'est qu'elle m'a ému la charmante dame.

Effectivement, je vois un débarcadère et plein d'habitations bleues. Bon, il va falloir laisser *Immaqa* seul et ça, je n'aime pas trop. Je démonte le GPS, le transbordeur et la caméra sur son trépied. Je mets la bâche de protection et pars à la recherche de l'office de la réserve naturelle. Sans que je demande quoi que ce soit, une Chevrolet sans âge stoppe à ma hauteur. Au volant, une Californienne avec, à l'arrière, ses deux bambins. Ils me souhaitent la bienvenue et me demandent s'ils peuvent m'aider.

« Le Q.G. des rangers, s'il vous plaît ?

– J'en étais sûre ! Je vous accompagne, c'est mon mari le chef ! »

Sur le cul, le Frank ! En arrivant, je découvre une belle pelouse avec deux grosses tables à barbecue et me vois bien y planter le bivouac.

« *Hi Frank, welcome in Galena !* Tu peux mettre ta tente sur la pelouse, utiliser les locaux et charger tes appareils. Je te laisse, je repars sur la rivière en hydravion, *see you soon* !!! »

Comme à la maison, je ramène l'embarcation jusqu'au pied du bâtiment et y plante mon camp. Après une bonne nouille chinoise bien méritée, je pars à la recherche de la *Grocery* pour y faire quelques folies. Pas de panneau devant le magasin, pourquoi faire d'ailleurs, ici tout le monde sait où est le *store*, donc je pousse la porte et me retrouve dans la caverne d'Ali Baba. Je me charge en éternelles nouilles chinoises et en viandes sèches qui sont emballées sous vide sans danger donc de développer une trop forte odeur qui attirerait des copains trop collants ! Un petit attroupement se constitue autour de moi, ici l'étranger est rare et quand il y en a un, on se l'accapare. Tout le monde veut savoir d'où je viens, Whitehorse est trop loin pour beaucoup et personne n'arrive à situer mon départ.

On me questionne sur les ours, les loups, combien d'hommes j'ai rencontrés, si j'ai une famille, etc. Évidemment, ici tout le monde se connaît. Huit cents habitants coupés du monde, au milieu de pas grand-chose, ça tisse des liens. Un vieux pêcheur me demande si j'étais le fou furieux qui pagayait pendant les orages, il y a trois jours ? Oui, je crois que ça doit être moi, il n'y a pas beaucoup de touristes en ce moment ! Le petit comité éclate de rire. Comme tu dis, ce n'est pas encore la saison, d'ailleurs ici ce n'est jamais la saison ! Comme je suis en bermuda, on remarque ma différence : « Et en plus, il te manque une jambe ! »

Un gars me fait signe discrètement qu'au bout du comptoir il y a un type qui, lui aussi, est amputé, mais des deux bras. Tiens un cousin éloigné. Mais son attitude ne me donne pas envie de m'en approcher. Effectivement, il lui manque les deux membres supérieurs et il est équipé d'un système archaïque qui lui permet d'utiliser avec beaucoup de difficulté deux pinces. Il refuse toute assistance et enverra balader le serveur qui veut l'aider, je ne bronche pas et le laisse repartir. Cette sombre rencontre m'amène à vous narrer mon croisement de route avec Thierry Corbalan, histoire plus lumineuse et porteuse d'espoir.

Il y a vingt ans, alors qu'il partait pêcher de nuit avec une canne en carbone sur une des plages de la Côte d'Azur, un câble de haut voltage devait lui donner un coup d'arc et lui brûler les bras. Une vie de personne handicapée grignotait celle de sportif de haut niveau qu'il était. Le fait qu'il soit champion de judo allait peut-être l'aider dans sa reconstruction et, lors d'un stage de plongée qu'offre chaque année Bout de vie, je devais rencontrer cet *homo delfinus*. Au bout de la deuxième immersion, il voulait être autonome. Je lui bricolais une pince sur son masque comme en possèdent quelques apnéistes de haut niveau pour qu'il compense seul ses tympans. Deuxième tentative et le voilà en train de palmer en autonomie complète sur 15 m de fond. Rassurez-vous, je n'étais pas trop loin au cas où, mais je fus scotché par une telle aisance. Quelques mois plus tard, toujours dans le cadre d'un stage offert par l'association, il se mettait sur des planches de ski dans les Alpes italiennes : encore une autre leçon de vie. Je trouvais en lui un homme de défi et savais qu'il était encore loin de la découverte de ses limites. Il commençait à nager et les longues distances ne lui faisaient pas peur alors, sournoisement, je lui soufflai une idée de record : la traversée des Bouches de Bonifacio en monopalme !

Quelques mois plus tard, nous voilà au petit matin d'une sacrée journée.

Homo delfinus

« Avoir la foi, c'est monter la première marche
même quand on ne voit pas tout l'escalier. »
Martin Luther King

Il fait encore nuit et le réveil est symbolique, car depuis un moment nous ne dormons plus. Le vent est toujours là, de nord-est, pour une quinzaine de nœuds. La météo d'hier soir donnait force 3 à 4 !

Allez, on largue les amarres pour sortir du port de Santa Teresa di Gallura en Sardaigne, car le départ ne peut avoir lieu que de la dernière bouée du chenal. La houle à notre surprise est bien présente, environ un mètre. Thierry est conscient de la difficulté. J'appelle les autorités françaises et italiennes pour confirmer le départ et reçois le dernier bulletin météo : nord-est 5 à 6 mollissant cet après-midi 3 à 4 ! La houle, le clapot avec le courant en plus, la partie est en train de se compliquer ! J'explique comment vont être les différentes étapes du parcours de la traversée et seul Thierry doit décider. Il tente l'aventure !

7 h 38, mon kayak est en place avec une longue bouée en traîne. Elle-même est munie d'un fil de pêche avec un leurre rouge plongeant pour qu'il n'ait pas besoin de toujours lever la tête pour prendre sa direction.

Voici quelques minutes que l'on est partis et le tuba lui est arraché par une vague. Avec beaucoup de difficultés, je lui remets tout en place, cette fois c'est la bonne. Il faut trouver la cadence dans cette mer qui bouillonne.

Toutes les demi-heures nous faisons un bref arrêt au cours duquel il peut se réhydrater. La côte italienne s'éloigne doucement, mais le flot de surface prend de la force, les lames nous malmènent et le vent, pile-poil dans notre direction, se joue de nous.

Il ne faut penser qu'au moment présent, la vitesse est faible, mais nous progressons, les 3 km/h sont à peine dépassés. Le vent se renforce, je change de cap pour me diriger sur les Lavezzi, si la force 6 arrive ça sera peut-être moins dur sous les îles. Mais elles sont encore à 10 km.

Nous sommes dans le rail des cargos mais, par chance, seul le ferry corso-sarde est en mer et il est prévenu de la tentative.

Une heure que nous sommes partis ; la traversée n'est pas gagnée, mais ce qui est déjà pris est pris. L'ondulation est toujours forte et je sais qu'elle s'atténuera bientôt, mais pour l'instant nous sommes sur des montagnes russes.

1 h 30 de nage et Thierry est en pleine forme, nous avançons et la tramontane se stabilise à vingt nœuds. Éole est sans scrupule, il ne veut pas virer et reste désespérément dans le nez. La progression est lente, mais constante. Ça y est, le bateau suiveur nous annonce que nous sommes entrés dans les eaux françaises, un point de plus.

Deux heures de nage et Thierry est bien, le vent tourne à l'est. On gagne de la vitesse. Trois heures, ça y est le canal des Bouches est franchi, les Lavezzi nous coupent la houle, mais le souffle du levant, lui, reste en notre compagnie. Un bateau de photographes nous rejoint aussi : « Ça sent bon ! »

Quatre heures de nage, nous sommes sortis des grosses difficultés. La mer s'assagit, l'île de Piana est là, devant nous, « Ça sent de plus en plus bon ! »

Cinq heures de nage, Thierry est euphorique, nous devinons la passe de Piantarella. Petit break, ses yeux sont enflés, car la violence de la mer lui remplit régulièrement le masque et, comme nous ne faisons une pause que toutes les demi-heures, le sel lui brûle la totalité du visage. Mais vous avez bien compris que ceci n'est qu'un petit détail.

Les eaux turquoise nous accueillent, le public est sur la plage, Thierry entre dans sa légende…

5 h 37 pour traverser les Bouches de Bonifacio à la nage en monopalme en étant amputé des deux bras.

L'arrivée est remplie d'émotion, je ne vois pas un visage sans larmes. Dans les yeux de tous : que du respect et de l'admiration. Je crois que ce qui nous donne cette force, c'est ce bout en moins qui devient un bout de plus, c'est de l'alchimie…

L'Alaska vu du ciel

« Nous sommes le résultat de
ce que nous avons pensé. »
Bouddha

Je reviens à Galena, ce récit m'a rempli d'énergie, je demande où sont les sanitaires publics. Un gars me dit : « Toi mec, tu ne vas pas dans ce truc pourri, mais tu viens chez moi ! » Eh bien, me voilà sous une douche brûlante avec une eau qui, issue de mon lavage récurant, est aussi boueuse que celle du fleuve. Vous me l'auriez dit ce matin, je n'aurais pas parié une crêpe sur une telle fin de journée.

Demain jour de relâche. Ce soir, sous un soleil magnifique et une brise câline, je savoure la paix du premier village natif où je me sens bien. Je crois que je vais en écraser une monstrueuse. Mine de rien, ça fait depuis Dawson Canada que je ne me suis pas arrêté complètement, soit 1 350 km non-stop !

Comme dit la mascotte : « Halte aux cadences infernales… »

Au petit matin, je me suis promis de rester calme sans reprendre la route. Deux nouveaux copains viennent me rendre visite. Le pilote du petit avion postal a su que j'étais dans le coin et, depuis plusieurs jours, c'est lui qui nous faisait des coups d'ailes en passant en rase-mottes au-dessus de nous.

Il me propose de l'accompagner pour livrer les colis au village de Nulato, « *Yes we go* ». Ciel clair et sans vent, je suis à son tribord et nous voilà partis pour un beau périple. Le fleuve marron qui serpente au milieu de ce paysage sauvage m'émeut. Il me dit que, chaque fois qu'il me survole, lui aussi est touché par ma croisade. En plus, il a appris mon « unijambité » : « *Oh my God !* »

Une petite heure pour arriver au terme de notre première destination. À peine atterris, une cohorte de quads arrive, chacun vient récupérer sa commande et y déposer son envoi. Personne ne me calcule, ils doivent me prendre pour un assistant fraîchement débarqué. Nous reprenons sans tarder les airs pour Kaltag, rebelote dépôt, réception de courrier et colis. Ça y est, nous retournons sur Galena, fini le Yukon vu du ciel, nous survolons une quantité infinie d'étendues d'eau. Cap sur la microplaque tournante de la région. Dieu que c'est beau, le nez collé au hublot, je m'imagine dans une cabane au poêle fumant sur le bord d'un de ces lacs sans nom. Libre, en train de bouquiner sans penser au lendemain et aux hommes qui s'entre-tuent pour une poignée de billets ou pour une religion différente. Tiens, celui-là je l'appellerai « Libertà », lui « Amour », le petit je le baptise « Little Jo », le grand, derrière, « Big Jo »…

Retour à l'aéroport, je reste sans voix devant une telle beauté sauvage. Pas de route, deux villages sur 500 km et rien que la nature à l'infini…

Demain, je reprendrai mon pèlerinage, mais avant on me fait visiter la « ville ». Une piscine municipale de taille olympique, que même en Corse nous n'avons pas, un projet pour faire une patinoire et y créer un club de hockey sur glace. Je n'ose raconter mon aventure avec les Grenats genevois de peur de passer pour un affabulateur.

On reprend la croisade

« Un arbre qui s'abat fait beaucoup de bruit ;
une forêt qui germe, on ne l'entend pas. »
Gandhi

Ça fait du bien…

Un accueil inoubliable, des gens ouverts, sympas et prêts à tout pour m'aider. On se bat pour avoir le *french paddler*, l'un m'invite à dîner, l'autre à utiliser sa machine à laver le linge, le troisième sa baignoire avec eau chaude et mousse odorante. La route est encore longue, alors je vais me concentrer de nouveau pour retrouver la vieille dame de la rivière qui m'a permis encore une fois de vivre un sacré bout de vie.

Un grand merci à Neil et Mike qui ont été mes guides. Ils m'ont rendu ce bref séjour à Galena inoubliable.

9 juillet

La mégalopole est déjà derrière, mais que de belles rencontres. Je me suis réconcilié avec les villages du grand fleuve. Ce matin, comme d'habitude, je reprends ma pagaie de pèlerin et direction au bout de moi-même. Le vent du nord est déjà là, il m'attend de pied ferme. La vieille dame de la grande rivière me l'a envoyé. Je pars sur les chapeaux de roue – 11 km/h – mais, au bout d'un quart d'heure, le courant si porteur s'évapore et la bise fraîchit, six de moins !

Je baisse la tête et je comprends que j'ai repris l'école sans perdre de temps : aujourd'hui leçon de vie. Une de plus. Et dire que je commençais à calculer mon arrivée en mer de Béring et que je faisais déjà des projets sur l'après ! La prof qui m'a bien en main ne m'a rien dit, mais elle a tout entendu :

« Alors on se croit déjà en fin de parcours, on fanfaronne que c'est déjà gagné ? Et tout ce que tu as appris jusqu'à maintenant, qu'est-ce que tu en fais ? Fléchis-toi, pense au présent, pas à ton passé, ni à tes victoires, ni au futur et à tes prochaines rencontres, mais bel et bien à l'instant actuel. Précisément là maintenant !

– Oui m'dame, mais j'ai tellement de choses à faire avec ma Vrai, retrouver mon p'tit confort, mes vieilles habitudes et puis j'ai un peu la trouille par ici tout seul…

– Je sais, je veille sur toi, mais je t'en conjure, reste concentré, ici il n'y a que cela qui compte, dès que tu enfreindras la loi, je te la rappellerai… »

Je pagaie sans cesse contre le vent et reprends le rythme, des creux de presque 80 cm secouent *Immaqa* et son petit monde. Je sais qu'au pire, sur mon tribord, je peux m'arrêter, donc ça va et puis là, au bout, il y a un virage et le vent de nord-est sera en ma faveur. C'est vrai, je ne suis pas seul, il y a tellement de personnes aux quatre coins du monde qui prient pour moi, qui maintiennent des bougies allumées, des bâtons d'encens, que toutes ces essences d'amour me protègent. Avec tout ça, je ne suis pas abandonné, mais bien protégé…

Le vent se calme, cela fait trois heures que je me bats, mais sans querelle, exclusivement une lutte face à mes muscles tendus, mon cerveau qui a envie d'appeler ses fantômes et puis tout s'apaise. Un ours noir sur la berge est en plein délire. Il a l'air de jouer comme le ferait un chat. Il court de long en large sur la rive, s'arrête et saute dans l'eau sur son ombre puis reprend sa pantomime. Je l'observe aux jumelles et ne vois aucun poisson dans sa gueule. Comme on me l'a dit, ces nounours sont très joueurs et je suis arrivé juste au bon moment.

Le fleuve finit sa grande courbe et je prends la direction sud-ouest pour 450 km de descente vers l'immense delta. Je passe à l'opposé de Nulato que j'ai survolé hier. Dans ce bras de rivière séparé par une île, je reste dans le courant porteur et tant pis pour le village, mais je crois que c'est une excuse, je deviens sauvage. Matériellement, je n'ai pas besoin d'arrêt et je crois que j'ai eu ma dose de rencontres. Je me découvre solitaire en profondeur, je fuis les hommes et leurs problèmes. Bien sûr, Galena m'a rassuré sur certains Natifs, mais je veux garder un beau souvenir de ce peuple qui me fascine depuis mon jeune âge. Dans mes jeux de gamin, j'étais toujours ce chef indien qui vivait seul dans la forêt entouré de légendes. Je laissais aux autres le rôle de cow-boys ou de shérif, je préférais m'identifier à Geronimo.

Je longe la grande île en face du hameau et j'entends des cris de gamins. Au mouillage se trouve une barque en alu motorisée, il y a aussi une vingtaine de gosses qui jouent dans l'eau boueuse du fleuve encadrés par des adultes qui doivent être leurs profs. Je stoppe mon pagayage et observe l'aire de baignade. Je suis dans l'axe du soleil et ils ne pourront me voir. Je cesse tout mouvement et essaie d'imaginer une vie d'enfant ici. L'hiver qui n'en finit plus avec un isolement qui donne à l'Alaska septentrional le titre de région où la mortalité infantile est une des plus importantes d'Amérique du Nord. Je poursuis en silence vers ma plénitude de Bédouin boréal.

Le vent a absolument disparu et un bon courant m'amène sur une petite île sans insecte ni trace de prédateur. En bonus, il y a une grosse quantité de bois sec pour faire chauffer la gamelle. Quatre-vingt-deux bornes au compteur malgré un départ catastrophique et j'en suis à espérer une bonne nuit silencieuse, car Galena le soir est tellement bruyante que le sommeil fut difficile à trouver.

Depuis le fleuve du temps présent, je vous envoie tout mon amour… Merci d'être là, vous êtes ma connexion avec le monde des « fourmis ». Ici, c'est l'univers de l'infiniment grand, impitoyable avec l'homme qu'il n'accueille pas volontiers…

Grizzly

« Il se pourrait que les seules limites à l'esprit
humain soient celles auxquelles nous croyons. »
Willis Harman

Routine : démontage du camp et, en moins d'une heure, je reprends mon cabotage. Vent d'est, bon pour le moral, car dans le bon sens. Au fil de la matinée, la brise se renforce à peine et, finalement, je peux envoyer mon cerf-volant. Une petite demi-heure de bonheur. Mais ici, tout est éphémère et le vent tombe, pétole. Le courant se maintient et je continue mon incessant « pagayage ».

À midi, je passe devant le hameau de Kaltag où deux jours auparavant j'avais atterri avec le petit Cessna. La brise passe au sud-ouest, en plein dans le nez… 14 heures, le vent fraîchit et je courbe l'échine et accepte l'épreuve. D'ailleurs ai-je le choix ?

Une heure après, c'est le coup de vent, je fais des embardées et cela ne me plaît pas trop. Il y a un chapelet d'îles. Allez, je me planque dans les canaux pour avancer sans le courant certes, mais à l'abri du vent et des vagues. Déjà neuf heures que j'envoie. Sur la carte, je devine une micro-île ; et si c'était celle du bivouac ? Du bois sec et une petite pelouse à l'abri des rafales. Même une cuvette où l'eau a pris une super-température. Je me réjouis déjà de la bonne soirée qui m'attend, mais il y a le protocole de sécurité. Tiens, une belle crotte ? ! Jo Zef c'est toi ? Pas de réponse !

Mais là, devant moi à 20 m, une grosse truffe lève le nez. Aïe ! Un grizzly, et pas un minus… Je suis contre le vent, donc il ne m'a pas senti, ni même entendu. Je retourne sur la pointe des pieds vers *Immaqa* chercher ma caméra et le spray au poivre en cas de trop-plein d'affection. Il ne se doute pas de ma présence et pendant dix bonnes minutes, je le filme alors qu'il batifole… Mais voilà, ici la règle est simple, c'est au premier arrivé que l'endroit appartient, donc je reprends le large. À la sortie du canal, la rivière est très ventilée et le prochain bon abri encore très loin. Je rame et je sais que la journée va être longue. À la croisée d'une petite rivière, je devine comme une île de sable qui longe la berge, j'accoste et tombe nez à nez avec un loup noir qui s'enfuit comme un dératé. De l'autre côté, encore un plantigrade. Je suis désespéré et, après un bref instant, je reprends mon calvaire. Le moral commence à flancher mais je continue. De toute façon, je n'ai plus d'alternative. Je me prépare, car après le cap, là-bas, je suis à découvert et je crois que je vais souffrir.

Un miracle ! Le promontoire passé, le vent tombe d'un seul coup et je peux pagayer de nouveau sans souffrance. Au loin, en face, une île bien centrée au milieu du fleuve. Je pense que je vais y être tranquille. 12 heures. Il m'aura fallu 12 heures pour atteindre ce bivouac…

Je fais une inspection minutieuse et ne trouve aucune trace de quoi que ce soit. Juste des taons par dizaines, mais ça c'est la routine. La récompense du jour c'est cet appel que j'ai donné à ma princesse. Je savais que je lui téléphonais ce soir et c'est ce qui m'a fait tenir… Fourbu, je retrouve la paix de mon duvet en savourant encore les doux mots que je viens d'entendre. Mes craintes se sont enfouies au fond de mes sacs étanches et j'espère pouvoir dormir pour récupérer d'une sacrée longue journée.

Le baromètre est en chute libre, mais Véro m'a fait un topo des différents bulletins US et ils ne sont pas si méchants, cependant je vais redoubler de prudence.

Cent kilomètres au compteur, je n'y aurais jamais cru à la mi-journée, comme quoi, c'est du bon boulot…

Pile ou face

« Choisissez un travail que vous aimez et vous
n'aurez pas à travailler un seul jour de votre vie. »
Confucius

11 juillet

Ce matin le baro est toujours en chute libre. Pour ceux qui ne savent pas trop ce que cela signifie, c'est simple. Notre atmosphère, où nous vivons et pagayons, peut être comparée à une toile de trampoline tendue recouverte de gouttelettes d'eau. Une haute pression serait un bâton de bois qui pousserait à un point précis par en dessous, du bas vers le haut, la toile. Les gouttes glisseraient à son opposé. Et si à l'envers, on appuie du haut vers le bas sur le tissu, l'eau va glisser en proportion de l'appui qu'on lui donne vers cette fameuse dépression. Rajoutons aussi la rotation de la planète plus quelques autres paramètres, mais en gros c'est ça. Le liquide est évidemment remplacé par le vent.

Donc en ayant une dépression aussi soudaine et forte, quelque chose de mauvais se prépare. En plus: des ours, des taons qui prolifèrent et des milliards de moustiques, il ne manquait plus que ça ! Je suis à fleur de peau et mon moral est atteint. Je reprends la route, mais la brise est déjà plein sud, là où je vais. Je ne peux penser à ma Vrai sans me mettre à sangloter. Je me raisonne : le 26 juillet, elle prend l'avion pour Anchorage et on va enfin se retrouver. Mais rien n'y fait, je suis dans le gouffre. Les idées noires affluent. Et si j'arrêtais à Grayling dans 80 km ? Et puis, je ne dois rien à personne…

Le baromètre continue sa chute libre. Véro hier soir m'annonçait un vent de sud-ouest de 56 à 70 km/h. La météo est celle de l'armée de l'air US. Je sais que c'est précis, mais la zone est à 300 km plus au sud, alors peut-être y échapperai-je ? J'avance, mais le courant aussi, et c'était prévu, perd de sa vigueur, alors je peine. Cela devient un travail de gladiateur, un sentier de pénitent du *Catenacciu* corse. Mais voilà, pour la première fois, ce ne sont plus des vaguelettes, mais des déferlantes. Là, il faut faire gaffe. Si je pars au bouillon, eh bien c'est la fin des haricots.

13 h 30, en face de moi une extrémité d'île comme je les aime : du sable et certainement de la tranquillité. La tâche est loin d'être simple, il faut traverser et, en plus du vent, je vais être travers au courant et ça, ce n'est pas bon. Je pagaie avec force pour maintenir un certain élan dans la houle. Heureusement, *Immaqa* est fiable. On forme une sacrée équipe et s'il peut compter sur mes bras, je peux me reposer sur sa faculté à être très marin.

Je touche terre ! Je ne cesse de sangloter. Je dessine un cœur sur le sable avec les lettres V et F enchevêtrées et je pleure, je n'arrive plus à m'arrêter. C'est sûr, j'arrête mon voyage, je ne veux pas y laisser ma vie. J'ai trop de belles choses à faire et à partager.

Je monte le camp et me concentre. Ce ne serait pas le moment de perdre aussi la tente. Je trouve une belle mare d'eau non boueuse, elle alimentera mon filtre à eau qui sature lui aussi de l'eau argileuse du grand fleuve. Je cherche du bois et en même temps, j'essaie de voir si l'endroit est vierge de traces de pas d'ours. Clair et net, mais bon, la machette et le spray sont toujours sous la main.

Je suis désolé par cette vie d'errance, je n'apprécie plus l'environnement que je croise et tout m'est hostile. À chaque îlot, je me fais sévèrement attaquer par des goélands et je peux vous dire que je regrette de ne pas avoir amené mon calibre. Je me serais défoulé sur ces stupides bestioles qui, sans cesse, viennent me frôler le crâne pour essayer de me décerveler.

Le bivouac est monté et je vais rejoindre mon matelas à l'abri du soleil et surtout des taons qui essaient de mordre tout morceau de peau qui dépasse. Cette demi-heure de sommeil m'a redonné un soupçon de moral. Il me reste 600 km à faire et si je maintiens une moyenne de 50 km quotidiens, j'arriverai dans douze jours, soit le 22 juillet.

Je ne sais pas comment sera fait demain, alors je ne prends que le présent. Même si, en ce moment, il se résume à vraiment seulement survivre…

Je vous embrasse du fin fond de mon âme qui, par moments, perd un peu le fil du pourquoi on est sur terre… À demain et que Dieu vous bénisse.

Blackburn Camp

« Pas une carte au monde n'est digne d'un regard
si le pays de l'utopie n'y figure pas. »
Oscar Wilde

12 juillet

Ce matin le vent est enfin tombé, le baromètre remonte, mais rapidement. Trop peut-être ? Je déblaie la tente du sable qui l'a à moitié ensevelie, comme la neige en hiver après une sévère tempête. Cette nuit fut une sorte de guerre. Les rafales de vent semblaient vouloir faire exploser mon abri. La fine poussière est entrée de partout. Mon système de blocage de prothèse est grippé… 6 heures pétantes, je glisse sur le grand fleuve et déjà la brise de sud-ouest vient me caresser le visage. Dans 56 km, je serai à Grayling en suivant les ours dont aujourd'hui encore j'ai fait les frais. Depuis mon départ de Galena, je ne suis plus dans cette histoire. Je ne vis plus mon rêve, mais un cauchemar les yeux ouverts. Ce matin au réveil, j'ai compris que mon camp avait été visité et pas par des kayakeuses en mal d'amour ! Heureusement que *Immaqa* était vide, il aurait pu trinquer. Les sacs de victuailles, certainement trop près du feu, sont intacts. D'après les traces, cela devait être un gros mâle solitaire. Pourtant c'est une île en plein milieu du fleuve ! Et les règles alors ? ! Il n'y a que moi qui dois les respecter ?..

Craintif, je reprends la route ; je me sens encerclé de dangers. Vers 10 heures, là-bas, au loin, un nuage ocre. Il se dirige sur moi. Une tornade, tiens celle-là, je ne l'avais pas encore expérimentée !

Écolo jusqu'au bout des ongles, je range mes vieux papiers de barres de céréales et vérifie que tout soit bien amarré. Ça va donner. Effectivement, le vent me prend de plein fouet. J'avais anticipé et suis déjà à portée de rive, au cas où cela devrait s'aggraver. Plus que des vagues, ce sont des murs d'eau qui s'abattent sur notre bâbord avant. À 2 km devant moi, la carte m'indique le camp de pêche de Blackburn. Je courbe une fois de plus l'échine et tire sur la pagaie. Finalement, je me jette en vrac sur la berge. Ouf ! Encore un beau souvenir à raconter…

Je m'extirpe du kayak non sans avoir débloqué mon *spray bears* et laisse ma trace sur la plage. Mais je ne suis pas seul ! Des pêcheurs ? Non des grizzlys – et des noirs ! –, un nid de poils ! Je hurle comme un malade et avance jusqu'aux cabanes. C'est écrit en gros que c'est privé et que l'on ne doit pénétrer qu'en cas d'extrême urgence. Au diable les interdictions, pas ici…

Je dévisse le contreplaqué qui barricade la porte et pénètre dans la plus grosse cabane. Je devrais dire résidence secondaire : canapé, frigo, machine à laver… Je n'en reviens pas. Puis je regarde en détail la maisonnette et y découvre la photo d'un Athapascan de 70 ans environ. Il pose devant son hydravion et puis je comprends l'historique du lieu. Plus qu'un camp de pêche, c'est un endroit du passé qui est préservé. Je monte une partie du barda, alors que le vent de nouveau se déchaîne. Puis, je détaille la carte et découvre à quelques encablures une rivière. Je pousse un hurlement un bon coup, histoire de faire comprendre aux autochtones qu'il y a un VIP (Very Invalid Pêcheur) et qu'il a envie de taquiner la « langouste ». Le *spray bears* bien en main, je rejoins le petit coin de paradis muni de ma canne à pêche.

Une vraie autoroute « oursistique » : des petits, des noirs, des gros, des bruns, Nounoursland ! Je gueule deux gros coups et me sens enfin seul, mais l'œil en coin. Là, c'est comme dans le film de Cousteau, je suis au bord d'une petite rivière où les saumons remontent, des dizaines à la queue leu leu. Je déploie la canne ainsi que la caméra sur trépied et envoie. Au deuxième lancer, un monstre de 7 à 8 kg m'emporte tout, O.K. ! Je monte du plus gros, avec du rustique qui ne cassera pas. Et hop, trois en quelques minutes. Bien sûr, je les remets à l'eau de suite, en n'oubliant pas de les embrasser une dernière fois. Le quatrième, beaucoup plus petit, aura moins de chance, il finira sur le gril avec les éternelles nouilles chinoises…

Je retourne à la cabane et vais m'enfouir dans un canapé un peu poussiéreux, mais sans crainte des prédateurs. Si les proprios arrivent, on enlèvera la prothèse et on racontera tous les malheurs de la vie au vieux monsieur… Quand le vent tombera, je reprendrai la route, mais je crois qu'à Grayling, je vais arrêter mon voyage. Je ne vois plus pourquoi je devrais continuer. Je viens de réaliser mon rêve de gosse et doucement celui-ci se transforme en cauchemar. Je ne me sens plus du tout en sécurité. Avant c'était bon enfant. Mais là, je sens qu'à chaque instant ça peut basculer dans le drame.

Au village, je vais poser mon sac et peser le pour et le contre. Je viens de faire 2 500 km et il ne m'en reste plus que 500. Mais quelque chose est brisé et je n'ai plus la motivation pour avancer. Depuis le 4 juin, je pagaie sur la grande rivière. J'ai réussi à partager cette aventure avec une bande de jeunes éclopés. J'ai enfin trouvé la solitude et je me suis beaucoup confié. J'ai eu la chance de croiser la vieille dame de la grande rivière. Là, depuis peu, ma petite voix qui m'a toujours préservé me dit : « Fais gaffe mec, ton capital chance diminue ! » Alors, je vais attendre que le vent tombe et puis, une fois à Grayling, je verrai.

J'ai une voie de garage et je crois que je vais m'y poser. Je n'ai plus d'huile essentielle pour continuer. Rentrer dans le livre des records, mettre une première de plus au palmarès, paraître le plus fort en société ! Tout ça n'est que mesquinerie et si je ne devais faire que ce parcours, c'est que c'était mon destin. Je me suis mis volontairement dans un mini-temple et j'ai été initié. Le temps passe et je crois qu'on me dit de repartir à mon tour transmettre, alors je vais le faire. Ni un échec, ni un abandon : un sentiment d'avoir accompli ce que je devais faire. De toute façon, la vie que je mène ici, c'est ce que j'ai toujours désiré, mais une page est tournée, il faut que je rentre. Quand je regarde la carte, je n'arrive pas à y croire. Depuis là-bas au Canada jusqu'ici, 2 500 km entre le ciel et le fleuve. Combien d'arbres, d'oiseaux et surtout de légendes ai-je entendus ? Je vais rentrer et partager…

Ne soyez pas tristes, bien au contraire. Je suis le plus heureux des hommes d'être libre comme le sont les animaux que j'ai croisés. Je me suis affranchi pour être ce que je suis, quelqu'un qui réalise le plus beau rêve de gosse qu'il n'ait jamais rêvé… Liberté pour un bout de vie vécu avec soin et passion, sans pression de qui que ce soit.

Sur l'étape du tour de France

« Que fait-on quand un problème est insoluble ?
On change le problème. »
Jean Monnet

Alors que je lutte pour survivre, loin là-bas, en France, c'est l'un des plus grands rassemblements de cyclotourisme du monde. 9 500 participants sur une étape du tour de France. Laurent Benezech ancien pilier du XV de France et parrain de mon association forme une équipe Bout de vie pour récolter des fonds qui payeront en partie le stage gratuit de plongée. Qu'est-ce que j'aimerais en faire partie comme l'année dernière. C'était l'étape de Montélimar avec une arrivée, après 170 km, en haut du mont Ventoux.

Je m'écroule dans le canapé pour enfourcher en rêve mon vélo et revivre cette épreuve fantastique où j'ai été le seul unijambiste à avoir passé la ligne d'arrivée.

Je suis dans la roue de Contador, Armstrong me colle, mais il sait qu'il n'y peut plus rien, le public est venu par milliers et scande mon nom, 22 de moyenne rien que pour la montée du géant de Provence. Cent mètres avant l'arrivée, je lève mes fesses et envoie un missile, le jeune espagnol est carbonisé, il n'y peut plus rien, je passe l'arrivée en tête et deviens du coup maillot jaune…

Aïe Jo Zef ! Pourquoi tu me secoues aussi fort ? Ah m… ! c'était un rêve !

Il fait toujours nuit et le réveil sonne. Petit-déjeuner, comme à l'accoutumée à base de féculents…

Nous sommes dans le sas, tout le monde s'observe, on sait que cette journée va être longue et difficile. Un SMS de ma Vrai me parvient, je suis ému, j'ai même des larmes au coin des yeux.

7 heures, c'est parti, dossard 38, derrière 9 462 concurrents. Ça part très fort, mais je me concentre pour rouler la première heure à mon rythme.

Des avions de chasse me doublent et je refuse catégoriquement de me mettre dans la roue de qui que ce soit. Je mouline, le premier village traversé s'appelle Espeluche ! Sacrée mascotte, toujours où il faut, quand il faut !

Dix-neuf kilomètres pour atteindre la « bosse » de Civelle, je suis à trente-deux de moyenne, mais je me calme. Je ne dois pas griller mes cartouches, le petit col est passé sans difficulté, je suis moins doublé et commence à entrer dans mon rythme. Dans la petite descente qui devient l'une de mes spécialités j'envoie un peu les gaz pour friser les 70 km/h. La route est fermée ce qui m'assure de ne pas avoir de surprise à la sortie d'un virage.

Malgré le fait qu'il soit tôt le matin, je suis ébahi par le nombre de personnes massées sur le bord de route, les gens nous encouragent, applaudissent ; c'est vrai que c'est motivant. Le premier col se présente à moi et j'ai peur de ma moyenne, 38 km/h. Promis, pas une fois je n'ai dépassé la fréquence cardiaque que je m'étais fixée au départ. Dans le col d'Ey, je vois des concurrents qui lèvent le pied et payent leur départ trop fort. Je lève le cul de la selle et me fais plaisir. Je commence à doubler certains qui m'ont dépassé comme des flèches, je suis euphorique (ce qui m'effraie).

La descente est une succession de lacets et je sais que c'est là où je peux faire la différence, je mouline, j'envoie, je double…

Toutes les 15 minutes, je bois une gorgée d'eau et toutes les 30 minutes, je mange une bouchée de barre « explosive. » Je sais que cette rigueur sera la réussite de cette journée, je suis encore plus euphorique et j'ai toujours peur du contrecoup. Je décide de ne pas m'arrêter au point ravitaillement, car j'ai tout prévu et veux encore grappiller quelques minutes.

Je me cale dans un peloton et me mets à l'aspiration, nous sommes à 51 km/h. J'ai peur de cette cadence que je n'ai pas l'habitude de tenir, mais je suis dans mes prévisions !

Le col de Fontaube fait son premier ménage et certains déjà accusent le coup. Je monte en compagnie de Julien, jeune élite, qui ne comprend pas mon rythme. Je le rassure en lui disant que moi aussi je me pose des questions. Le sommet atteint, j'envoie et dépasse encore certains ; 100 km au compteur et je suis frais comme si je venais de partir. Plein de concurrents me félicitent, m'encouragent, encore une bosse pour rejoindre un faux plat montant. Le soleil envoie les gaz et je vois certains gars du nord de l'Europe souffrir.

Sault, point ravitaillement, je décide de m'arrêter pour manger mon premier sandwich, je nettoie vite fait mon moignon, fais le plein des gourdes et repars. À ma grande surprise, je croise Laurent Benezech et nous décidons de faire route ensemble. Devant nous, prélude au Ventoux, le col des Abeilles. Je suis hilare, je m'inquiète, car j'ai vraiment peur du contrecoup. Je suis tellement bien que je me permets de sortir mon petit appareil photo pour immortaliser le moment. La montée est longue et les visages commencent à exprimer une certaine fatigue. La descente est une large route où je frise les 90 km/h !

Bref arrêt à Bedoin, point ravitaillement au pied du géant de Provence. J'en profite pour faire une petite séance d'étirements et assécher mon moignon. Avec Laurent nous savons que les vingt et uns derniers kilomètres vont être très longs et difficiles.

Nous partons gentiment, il y a des centaines de gens tout au long de la route qui chantent, crient, applaudissent. Mais là, je fais le vide et me concentre, je sais que la clé de cette ascension qui est considérée comme l'une des plus difficiles au monde ne sera réussie que par le mental. Les cinq premiers kilomètres sont encore « humains » mais, à l'approche de la forêt, les 14 % font mal. Laurent m'a mis 75 m environ, je ne veux pas y penser, je reste dans mon monde, la guerre est déclarée. Tout le long de la route, des copains sont calcinés, foudroyés. Je me cale et m'envoie des images positives. Centimètre par centimètre je reprends du terrain sur Lolo, mais ce n'est pas ma priorité, je me concentre encore. Les cuisses, bien qu'elles soient sollicitées, fonctionnent bien, sans souffrance. Je me cale comme il faut sur le vélo, mes jambes tirent et poussent dur, le dénivelé est infernal, mais ce n'est pas mon histoire. Ma croisade ici reprend tout son sens, l'unijambiste que je suis dépasse les bipèdes.

Je sais qu'il y a encore 11 km avant le chalet Reynart. En levant la tête, je m'aperçois que Laurent est là, à ma hauteur. Pour me décontracter l'esprit, je décide d'envoyer une cartouche pour le laisser sur place ! Le feu est déclaré dans mes cuisses, mais le moral est au beau fixe, l'engouement est toujours là.

Sur le bas-côté, Francisco, amputé du bras et six fois champion du monde de vélo et médaillé d'or sur plusieurs paralympiques, vient de capituler. Le Ventoux a eu raison de lui, je ne peux pas m'arrêter et essaie de l'encourager, mais en vain.

Au ravitaillement en eau à la lisière de la forêt, je remplis ma gourde pour les six derniers kilomètres, Laurent me rejoint, mais il souffre et tétanise !

Nous repartons ensemble et là une crampe me foudroie la cuisse, je souffle, respire, parle avec l'intruse et au bout de 5 minutes, elle décide de me lâcher. Je lève les fesses, le public est enthousiaste et bruyant. Je retrouve la forme. J'arrive à faire des pointes à 12 km/h. Un accordéoniste m'encourage, un concurrent que je double se met à pleurer tout en me félicitant, je sens la délivrance proche. Je reste concentré, je ne sais pas par quel miracle des gamins scandent mon nom en courant à côté de moi. Laurent est loin derrière, je décide d'envoyer sur les deux derniers kilomètres, l'euphorie revient, m'a-t-elle lâché d'ailleurs ?

Le phare de Provence est à portée de pédale ; je me lâche pour finir avec une joie intense. L'arrivée franchie, je suis ému par ces 7 h 59 d'effort…

Face à face

« La chose importante à garder en tête est qu'il
ne faut jamais attendre une minute pour commencer à
changer le monde. »
Anne Frank

Minuit passé, le réveil sonne déjà. Le vent a molli, du moins je veux m'en persuader. Les sacs de victuailles sont déjà bouclés et planqués avec moi dans la cabane. Trois voyages et je devrais être opérationnel. Premier portage et je sens une présence : Noooooooon ! Un ours, un gros, et il vient à pas lent vers moi. Je lâche discret les sacs et dégoupille la bombe au poivre. Je dégaine mon coutelas, je me sens ridicule. Je baisse la garde et lève mes bras pour donner l'effet d'être aussi grand que lui. Je lui cause doucement, je lui dis de se barrer, sinon il va y avoir des étincelles… Il se dresse devant moi : 500 kg de muscles et de griffes, je déglutis : « T'affole pas, s'il le sent t'es foutu… » Je l'engueule en hurlant que s'il s'approche, il est raide en descente de lit. Je le réprimande comme on le ferait avec un sale gosse, au moment où je lui hurle dessus comme un malade, il se repose et pars en courant…

Le froid saisissant du matin, je ne le sens même plus… Finalement le nuage de moustiques me lâche la prothèse et je reprends mes esprits. Quel pays depuis quelques jours ! Dans la tourmente, j'ai oublié mes rations du jour dans le sac étanche derrière moi et il serait imprudent de le bidouiller au large avec ce clapot. Je me force à l'arrêt. Clin d'œil de la vie, l'île s'appelle comme ma fille. J'aimerais un jour l'amener dans cette région, mais ça pour l'instant c'est une utopie. Son prénom est prédestiné, Alice au pays où sa mère veille ! Moi l'unijambiste qui ne pourra jamais être paire !

Grayling est à 60 km. Le courant est quasiment inexistant et, en plus de ça, les nuages s'accrochent aux collines de la rive, signe infaillible de sud-ouest fort. Y serai-je aujourd'hui ? Impossible de penser à autre chose qu'à l'instant présent et actuellement c'est une cadence d'esclave que je me suis imposée. Je pagaie pour maintenir *Immaqa* dans l'axe des vagues. Suis-je sur une rivière ? Eh bien, cela n'y ressemble pas trop, moi j'y verrais une Méditerranée d'hiver qui a envie de bouffer du marin corsé.

Je prends les chenaux abrités du vent mais avec un courant nul, alors j'avance comme un escargot : le kayak, plus mon poids et le matos représentent 300 kg et mes bras ont déjà 2 500 km en stock. Je progresse et je ne vois que ça, avancer. Je frôle une berge où un gros poilu se lèche les babines en nous voyant passer, pas accueillant le bled !

Une petite matinée de douze heures pour finalement arriver à Grayling. Je suis tétanisé et tellement cuit que je n'ai ni faim, ni sommeil. La rive ressemble à un bord de mer en furie. Les rouleaux charrient une partie de la forêt d'Alaska et j'essaie d'être prudent pour éviter de blesser *Immaqa*. Au loin, un gosse s'approche en marchant bizarrement, il est trisomique. Il me tend sa main gauche, je lui dis que je m'appelle Frank et que je suis étranger. Il veut m'amener quelque part, je le précède. Je suis tellement vanné que j'en ai perdu ma lucidité. On grimpe des escaliers et il pousse une porte. Deux Athapascanes me sourient.

Je suis ému et elles le constatent. Je leur dis que je suis posé sur la plage et un peu fatigué. Ce soir, je ne dormirai pas sous tente, mais dans un lit avec une douche chaude… Si ça, ce n'est pas un signe. Depuis quelques jours, je ne me suis pas trop reposé et, dans ces cas-là, il est difficile de prendre une décision. Mais je crois au destin. Depuis mon départ de Corse, c'est-à-dire le 16 mai, j'évolue dans un jour permanent, je n'ai pas eu de nuit… ni d'étoiles. Ce matin, pendant deux heures, une est apparue et elle était scintillante dans le ciel. Je sais que c'est elle qui prend soin de moi. La vieille dame de la rivière me l'a dit aussi.

Étoile du sud

« Soyons réalistes, exigeons l'impossible. »
Che Guevara

Je vais prendre une décision. Je crois que la première chose est de savoir si je suis allé au bout de moi-même ? J'ai ma petite idée : est-ce que c'est prétentieux de vouloir continuer ou bêtise d'homme orgueilleux ? Donc ce soir, le soleil est toujours là et le vent calme accentue l'ardeur des moustiques. Comme je suis devenu un paquet de nerfs, ils n'arrivent plus à percer ma peau. J'ai les doigts tellement ankylosés que je suis obligé d'ouvrir les barres de céréales avec mon couteau. Ainsi, si les mini-vampires attaquent, ils se briseront le dard. D'ailleurs, je parie une crêpe avec qui le veut sur une partie de bras de fer !

À propos d'étoiles, un autre souvenir un peu dément me revient d'une salle qui se nomme « salle des étoiles » à Monaco…

Depuis trois ans, à l'occasion de la fête nationale monégasque est organisée la Nuit des associations. Le prince souverain Albert II préside cet événement qui a pour but de réunir le maximum d'associations pour échanger, partager, dialoguer. Depuis sa création, l'idée chemine à travers le monde et, cette année, en même temps qu'en principauté, la même soirée se déroule au Brésil et aux Bermudes.

Comme l'année dernière, Franck Nicolas, l'instigateur de cet événement, m'a « embauché » pour animer cet épisode princier : 600 invités, 117 associations et tout un protocole qui ne m'est absolument pas familier.

Depuis une semaine, je révise ma présentation, mais quelques heures avant la soirée tout est chamboulé. La tante de S.A.S. le prince Albert II est décédée et il a dû se rendre d'urgence aux États-Unis pour ses funérailles. Ce sera sa sœur, S.A.S. la princesse Stéphanie, qui le remplacera…

Je respire par le nez et… improvise !

Ça y est, c'est parti, mes fiches bien calées, tout se déroule presque comme prévu.

Finis la barbe de huit jours et le coutelas attaché à ma cuisse. Je suis le seul sans cravate tout de même mais, comme le caméléon, je change absolument de peau pour un rôle aux antipodes de ma vie quotidienne.

Tout au long de la soirée, je dois permettre aux œuvres caritatives de venir sur scène présenter leurs actions. L'exercice est compliqué, car chacun doit être bref pour laisser la place aux autres. Je suis obligé de me « Fogiéliser » en accélérant le mouvement. Je passe en ouverture une mini-vidéo de Bout de vie de deux minutes et suggère que chacun amène un court reportage l'année prochaine. La première heure s'écoule sans trop de mal mais me pompe une énergie extraordinaire. Des chanteurs sont là pour donner du rythme. Puis c'est la remise des médailles aux plus méritants, chevaliers, officiers et commandeurs de l'Ordre associatif monégasque. Bout de vie a le sien : Jean-Pierre Acquaviva de la radio France Bleu Frequenza Mora. Sans lui ma croisade n'aurait pas le retentissement actuel.

Son excellence M. Jacques Boisson, représentant le prince Albert, est du tonnerre, il prend Jo Zef dans les bras et, sans manquer au protocole et au sérieux, passera un super-message. La chanteuse norvégienne Lean et le pilote italien de moto Biaggi sont là pour recevoir la plaquette de futurs organisateurs dans leurs pays respectifs. La communauté philippine est aussi présente avec sa chanteuse Dimple. Elle est venue avec son ballet qui met une touche supplémentaire d'exotisme à la soirée. Tout roule comme sur des roulettes. La fin est proche et Franck Nicolas lit un discours écrit par Son Altesse Sérénissime le prince Albert II. Il s'excuse de ne pas être là. Il aurait voulu mettre ce soir une personne à l'honneur, les éloges pleuvent quand je comprends un peu tard que ce message m'est destiné. Franck me fait mettre un genou à terre et là…

Je suis un peu groggy, mais me reprends vite et à mon tour je raconte les moments très forts que j'ai vécus avec le prince. Je remercie la salle qui m'est acquise et dédie tout mon parcours à une femme d'exception, ma Vrai, qui comme personne au monde a su m'ouvrir pour être ce que je suis devenu.

Beaucoup d'émotion et d'échange…

Souvent quand j'étais dans un état piteux sur la grande rivière, je pensais à cette soirée et explosais de rire, personne ne pourrait s'imaginer que le clochard en kayak était le gars en costard.

Petit homme Holikachuk

« Celui qui vient au monde pour ne rien troubler
ne mérite ni égards ni patience. »
René Char

14 juillet

Huit heures d'affilée non-stop, sans barre de céréales, sans exercice périlleux de pause pipi en kayak, sans pointage carte et GPS. Sans scruter indéfiniment le nuage qui va me tordre, sans prier pour trouver une île dénuée de traces d'ours, de loup, de lynx et que sais-je encore. Sans étirement musculaire pour dénouer ce paquet de nerfs que sont devenus mes bras…

Huit heures consécutives à dormir comme un grizzly qui hiberne !

Je sors du coma profond et m'en vais, sans déjeuner, sur les bords de la grande rivière. Les moustiques m'accompagnent, ils ont peur de me laisser seul.

Grayling semble encore dormir. Des bancs rustiques et une table en bois bringuebalante me permettent de me poser devant ce serpent d'eau boueux. Je reprends contact avec la vieille dame de la rivière. Je lui dis que je vais la quitter et que l'élève cabochard a eu une sacrée chance d'être encore là pour raconter son exploration.

Je sens en moi l'émotion. Je ne suis pas du tout allumé, mais j'ai le sentiment que chaque fois que je suis comme ça, elle vient vers moi. J'ai les yeux qui rougissent encore. J'ai eu peur, j'ai eu froid, j'ai eu mal, j'ai crié, j'ai prié, j'ai douté mais j'ai écouté les leçons de vie que la grande rivière m'a si gentiment données. Grâce à elle, je me suis mis en prière directe avec quelque chose que certains appellent Dieu. Les hommes, depuis qu'ils ont construit des villes pour se sentir protégés en étant nombreux, ont inventé les religions, les sectes, les églises, les temples, les mosquées, les synagogues… Ici, la nature si sauvage, la solitude m'ont permis de découvrir une paix intérieure, car l'extérieur est tellement hostile que, si l'on veut survivre, la seule solution est de trouver la foi dans son âme.

Je n'ai rien à prouver. Ma croisade sur le handicap ? Chaque homme ressemble à ce qu'il veut bien laisser voir de lui. Celui qui est sans un morceau et qui veut que ce soit compliqué, cela le sera. Celui qui veut paraître, être ce qu'il n'est pas, est et restera l'ombre de lui-même…

La vieille dame de la rivière m'étreint et repart vers sa longue vie éternelle…

Sans que je ne m'en aperçoive, un petit garçon est là, à m'observer depuis certainement un bon moment. Il me demande si je suis le « *french paddler* ». *Yes, I am…*

« Pourquoi tu pleurais ? Et à qui tu parlais ?

– Je causais avec la rivière et je lui confiais que j'avais eu très peur et que je la remerciais de m'avoir laissé pagayer jusqu'ici…

– Tu as vu des ours ?

– Oui.

– Combien en as-tu tué ?

– Aucun. Je n'ai pas d'arme avec moi, je ne suis pas chez moi ici…

– Mon papa, cette année, il en a tué trois et tout seul ! Un était venu devant la maison et maintenant il est mort… »

Je lui souris, je n'ai rien à rajouter.

Il me demande si je suis passé devant Blackburn Creek. Oui, j'en arrive direct avec mon kayak.

« Ouah ! Sans stop depuis là-bas, mais c'est loin…

– Oui je sais, c'est peut-être pour ça que je suis fatigué ?

– Mon papa y m'a dit que tu venais de très très loin tout seul et que tu devais être un grand homme pour avoir fait ça. »

Je serre mes lèvres, je n'ai aucune raison de craquer. Mais je me mets de nouveau à pleurer en douce. Il me prend la main et un grand silence nous unit.

« Je retourne chez Sherley, tu m'accompagnes ? Je suis sûr qu'il y aura des toasts avec du beurre et de la confiture. »

Juste avant de partir, je lui fais remarquer que ses deux lacets sont défaits. Il m'affirme que ce n'est pas grave. J'ai bien sûr compris que, vu son jeune âge, il ne savait pas encore les faire. Ce matin, il avait dû me voir passer de chez lui et s'était échappé pour me questionner.

Tu veux que je te les fasse ? « *O.K., you can !* » Alors, agenouillé devant ce petit homme holikachuk, je me sens comme un élève devant son maître. Depuis des millénaires, ces hommes et femmes ont su s'adapter et vivre dans cette contrée si sauvage. Et moi, le blanc-bec, j'ai à peine survécu à ces quelques kilomètres sur mon kayak !

On emprunte le chemin ensemble côte à côte et il me prend la main jusque chez mon hôte pour des *pancakes* bien chauds avec de la confiture…

Que la dame de la rivière te protège.

Passi Tch'o ! Merci beaucoup !

Au bout de moi-même

« Rien de ce qui résulte du progrès humain
ne s'obtient avec l'assentiment de tous, et ceux qui
aperçoivent la lumière avant les autres sont condamnés à
la poursuivre en dépit des autres. »
Christophe Colomb

15 juillet

Jusqu'au bout de moi-même, apaisé et serein, vous avez bien compris que c'est ici, à Grayling, que je suis arrivé au bout de mon voyage, et de quelle manière. Comme dans le plus beau de mes rêves.

Pour trop de monde, je passe pour un surhomme ou un spécimen d'acier ! OH NON ! Je suis juste un gars, un peu fou, qui va au fin fond de ses désirs.

Il y avait encore 480 km avant la mer de Béring mais il y en avait beaucoup, beaucoup derrière. Surtout, il y a un présent qui ne m'a jamais vu aussi serein.

J'ai voyagé jusqu'où je pouvais aller, j'ai découvert une chose primordiale dans la vie d'un homme : on ne peut et ne doit dépasser ses limites, mais juste les découvrir. Je ne pensais pas pouvoir supporter autant d'isolement, autant de découvertes intérieures. Je ne pensais pas que d'être seul comme je l'ai été soit un facteur aussi révélateur. J'ai compris pourquoi beaucoup fuient la peur d'être isolés et pourquoi les clans, les clubs… ont été inventés. J'ai compris pourquoi les grands sages de ce monde se sont souvent cloîtrés et je sais que, dès à présent, je ferai régulièrement des retraites en solitaire. À deux, nous serions arrivés à Emmonak et puis alors ?

Je n'aurais pas causé avec la vieille dame de la rivière, parlé avec tous ces chers disparus, rencontré Frank, ce guerrier pacifique qui va au combat sans querelle, qui bannit la négation dans son langage et qui a compris qu'il suffisait de demander pour être servi par sa bonne étoile.

Brève synthèse de ces cinq dernières années d'aventure.

Kilimandjaro. Très dur, mais il y avait Véro au dernier camp. Certains du groupe ne m'ont pas ménagé en raison de ma patte en moins et de ma moindre chance d'arriver en haut. Avec la rage, je suis allé au sommet.

Atlantique à la rame. Souffrance, peur, mais fraternité éternelle avec Dumè, frère de vie, que je me suis choisi. On a prié ensemble, on a pleuré à tour de rôle et on est arrivés unis.

Dernier degré du Pôle Nord. Encadré, chouchouté à la manière russe, une belle histoire d'homme. *Spasiba*...

Groenland à pied. Niko qui me guide, m'épaule. Je sais que je suis ridicule devant ce grand bonhomme fait de neige et de glace.

Ascension du Pissis. Grande équipe et un groupe de personnes différentes à gérer. Je ne vais pas au sommet, mais je commence à comprendre quelque chose sur la définition de la limite de chacun.

Descente de la Yukon River. Je rentre enfin dans le cœur du chemin lumineux. Seul, je n'ai eu comme compagne que la nature. Les doutes et les peurs sont venus me voir tous les jours. Je me suis obstiné à les refuser. Seul, je suis entré dans un monastère très personnel, chaque événement, bon ou mauvais, m'est repassé en mémoire et souvent j'y ai trouvé la solution.

So, I am very happy to be alive (aussi, je suis très heureux d'être vivant).

Je vais provisoirement quitter le grand fleuve, mais la vieille dame m'a demandé de lui amener ma Vrai, elle veut lui faire deux ou trois confidences. Je me demande ce qu'elle va bien lui raconter.

Avant de partir, un dernier mot sur le minuscule village de Grayling : 185 habitants y vivent à l'année sans route et n'ont pour contact avec l'extérieur qu'un petit avion qui ne prend l'air qu'avec de bonnes conditions météo. La neige commence à pointer son nez fin août, et l'hiver dure neuf mois. La nuit est quasi permanente et les températures avoisinent les - 40 °C...

Croisière australe

« Celui qui déplace une montagne commence
par déplacer de petites pierres. »
Confucius

Anchorage Airport ! 150 kg de bagages et le néant, une ville de 200 000 habitants et un barbu paumé qui y pose son sac. Sherley et sa nièce ont fait le long voyage avec moi pour un rendez-vous annuel chez le dentiste et le fournisseur pour sa *grocery.* Elle a avec elle huit glacières remplies de viande d'orignal et de saumons congelés. Ce petit panier lui payera en partie le billet d'avion pour son village si éloigné de la plus grande ville d'Alaska. Elle m'a déniché un hôtel en banlieue et, après une sincère accolade, je me retrouve entre quatre murs, dans un bivouac en béton…

J'obtiens une connexion Internet et lis tous les messages… Je suis remué par tant de soutiens, inconnus ou amis, je sens le lien de la fraternité.

Tiens, Rémi a laissé aussi un mot, il faisait partie de la bande des six. Ses parents ont découvert l'association grâce aux médias. Leur gamin n'est pas amputé, mais sa jambe droite n'a pas poussé correctement et, pour pouvoir marcher droit, il supporte une orthèse. Notre première rencontre fut à Monaco où, pendant trois années de suite, j'étais le gardien de but de la *star team* du prince Albert II. Voulant partager mes moments extraordinaires avec des jeunes un peu bousculés par la vie, je l'avais fait venir en principauté voir « pour de vrai » les « grands » du monde.

Un peu timide, je rencontrais un gamin éteint avec un mal-être d'ado différent. Le grand Bubka lui servait de guide et je lui organisai une rencontre avec le prince de Monaco. En quittant la pelouse du stade, je le défiai en lui disant qu'il n'était « pas cap » de mettre une tapote sur l'épaule de Michael Schumacher (son garde du corps n'apprécia qu'à moitié !).

Après le stage de plongée à Bonifacio et celui de ski en Italie, il devait rejoindre une petite équipe de « raccourcis » pour une croisière en péninsule antarctique. Après ma traversée du Groenland avec Nicolas Dubreuil, celui-ci était engagé comme conférencier et guide à terre sur le bateau *Diamant* spécialisé en croisière australe. En parlant de Bout de vie à la compagnie du Ponant, organisatrice de ces destinations, il avait obtenu des cabines gratuites pour l'association. Rémi devait se retrouver embarqué dans une navigation australe.

Le départ était donné d'Ushuaia à l'extrême sud de l'Argentine. Stéphanie, Helena ainsi que Steve formaient la belle équipe. Le bateau, bien que confortable, était conçu pour les mers les plus terribles du globe. Cet ancien transbordeur de voiture avait eu droit à une refonte et était prêt pour affronter des mers aux conditions extrêmes.

Le canal de Beagle s'offrait à nous avec un super coucher de soleil, mais dès la haute mer, la houle du grand sud devait remuer les estomacs de tous. Le commandant nous reçut dans sa cabine pour un *drink* de bienvenue. Il me questionna sur ma traversée océanique à la rame, mais le grand marin que certains croient que je suis fut pris d'un méchant mal de mer. Je commençais à saliver de plus en plus, tandis qu'une charmante hôtesse nous proposait des petits toasts. Je savais que je ne tiendrais pas longtemps !

Le téléphone du poste de pilotage retentit et le commandant s'excusa, car il devait se rendre auprès de son second. Ouf ! sauvé par le gong, je m'enfuis sur le pont pour prendre l'air.

Rémi, lui, était en pleine forme : il n'y a plus de respect pour les vieux loups de mer !

Les îles Malouines apparaissent à l'horizon, des mammifères par centaines nous escortent, l'océan s'assagit. Les chaloupes mises à l'eau, nous sommes conviés à traverser l'île à pied pour rejoindre un lieu où les albatros à sourcils noirs et les gorfous pullulent. À part Niko qui commence à connaître le thème de l'amputation, ses équipiers ne savent pas comment procéder avec les jeunes. Je rassure tout le monde en leur expliquant que, même avec un bout en moins, les quelques petits kilomètres de sentiers ne vont pas faire peur à mes aventuriers. Paysage et vie impressionnante, chacun est subjugué par tant de grâce, et l'équipage du *Diamant* commence à comprendre.

Dans ma petite tête d'habitant de la mer, ces îles Falkland font référence à l'équipage du *Damien*. Les livres m'ont fait naviguer alors que mon aventure ne dépassait pas les limites du port où était amarré le bateau familial. Mais l'archipel est tellement vaste qu'il y a une chance sur un million d'en rencontrer les habitants.

Avant de remonter à bord du paquebot, j'abandonne mon petit monde pour une randonnée vers un groupement de fermes qui surplombe une baie. J'avais en effet repéré ce hameau et j'ai envie de savoir… Une petite maison y était habitée et, avant toute incursion, je préfère donner de la voix et rencontrer les proprios du bled.

Dans un très mauvais anglais, je demande à une dame si je peux me promener dans son domaine. Avec un fort accent britannique, elle m'en donne avec joie l'autorisation. D'ailleurs elle doit se rendre à la plage pour récupérer quelques colis que le navire avait pour elle.

Chaque entrée de maison est formée de côtes de baleines. Ici les « longues oreilles » se sont sauvagement reproduites, et ça court dans tous les sens. En détaillant la baie, je note la présence d'une goélette rouge, mais sans trop y accorder d'attention.

Au retour, je traverse à nouveau le bourg perdu et, à ma grande surprise, j'entends parler français. Un homme un peu âgé en sort et me lance un « *good afternoon* », je lui réponds : « Bonjour ».

On discute un instant jusqu'au moment où son visage me devient familier, je lui demande s'il connaît l'armateur du bateau rouge ? « Oui, c'est moi avec ma femme comme coéquipière », d'ailleurs elle sort à son tour, la dame souriante de tout à l'heure. Je percute que j'ai devant moi Sally et Jérôme Poncet, bourlingueurs de la fameuse goélette *Damien*. Une chance sur un million de les rencontrer et ils sont devant moi en chair et en os ! Ils m'accompagnent jusqu'à la plage et d'histoires salées en océan démonté nous échangeons nos bouts de vie.

Cap sur la Géorgie du Sud. Un mauvais coup de tabac nous tend un piège, la houle enfle et comme un minuscule fétu de paille nous roulons bord sur bord. Doucement, le typhon nous enveloppe. La terre n'est plus trop loin, mais dehors c'est l'enfer, il n'y a plus aucune possibilité de quitter la bannette, le commandant interdit tout mouvement aux passagers.

Machine avant au ralenti, nous pénétrons dans un fjord, nous sommes sous le vent, les monticules d'eau cessent de se déverser sur le *Diamant*, mais les bourrasques bloquent l'anémomètre à 100 nœuds…

Nous recevons l'autorisation de quitter nos cabines sans pouvoir aller évidemment sur les passerelles extérieures. Je chope Rémi et nous montons voir le spectacle. Le fjord semble être en feu, la mer bouillonne et la scène est à couper le souffle. Face à la tempête nous ne bougeons presque plus. Calé devant une porte d'accès extérieur, je fais mettre à Rémi son gilet avec sa longe de sécurité. Je lui chuchote d'aller illégalement dehors avec moi. J'attends une légère dévente et nous sortons. En deux temps, trois mouvements, je le mousquetonne à la rambarde et l'encercle de mes bras. Une rafale nous assassine, j'ai l'impression que l'on veut m'arracher les épaules. Nous partons en drapeau, mais je résiste, on hurle de rire, 100 nœuds dans la gueule en Géorgie du Sud, c'est un truc à vous faire pousser une guibole !

L'ouragan s'essouffle et nous nous retrouvons à terre, des bestioles par millions et nous, les parasites !

Une scène horrifie les filles. Sur une plage de galets, des éléphants de mer paressent, les pauvres femelles sont minuscules et doivent subir les assauts des gros mâles. Écrasée par la tonne de viande, la petite n'ose pas bouger de peur de se faire mettre en pièces par son amant malgré elle. Les aventurières hurlent : « Frank fait quelque chose ! » J'essaie d'expliquer que ce comportement est normal chez ces mammifères et que nous ne pouvons absolument rien. Surtout nous ne devons rien changer, la nature est la patronne. La mascotte ricane d'un tel cynisme.

Dans le seul port fantôme de l'île nous faisons relâche, un voilier à quai, celui d'Isabelle Autissier. Il sert de camp de base à l'équipe d'Emmanuel Cauchy, alias docteur vertical, en mal de haute montagne australe. Un changement d'équipage, le *Diamant* fait office de « taxi ».

Là-bas au bout du monde se trouve un cimetière, je veux aller me recueillir sur la tombe de Sir Ernest Henry Shackleton, héros d'une fantastique aventure. Son bateau en partance pour une expédition polaire fut pris par les glaces et se brisa. Avec une petite poignée d'hommes, sur une chaloupe, il partit à la recherche de secours. Autant dire une chance sur un milliard ! Pourtant, avec beaucoup de persévérance, d'abnégation, un brin de chance, il réussit à sauver l'intégralité de son équipage. Deux ans après, il le ramenait en Angleterre au grand complet. La Première Guerre mondiale faisait rage et la presse britannique titrait que ces hommes, plutôt que d'aller combattre l'ennemi, étaient allés se planquer dans le Grand Sud ! Tous s'engagèrent et moururent au front ! Absurdité de la folie des hommes…

Toujours dans ce cimetière, la stèle d'un soldat argentin tombé lui aussi au feu, pendant la guerre des Malouines de 1983. Décidément, les leçons du passé n'auront servi à rien…

Là-bas, au loin en surplomb de cette baie, un immense névé. Et si on allait y faire de la luge sans luge ? Je taille gentiment des marches dans cette neige presque molle et, la tête la première, me lance sur le ventre à fond les manettes. Les jeunes sont pliés en deux, le président de Bout de vie, aventurier à temps plein qui fait des glissades australes. Tout le monde me rejoint pour une sacrée crise de rire.

Nous cabotons le long de cette île spectaculaire grande comme la Corse, mais sans habitant. Des glaciers par dizaines et une faune exubérante. Sur une plage, nous débarquons avec les ornithologues. Ils estiment à environ 750 000 les manchots royaux. Stéphanie qui nous accompagne est née sans un avant-bras, la blague est trop tentante. Regarde des milliers de cousins à toi, des manchots ! Mon humour facile fera éclater de rire l'équipe d'éclopés, mais pourquoi ne pas se moquer de ce qui est tabou pour beaucoup ? Handicapé, moi ? gnon !

Une bande d'orques nous escorte dans notre route sud, alors que nous allons rejoindre la péninsule antarctique. La température chute et les premiers icebergs apparaissent. Par satellite, un glaçon a été mesuré : 250 km de long ! On pourrait rafraîchir pas mal d'apéritifs anisés avec !

Le paquebot ralentit, la mer est d'huile, depuis peu nous pénétrons dans l'*Antarctic chanel*, le brouillard teinte l'événement d'un brin de mystère comme dans un film à la Hitchcock. Nous nous prenons pour des pionniers, peu de marins ont navigué ici. Finalement la plage se devine et nous mouillons, le protocole d'escale est strict. Nous devons nous présenter avec nos bottes au bac de désinfection. Absolument rien ne doit être descendu à terre et nous sommes encadrés par des spécialistes assermentés. La moindre bactérie non autochtone pourrait chambouler l'écosystème si fragile. C'est le seul continent qui ne fut jamais colonisé par l'homme. Depuis moins de cent ans une poignée de personnes y réside dans des buts scientifiques et y reste rarement longtemps.

La température sous abri la plus basse de la planète y a été enregistrée : - 88 °C à la base russe Vostok en plein milieu du continent de glace.

Pour le 31 décembre, jour de mon anniversaire, nous découvrons une colonie de phoques de Weddell. Ces gros bébés arrivent à descendre à 2 000 m de fond, pour des apnées de plus de trois heures. Une fois qu'ils ont englouti leur ration de poissons, ils digèrent sur la banquise sans se soucier du photographe en quête de portraits. À seulement quelques centimètres, nous avons pu admirer ces drôles de peluches ! Un sacré cadeau d'anniversaire.

Le retour par le canal de Drake fut à la hauteur de sa réputation et le cap Horn sembla bien long à atteindre. Ma Véro plus trop à l'aise en bas, déménagea pour le pont supérieur, sur un transat à l'abri du vent et des embruns. Elle devenait cap-hornier au teint un peu blafard.

Sur le vol retour pour Paris, nous faisons une escale à Buenos Aires. Comme pour toute capitale, la haute technologie cache la misère de certains *barrios.* Nous sommes logés dans un hôtel de haut standing et dans ma tête de cabochard j'ai envie de donner une petite leçon de vie à ces nouveaux aventuriers. Vers minuit, nous prenons le chemin d'une avenue où un fast-food va fermer. Endroit insolite pour guider de jeunes amputés, mais je connais déjà la suite. Les employés du restaurant rapide sortent les poubelles et comme dans la cour des miracles, des estropiés sans appareillage rampent jusqu'au rebut. La bagarre est sévère et l'on s'arrache les morceaux de hamburgers mélangés aux mégots de cigarettes. Ici, la nuit, c'est la survie, la dignité est un mot banni.

Sans commentaire et sans bruit nous rejoignons nos luxueux pénates pour une nuit qui laissera comprendre à mes protégés que même avec un morceau en moins nous sommes de vrais privilégiés.

Une famille à Anchorage

« Le progrès ce n'est rien d'autre que la
révolution faite à l'amiable. »
Victor Hugo

16 juillet

Je me réveille sans savoir de quoi sera faite ma journée. Je voudrais louer une voiture, mais vu les prix pour 40 jours, il faudrait pêcher plusieurs tonnes de saumons pour se l'offrir. Ou alors, en acheter une, mais c'est un coup de bol monstrueux qu'il faut avoir. En me rendant à l'arrêt de bus pour fouiner en centre-ville, je remarque un magasin d'accessoires auto. Tiens et si je jetais un œil ?

Devant se trouve une vieille Buick en vente pour 700 USD. Peut-être l'ai-je ma diligence ?

Hélas, le vendeur m'informe qu'elle est déjà vendue. Sans que je demande quoi que ce soit, un client m'indique qu'il y a un magasin de voitures d'occasions à un mile d'ici. Allez c'est parti !

Je tiens à préciser que je suis en bermuda malgré une température digne du Jura en hiver et l'on peut noter une légère différence entre la jambe droite et la gauche. Ouais, la mascotte ! l'une a un tatouage, mais pas l'autre ! Ça doit être ça !

Je visite à pas de voyageur lent les avenues rectilignes qui s'offrent à moi. Je dois être dans le quartier chaud de la ville, sex-shop et magasins d'alcool prolifèrent. Une voiture stoppe, un des clients du magasin de pièces auto m'a repéré et me propose de m'y déposer. Que du bonheur, mais je suis en avance et dois patienter une demi-heure. Je fais un tour au cas où ma bonne étoile me dénicherait la perle rare. À dix heures pétantes, je fais le pied de grue devant la caverne d'Ali Baba, les prix ne sont pas dans mes cordes…

Un sourire croise mon regard, un autre client de tout à l'heure m'a entendu dans mon magnifique charabia anglo-chinois et a eu la lumineuse idée de vouloir m'épauler ! Alors, il m'a attendu !

Brian, nice to meet you, I'm Frank from France…

Je lui raconte mon bout de vie et me retrouve chez lui avec un café et l'ordi allumé à la recherche de ma « chariote ». Il a trois activités, pilote d'hydravion, mécano et comme il amène ses clients taquiner le saumon, il est aussi guide de pêche. Depuis peu avec son épouse avocate ils ont eu leur premier enfant et il est provisoirement père au foyer, histoire de faire un break.

Il me pose mille questions sur la grande rivière et se renseigne sur ma vie avant le Yukon. Mon parcours le touche beaucoup, il veut se mettre en quatre pour l'affaire du siècle. Téléphone à droite à gauche. Une dame semble avoir la bonne vibration. Sa voiture est l'amie de la famille depuis 1992, une première main. Là aussi un grand sourire nous attend, l'affaire est un van Chrysler Grand Voyager qui paraît plus que correct. Après une inspection minutieuse, je fais mon tour d'essai. Le prix est à 800 USD. Je sors les espèces et au moment de régler, la propriétaire me dit que je dois être courageux de vivre avec cette jambe en moins. Brian, qui devient mon agent, lui sort mon pedigree et surtout lui parle de Bout de vie. Elle me rend alors une partie de l'argent et me dit : *God bless you* (Dieu vous bénisse).

Avant de m'éclipser pour une chevauchée sauvage, elle me freine et me demande d'en prendre soin car ce véhicule a vu grandir ses enfants.

Comme dans l'un de mes rêves de gosse, je suis au volant de ma voiture sur le grand territoire de l'Oncle Sam. Mais il faut faire les papiers – et ça, ce n'est pas mon fort –, les mines et la préfecture. Brian veut continuer de m'aider ! Mais je suis gêné, il a déjà perdu sa matinée pour moi, là ce sera la journée. On va récupérer son schtroumpf à la crèche et on effectue un passage obligé au *fast-food.*

The big préfecture, on prend le ticket avec son numéro et on poireaute. Dire qu'il y a quelques jours j'étais au milieu du néant. Aïe, je m'en doutais, mon adresse en Corse ne convient pas. Qu'à cela ne tienne, je deviens résident chez Brian qui déroule mon parcours à ce brave agent. Surprise énorme. Avant mon départ, l'AFP avait expédié une dépêche sur mon expédition imminente et l'info avait circulé en Alaska. Les portes du paradis s'ouvrent et l'agent récalcitrant qui avait lu tout l'article règle toute la paperasse contre une photo avec lui… Eh bien ! si ce n'est pas encore un coup de magie de ma bonne étoile, ça !

Un tour chez un ami d'enfance assureur de mon samaritain et me voilà couvert.

À huit heures j'étais SDF piéton, à 17 heures je suis résident 11th avenue Anchorage avec voiture, S.V.P. ! Cerise sur le pancake, ce soir je suis invité, sans pouvoir refuser, chez eux à un dîner de saumons et de clams. Quel bonheur d'avoir cette protection qui veille sur moi. Je crois que c'est encore un coup de la vieille dame du grand fleuve. Elle a dû se trouver trop dure avec le *Frenchie* et, en compensation, elle m'a donné un sacré coup de main…

Jo Zef veut conduire, mais s'il met les pattes sur les pédales, il ne voit plus la route et inversement proportionnel !!! Mais que faire ???

À pluche pour de nouvelles aventures car, c'est sûr, en attendant la venue de ma Vrai d'ici quelques jours, on ne va pas pourrir à Anchorage. Il paraît que dans le sud, il y a une péninsule avec des glaciers, des lacs et des rivières à profusion qui regorgent de saumons.

Oui la mascotte, je sais !

Péninsule de Kenai

« Poisson à foison en eau douce
Réunion d'ours qui filent la frousse... »
Philosophe Mascot Jo Zef

Ouf ! je laisse derrière moi la grande ville pour me retrouver dans la péninsule de Kenai. Ici le roi, c'est le saumon ! Je dirais plutôt la victime...

À trois heures de route d'Anchorage, les citadins viennent taquiner le *king salmon*, une licence est obligatoire pour trois prises maximum par 24 heures. Je me plie à la règle et rejoins la famille de Brian sur les bords de la Kenai River. Mon nouveau pote est professionnel, donc je vais apprendre beaucoup sur cette pratique qui fait rêver le monde entier.

À l'entrée de la rivière, un sonar compte le nombre de salmonidés qui y pénètrent. L'année dernière plus d'un million s'y sont aventurés pour se reproduire et mourir. En amont, un second comptage et dès qu'un certain quota défini est atteint, la pêche est fermée. Les *rangers* ne sont pas là pour être complaisants.

Donc me voilà en activité, pas besoin d'avoir le « détecteur de plantigrade » en route, ici il y a beaucoup de monde et les ours sont méfiants.

Une canne spéciale munie d'un simple hameçon sans appât et un moulinet lui aussi très spécifique. Le but est de fouetter la surface de l'eau et de ramener tranquillement en espérant que le fil glisse dans la bouche en permanence ouverte du poisson. Dès que l'on sent une tension, on ferre !... Il me faudra une bonne demi-heure pour arrêter de démaquiser derrière moi et enfin avoir un lancer digne d'un Alaskan. Whoua, j'en ai un et pas un petit, puis un deuxième et mon dernier...

15 kg de saumon tout frais. Brian me rejoint. Maintenant il faut nettoyer, sortir les filets et les découper en lanières pour les enfourner dans le fumoir. Ils

passeront d'abord une nuit dans un sac renfermant du sel fin, du sucre blanc et roux. Au petit matin, sous une pluie qui tombe sans discontinuer depuis 24 heures nous nettoyons la mixture et déposons méticuleusement les lanières précuites avec cette sorte de saumure dans le fumoir qui sera alimenté en copeaux de bois de pommier. Je ne peux m'empêcher de chiper quelques morceaux qui ont macéré et qui sont pour mon palais un vrai délice.

Ici, personne ne garde les œufs et hier soir, bien qu'invité à manger, j'en ai apportés, cuits dans de l'huile. Avec un brin de réticence toute la bande, réunie autour du feu malgré un temps humide et frais, a apprécié cette nouveauté pour eux. Je n'ai pu m'empêcher de saler les autres pour essayer de les transformer en poutargue comme on le pratique un peu partout en Méditerranée avec ceux de mulets. Le seul hic c'est que pour les sécher il faut du soleil et je crois avoir compris qu'ici c'est seulement en carte postale qu'il leur rend visite. Je peux vous assurer que c'est vert. Fin juillet, les cèpes tête-de-nègre tapissent déjà la forêt et personne ne les ramasse ! (Les Américains sont tellement formatés et peureux qu'ils ne ramassent pas les champignons, même les meilleurs, de peur de s'empoisonner !)

Malgré un temps pourri, un froid de canard, je suis heureux d'apprendre autant sur un bout de vie si différente de la mienne, aussi loin de ma très chère Corse qui croule sous la canicule et la massive invasion « romano-lutécienne ».

Jo Zef demande si on ne peut pas récupérer quelques dix petits degrés corses, un brin de soleil et nous, on leur envoie de la pluie, de la fraîcheur. Ouais la mascotte je suis absolument d'accord avec toi, et un ou deux charters d'ours histoire d'être un peu moins sur les nerfs.

Pour info, un grizzly au début du printemps a pénétré dans le centre-ville d'Anchorage en y provoquant une sévère panique avant d'être transformé en descente de lit… (*Ne ricane pas sournoisement, un cousin à lui peut nous lire et rechercher le* french paddler and the strange mascot. CHUUUUUUUUUTTTT !!!)

Alaska différent

« L'homme est ce qu'il fait. »
André Malraux

Depuis quelques jours je suis dans un camp de pêcheurs, tout le monde vient me voir et me raconte son parcours. Ici, l'été, c'est le *rush* du saumon et quand on dit « poissons roses », juste derrière se cachent les prédateurs.

Ce sont pour la plupart des guides de pêche ou de chasse et doucement leurs histoires donnent un autre sens à mon périple sur la grande rivière. Déjà, les Natifs me prenaient pour un doux dingue ou un grand homme suivant le village où je m'arrêtais, et là ça continue. Je suis en train de réaliser doucement que j'ai eu beaucoup de chance et je suis de plus en plus heureux d'avoir pris cette sage décision d'arrêter à l'entrée du delta. Errer et barouder en Alaska, c'est vivre des histoires assez incroyables avec des « nounours » et chaque fois leur arme leur a permis de pouvoir la raconter.

Depuis deux jours, je me suis laissé envahir par une forte fièvre comme si mon corps devait évacuer un trop-plein de concentration et de stress. À chaque instant j'ai refusé le doute et la peur, mais ce fut un combat pacifique, les rounds ont laissé des traces et depuis peu j'ai décidé de ne plus lutter. Sur ce lieu de pêche chacun me parle avec cœur, l'Alaska ne laisse pas de place aux vantards et bouffons. Je ne trouve que des gens qui vivent à l'année dans la nature et qui ont été tordus et retordus par le froid, les ours, les moustiques et tout ce qui va avec. Je sens beaucoup d'égard pour la forêt boréale, la toundra arctique, un grand respect pour les Natifs et l'étranger qui comme moi a su avoir la bonne étoile pour pouvoir en revenir. Quand je leur dis Yukon River, je sens de la considération et de l'intérêt.

« Comment as-tu fait sans arme ? »

Ma bonne étoile et… beaucoup de gens ont prié pour mon salut !

« Mais quand tu as vu les grizzlys, qu'est-ce que tu as fait ? »

J'ai un peu filmé puis je suis vite parti malgré le vent, les courbatures et la grande rivière déchaînée.

Je ne sais pas si c'est la fièvre, mais depuis deux jours je fais des cauchemars et revis différemment ma croisade.

À Whitehorse, j'ai beaucoup appris sur les ours même si la population de plantigrades est moindre par rapport au Nord-Ouest. Plus je me rapprochais de la mer de Béring, plus les rencontres avec les ours étaient fréquentes. Ce que j'avais vécu dans l'état du Yukon n'était qu'un pâle reflet de ce que j'allais vivre en Alaska.

La péninsule de Kenai où j'ai posé ma tente est régulièrement visitée par les grizzlys dont la population est ici une des plus importantes du monde. Ici, les ours se méfient car chacun est armé, alors que sur le Yukon, excepté à la proximité des villages, les animaux ne connaissent pas les hommes et ne fuient pas.

Pour vous donner une idée, chaque emplacement de tente dans les campings a ses caissons métalliques pour y stocker la nourriture et les produits odorants. Au Canada, je n'avais jamais vu ça… Pas un magasin ou une station de carburant qui n'ait sa photo avec un ours brun posant devant l'échoppe.

C'est pourquoi je suis bien heureux de n'avoir pas rencontré Brian et son clan avant car, c'est sûr, à Circle, j'aurais arrêté ma « Yukonnerie ».

Aujourd'hui, j'ai finalement sorti ma pharmacie et cet après-midi, malgré une pluie persistante et fine, j'ai retrouvé une petite forme. J'ai embarqué à bord d'une vedette pour me rendre jusqu'à l'embouchure de la rivière Kenai. Entre eau salée et douce, 10 m de marée, le saumon est si abondant qu'il suffit de mettre une grande épuisette à l'eau et de se laisser porter par le courant pour pêcher. Attention, seuls les locaux ont droit à cette pratique et les rangers exercent une stricte surveillance. D'ailleurs, nous avons été contrôlés. Trente pièces par saison et par famille. Au moment de partir, il faut impérativement noter sur un fascicule prévu à cet effet combien de poissons ont été capturés et couper leurs queues pour rester en règle. Ensuite vient la traditionnelle mise en filet et le stockage en sac. Un gros paquet a été mis au freezer en attendant que ma Vrai ne débarque ici…

Jo Zef me tire un peu la gueule. Et dire qu'on a failli se faire bouffer tous les jours alors que nous on se prenait pour de vrais aventuriers !!! Toujours mon côté « gosse » qui ressort, une manière de dire que je ne m'attendais pas du tout à rencontrer autant d'ours.

En route pour Skilak

« La santé dépend plus des précautions que
des médecins. »
Bossuet

La fièvre s'en est allée et un bout de soleil surgit, c'est le signe du départ. Je suis nomade dans l'âme et ne peux rester trop longtemps au même endroit. De très bonne heure, je démonte ma tente et scrute le ciel. J'ai peu de temps pour trouver un autre camp. L'horizon là-bas est noirâtre et bientôt la pluie reviendra.

Brian m'a certainement entendu et vient m'aider à charger ma voiture. Il est triste de ma décision, mais a compris qu'un oiseau de mer doit continuer sa route. Je lui promets que je serai prudent et que je reviendrai chez lui, à Anchorage, mais plus seul, et bel et bien accompagné de ma « princesse ».

Il garde ma part de saumon et on se serre la main très fort. *Good luck Frank, take care, eyes for the bears !!!*

En venant par ici, j'avais découvert une route en terre qui mène au grand lac de Skilak et je pense que j'y trouverai mon petit coin de repos. Je quitte la nationale à la recherche de mon nid douillet. Un accès à la rive me mène dans une planque paisible pour y monter ma tente avec « vue sur la mer ». Le terrain, comme dans beaucoup d'endroits, est aménagé pour les campeurs : une aire plate pour la tente avec une table, des bancs, un barbecue et le caisson étanche pour les produits odorants.

Une famille, certainement en vacances, est installée un peu plus loin. J'appelle quelqu'un dans la tente pour avoir une ou deux infos et je suis surpris de voir un sac de couchage bouger à mes pieds en plein air. Une tête blonde en sort ! Un peu intriguée par ce grand barbu, la petite fille appelle ses parents. Je leur demande s'il faut une autorisation spéciale pour passer quelques jours en cet endroit et si le coin est tranquille en ce qui concerne les ours.

Non c'est gratuit et assez peu fréquenté par les grizzlys. *Yes, a good place for camping !*

Rassuré, je m'active, car je sais que bientôt la pluie va revenir. Tout en montant mon camp, je goûte enfin au calme que j'avais rencontré sur la grande rivière. En prévision, je déplace, non sans mal, la lourde table pour la caler entre deux arbres et y tendre la fameuse toile bleue qui m'aura servi d'abri pendant tout mon périple. Au début, avec les jeunes, je l'avais utilisée pour organiser une « table » à l'abri de la pluie. Lors de mon exploration en solitaire, elle emballait mes sacs étanches de provision loin de ma tente et maintenant elle sert de nouveau d'abri dans cette région du Grand Nord où la pluie est incessante. Je me suis installé un coin cuisine au sec en dessous.

Une fois tout en ordre, je repars en arrière sur le chemin boueux sur lequel j'ai vu une clairière où l'on a défriché la forêt et laissé un maximum de bois. Muni de mes hache, scie et fidèle *spray bears*, j'en coupe une grosse quantité qui remplira mon hayon. Je vois que la forme revient !

Le feu démarre et je prépare mon déjeuner. La petite famille me salue, elle rentre à Anchorage. Le brasier crépite, la sérénité revient finalement. Une salade assaisonnée seulement d'huile d'olive et un gros morceau de saumon qui part sur le grill : c'est simple le bonheur !

Le lac est calme et bientôt, avec *Immaqa*, nous allons tenter de découvrir ses secrets. Les premières gouttes martèlent la toile bleue. Je n'ai plus d'échéance, plus de kilomètre à avaler coûte que coûte. S'il pleut et bien j'attendrai le retour du soleil. Je monte ma canne, les truites peuvent dépasser les 15 kg ! Je vous l'ai déjà dit, ici tout est gigantesque. Pour les mordus de pêche, le truc qui marche super pour ce type de poisson, c'est le marshmallow (sorte de guimauve écœurante qui peut être rôtie au feu). On le trouve dans les magasins spécialisés aromatisé à l'ail. On y rajoute des œufs de saumon et il ne reste plus qu'à allumer le barbecue…

Bien au sec dans ma guitoune, je savoure la paix d'Alaska. Ici rien que la nature et moi-même. Il me semble que, ce soir, je serai seul. Je fouille dans mes feuilles de papiers froissés. J'y retrouve des mots de maux écrits pendant mon périple. Je vais les relire. Je retrouve aussi les enveloppes bleues que certains d'entre vous m'ont confiées, j'en ai encore les yeux mouillés.

Je crois que je vais ramener ma Vrai ici, en espérant un peu de soleil. Et puis, s'il ne vient pas, ce ne sera pas bien grave, il est dans nos cœurs.

Tiens, la mascotte se plaint de fièvre et de courbatures ! Pas de problème Jo Zef, j'ai la pharmacie ouverte : antibio, piqûres, suppositoires ? Quoi ? Une pile de crêpes matin, midi et soir ? Et c'est qui qui t'a prescrit ce traitement ? Un crépologue de renom !

Rattrapé par les hommes

« Qu'est-ce que le bonheur sinon l'accord vrai
entre un homme et l'existence qu'il mène ? »
Albert Camus

Vous voulez un scoop ? Eh bien il a plu toute la nuit et ça caille ! Mais soyons positif, cela pourrait être pire. Du style, une île boueuse sur le Yukon démonté avec plein de voisins poilus !

Ça y est, ça s'est enfin arrêté, ils ont coupé le robinet ! Ce matin, avant de commencer quoi que ce soit, j'ai quand même fait le tour de mon campement pour voir si quelqu'un n'était pas passé par là, pendant qu'avec la mascotte, on « sciait du bois » ! Rien, pas de traces. Des canards à foison. Ouf ! De toute façon, j'étais tellement cuit que s'ils étaient venus eh bien… Je ne les aurais pas calculés et ils seraient repartis vexés. NA !

Je remonte *Immaqa* bien reposé dans son sac. Il garde, lui aussi, quelques cicatrices du grand fleuve. Promis, si le vent se lève on rentre, juré ! Prudence, prudence ! J'embarque un sac étanche avec téléphone, balise satellite et un peu de nourriture au cas où. Je suis quand même dans un coin très isolé et avant de faire comprendre que je suis en difficulté, il faudrait que je me débrouille seul comme à l'accoutumée, donc prudence.

Pas un pet de vent et surtout une barre bleu pâle à l'horizon. Peut-être qu'on va y avoir droit. On est sages, hein, Jo Zef ! Comme des images ! Allez les bleus !

Donc le but, c'est de découvrir ce grand lac paumé, vide de toute habitation et d'humains. Je vais tenter de le traverser, avec la bise qui devrait arriver d'ouest, on sera sous le vent et tranquilles pour retourner à la « maison ». Quatre petits kilomètres avec un kayak vide, c'est du pipi d'ours !

De l'autre côté, on est reçus par toutes sortes d'oiseaux : des grands, des petits et surtout par le grand pygargue, appelé aussi aigle chauve. La mascotte fixe ma chevelure et ricane ! Je longe doucement la côte en prenant mon temps pour photographier et sans toujours regarder la montre, ni l'horizon pour y déjouer le piège. Quel bonheur d'être sans contrainte. Là-bas, une grande plage avec un amoncellement de bois secs. Je gueule un bon coup, vérifie s'il y a des traces et me transforme en bûcheron. J'avais anticipé et le grand sac, qui reçoit en principe la partie structure du kayak, va servir de besace à bois. Je passe par l'embouchure de la rivière Kenai qui se jette dans le Pacifique à 100 km d'ici. Je navigue avec prudence de peur d'être aspiré et de devoir pagayer comme un forcené pour m'en sortir. De retour pour le déjeuner, j'allume un bon feu et y fais cuire une poignée de pâtes assaisonnées avec les œufs séchés façon poutargue. J'y ajoute encore du poisson orange grillé avec une goutte d'huile d'olive et un zeste de citron.

Un concours de sieste – remporté haut la main – contre la mascotte et une petite discussion avec un couple de tic et tac qui n'arrête pas de s'engueuler pour une poignée de noisettes ! Voilà comment d'aventuriers, on est passés à pantouflards « robinsonisés » !

Trente-six heures qu'il ne pleut plus. Elle n'est pas belle la vie ? Mais voilà, je suis de retour chez les hommes, les vrais ! J'avais trouvé un coin planqué pour y mettre ma tente et, hier soir, un vrai aventurier est venu se mettre à une centaine de mètres ! O.K. ! En Europe, on ne le verrait même pas, mais ici, en Alaska, c'est inadmissible. Alors, mon gros touriste avec un camping-car style château de la Loire est venu se coller près du *Frenchie* pour peut-être avoir une protection en cas d'attaque de poilus irascibles. Mais cette année l'unijambiste est un brin râleur et solitaire !

Il y a tellement de calme ici que le moindre bruit s'entend de très loin et, hier soir, je parlais tout seul dans ma tente de ce manque d'intimité. Ce matin, je pars à la recherche d'une autre tanière. De toute façon, le baromètre fait une chute libre et le Skilak a très mauvaise réputation en cas de fort coup de vent. Ma carte de la région me dévoile une route en terre pas autorisée au camping-car donc c'est là que je vais fouiller. Le chemin est étroit et effectivement les gros-culs ne peuvent pas y faire demi-tour. Un lac dont la petitesse interdit d'y naviguer avec un engin motorisé. Cela fait deux races de clients bruyants en moins. Je trouve un emplacement avec table et foyer pour y faire du feu. C'est décidé la mascotte, on change de « crêperie » !

Je ne démonte même pas *Immaqa*, j'arrive à le faire rentrer dans la voiture d'un seul tenant, en deux temps, trois mouvements. Je mets tout en vrac dans la « titine » et nous voilà repartis. Ça nous plaît plus, on s'arrache ! Je monte vite fait le camp avant que ça se déchaîne, les orages claquent partout sauf sur nous, pour une fois.

À midi, on est en place et, après, concours de sieste obligatoire. L'envie d'aller découvrir les 3 km^2 de la « flaque » me démange la pagaie. Il y a des trucs à plumes en pagaille ! Je ne veux absolument pas les déranger et prends mon temps pour avancer, certains m'autorisent quelques clichés. En face, je découvre une cabane. Allons à sa découverte. Elle est ouverte et du monde y réside ; je repartirai sans voir personne. À mon retour à bon port, un tout-terrain arrive. Je me ferme, comme une coquille d'huître et renforce le noir de mes yeux en baissant la casquette d'un cran. Je les ignore ! Si on était sympas, cela se saurait, non !

Le couple s'approche et me demande d'où je suis ? Pas de concession : *Corsica Island.* Au moins, je suis tranquille. Comme ils ne connaissent pas, ils me lâcheront la prothèse. Super ! On y est allés souvent ! Bonifacio, Sartène, Porto-Vecchio !

Allez la mascotte, ouvre la boutique, on les sert ces braves gens ! Des Ukrainiens qui ont immigré aux US et qui squattent la cabane d'en face. Ils sont chargés comme des mules et pour rejoindre leur résidence, il faut suivre un sentier très peu marqué et long. En bon samaritain, je leur propose de tout amener avec mon kayak, puisqu'il est vide. Ils acceptent, mais à une condition : je suis leur invité pour le dîner… Je traverse le lac sur sa largeur et arrive bien avant eux sur zone. L'endroit est magique, calme et apaisant. Au menu : des cèpes ! Ici, personne ne les ramasse et des millions de champignons pourrissent sous la pluie. Ils me racontent leur immigration. La mer Noire est bien loin maintenant, ils sont devenus américains. L'été, ils préfèrent vivre en cabane, sans eau ni électricité pour se couper de leur vie stressante à New York.

Je reprends *Immaqa* pour retraverser le lac qui semble endormi. La fine pluie lui donne un air de conte de fées. De l'autre côté, une famille de castors prépare déjà le prochain hiver qui sera long. Je retrouve mon bivouac. J'allume un feu qui démarre bien malgré l'ambiance humide et, sous ma toile bleue, je vous envoie ces quelques mots de plénitude.

Arrestation en règle

« Il y aurait de quoi faire bien des heureux avec
tout le bonheur qui se perd en ce monde. »
Duc de Lévis

Et dire que j'avais cru trouver l'endroit tranquille ! Deux heures trente, il fait nuit claire, un bruit de gros moteur et des voix qui parlent haut et fort ! Je suis sûr que c'est un mauvais rêve, pas ici...

Des mecs venus de je ne sais où qui veulent jouer les aventuriers, qui oublient qu'on est sept milliards d'autres et que tout ce petit monde doit vivre en parfaite harmonie. Ça continue à gueuler et à mettre la panique. Sans vergogne on me pique du bois que j'ai scié, transporté. Je m'habille et leur rends visite. Je suis en tenue « Yukon » avec la machette pendue au ceinturon. Je leur demande de faire le silence et de se calmer avec mes bûches. Ils me rient au nez et l'un deux me pointe avec sa hache...

Aïe, aïe et dire que j'avais juré de me calmer, de vivre comme un moine tibétain. Devant une telle vulgarité et une telle bêtise j'enfreins mes propres règles. Je sens le danger et deviens un loup hargneux : « Pose ta hache et avec tes petits copains barrez-vous et vite. » Ça dégénère mais j'ai anticipé donc ils battent en retraite... Je me soigne le visage un peu tuméfié, j'espère qu'en face je n'ai pas fait trop de dégât. J'ai du mal à me rendormir, je suis triste à ne plus en pouvoir. Mais que notre race est faible, lâche et néfaste à elle-même. Aucune place au monde n'est épargnée par la bêtise, l'égoïsme et l'autodestruction.

Ce matin, je fais mes petites activités : un peu de bois, quelques champignons et surtout pas mal de méditation sur notre vieille terre. Pendant notre concours de sieste quotidien, une voix me tire de mon rêve utopique de monde sans guerre. Je sursaute, une femme en tenue et calibrée comme pour partir à la guerre me demande de sortir les mains en l'air !

Ça va être pratique pour m'extirper de la tente comme ça ! Elle me demande de me diriger vers la table sans geste brusque. Je lui ris au nez en lui disant qu'un mec seul sans arme, réveillé en pleine sieste par quelqu'un de « calibré » a peu de chance de lui fausser compagnie. Je lui fais remarquer qu'elle n'a pas mis son chargeur en lui faisant un vrai sourire de faux-cul et que son flingue est efficace comme un cabochard sans Maguy…

Nom, prénom, lieu de naissance, etc. Je deviens amnésique et lui explique que si elle ne se calme pas je vais perdre le peu d'anglais que je connais. Si elle ne change pas de ton, il faudra un interprète et tout le tralala et ça risque de nous amener loin, l'histoire. Finalement, elle range sa quincaillerie et se présente, s'assoit à ma table et m'explique qu'hier soir il y a eu des ennuis dans le coin. Aucun problème madame, que des solutions. Des gars qui font du tapage nocturne, qui me piquent du bois, qui menacent un mec unijambiste qui, tout seul comme un grand, les renvoie chez leur mère. Oui, mais l'un d'entre eux est allé se faire recoudre ! Je ne sais pas, je ne le connais pas. Il a dû glisser dans la forêt si sombre la nuit, j'espère qu'il n'a pas trop mal !

Et vous, vos lèvres ? De l'herpès ! (Capricorne le garçon, pas balance !) Elle comprend à qui elle a affaire et ce sera leur parole contre la mienne… Elle me dit qu'il y a de plus en plus de problèmes dans le parc avec des gars d'Anchorage qui se prennent pour ce qu'ils ne sont pas et tombent souvent sur des guides ou des bûcherons qui leur rappellent d'où ils viennent. Elle fait son rapport, me demande de rester tranquille dans mon coin et si ça devait se reproduire de l'appeler sur son portable vingt-quatre heures sur vingt-quatre. Je suis verbalisé, mais le papier me servira pour allumer le feu, je ne vais pas me faire racketter parce que j'ai cabossé des andouilles même pas fraîches ! De plus les gars sont fichés et interdits de séjour…

Elle repart et je reste planté sur ma table. Un coin si joli et venir y chercher les coups, c'est quand même triste. Même au bout du monde, l'homme est stupide. Ce soir, le vent est violent et derrière ma petite forêt je regarde le lac s'iriser avec les rafales. Le feu crépite et la solitude de la forêt m'apaise. Depuis que je suis là, un coyote en manque d'affection donne de la voix et rend le lieu mystique. Je veux remonter quelques siècles en arrière et rencontrer le vieux chaman qui me racontera l'histoire du grand corbeau et du castor qui construisirent la terre…

Vivement mardi que je puisse serrer dans mes bras ma tendre Vrai, elle sait comment je fuis le monde et ses habitants…

Deux gouttes de pluie, deux gouttes de larme

« La manière de penser qui a généré un problème
ne pourra jamais le résoudre. »
Albert Einstein

Depuis mon altercation, les patrouilles se succèdent à mon campement avec des grands « *Hi !* », pas très sincères, à n'en plus finir, des fois que je me transforme en *killer* notoire. C'est décidé, je lève le camp ! Pas loin, seulement un autre lac, mais encore plus difficile d'accès. Je trouve le bivouac idéal : on ne peut l'atteindre qu'à pied ou en kayak. Les gros durs urbains doivent être amputés des deux jambes et surtout du cerveau. Ces endroits-là ne leur sont pas accessibles. Mais pourquoi n'y suis-je pas allé plus tôt ? Bref, je monte tout le « chalet » et me bricole même un abri bâché pour cuisiner, car la pluie est proche. Me voilà de nouveau au milieu de la nature et loin de certains humains qui me déçoivent de plus en plus. Cette aventure au Yukon m'a rendu encore plus lucide sur ma race. Nous sommes pires que des animaux sans aucune règle et surtout guidés par notre petit nombril.

L'été, on veut être au frais et l'hiver au chaud. Dans l'appartement tempéré, un congélateur conserve, dans une maison climatisée, un four réchauffe ? Mais non, je n'ai pas pété un plomb, mais je constate, je vois, je m'interpelle et j'aperçois le mur qui est en travers de la route. La voiture de la surconsommation est lancée bien à fond et il n'y a plus de frein. Là-bas, l'obstacle et bientôt l'impact. Tout le monde se planque derrière et ne veut pas voir devant ses yeux l'inévitable implosion. Quand ça va péter, cela va être un beau feu d'artifice…

Je vis depuis le 20 mai sous tente et je ne m'en plains pas. Il fait soleil, ça chauffe mon couchage, il pleut, je suis bien sous mon duvet. Se laver à l'eau chaude ? un luxe. Mon corps s'est habitué au lavage à l'eau froide et souvent à rester boueux. Avoir des fringues propres à l'occasion et puis pourquoi faire ! Eh oui, on doit s'adapter, pas d'autres solutions que de savoir changer son comportement. Je sais que si demain tout devait s'arrêter, j'aurais plus de chance de vivre de peu, voire de rien. Mais je ne le souhaite pas. Sans maison, sans chauffage, sans frigo, au milieu des arbres et des nuages.

La bataille de l'autre nuit et sa suite m'ont remis les pieds sur terre. Je me suis vu animal, devenant un élastique que personne ne peut saisir. Je voulais la paix. J'ai donné des coups. J'avais juré à la vieille dame de la rivière, jamais plus ça. Je m'étais juré de devenir une sorte de moine paisible et la société gangrenée est venue me corrompre, me rappeler à l'ordre, j'ai été aspiré et j'ai fait mal. Les coups que j'ai assenés m'ont plus personnellement blessé que les abrutis qui les ont pris et je me sens de nouveau sale, laid. Une seule envie, fuir ces tarés. La vie sur le Yukon m'a rendu d'une rapidité de réaction assez hallucinante et je me suis mis à la place de cette maman grizzly qui voit arriver un pauvre fada de kayakiste. Elle refuse le combat, mais ne veut pas qu'on touche à ses petits. Alors, elle se dresse sur ses pattes postérieures, déploie ses griffes et commence à baver de stress, à bâiller en signe d'attaque imminente. Après, ce sont les griffes qui déchirent la chair, les crocs qui brisent les os et une fois la correction finie, elle repart vers ses protégés pour les lécher en signe d'amour, ne se souciant plus du tout du pauvre parasite qui est passé sur son chemin…

Sur le bord du grand fleuve, j'ai écrit ces quelques mots de maux…

Il découvre sa solitude, mais il n'est pas seul, son bout de vie en moins, c'est déjà loin.

La nature l'envahit, le Yukon lui tend ses bras et prend soin de ce nomade du Grand Nord.

La pluie martèle la rivière, mais il fait soleil dans son cœur, les oiseaux en prennent soin.

Les ours le laissent en paix, car sa croisade n'a pas peur de la mort.

Quand retournera-t-il chez lui ? Personne ne le sait et ne doit y songer.

Avancer, tel est le refrain de la chanson qui doit sans cesse reprendre.

Un chaman lui a prédit bon voyage et que sur sa route il rencontrera sa vérité.

Ni toi, ni eux ne savent qu'est-ce que ses yeux tentent de surprendre.

Et chez lui retournera l'âme légère et l'esprit apaisé d'avoir enfin accepté.

Comme dans un rêve, il pensera à la terre si lointaine habitée par ses frères.

La joie et la tristesse ne font qu'une, le futur, le présent et le passé se disputent le duvet.

Il avance, sans autre but que d'être vivant, ni douleur ni doute ne seront partenaires.

La sylve boréale s'incline sur son passage, car ce n'est ni une aventure ni un défi

Mais bel et bien un long voyage de l'intérieur pour une place vers l'éternité.

Beaucoup de choses lui manquent, mais il a l'essentiel : la vie.

Dormir d'un sommeil profond sans veiller au danger quotidien du vagabond en cavale.

Ses rêves le rassurent, mais ici depuis le début, ce n'est que survie, lui seul est son rival.

Écrit le 4 juillet 2010 sur les bords du fleuve.
Entre deux gouttes de pluie et deux gouttes de larme.

Même pas peur

« La vie est trop courte pour qu'on soit pressé. »
Henry David Thoreau

Il pleut ! Bon, celle-là vous commencez à la connaître, mais en plus, c'est tempête et ça, c'est nouveau.

C'est clair que les seuls sous la tente en Alaska aujourd'hui, ce doit être nous.

8° à l'intérieur ce matin, ce n'est pas encore la journée où on va prendre un coup de soleil…

J'avais prévu une randonnée kayak avec barbecue pour changer de mes habitudes d'aventurier en pantoufles qui attend sa dulcinée, eh bien c'est râpé ! Action, réaction. On va aller découvrir la région façon touriste en voiture, avec le chauffage et la radio. On n'arrive pas à choper une onde corse ici. Si ça continue, on va commencer à croire qu'ils sont corsophobes !

Sur la carte, une route en terre qui ne mène nulle part, ce sont mes préférées ! Elle longe le grand lac de Kenai, mais en bout de piste, soit une bonne quinzaine de kilomètres, je vois comme un accès à un autre plan d'eau avec un panneau (seulement pour locaux) ! Ouais, Jo Zef, nous, on est domiciliés à Anchorage et puis avec l'accent qu'on a, on fait local ! Mais blague à part, ma vieille voiture couverte de boue, son chauffeur un peu hirsute, mal rasé et fâché avec la savonnette, ça fait très locaux ! Non local ! La mascotte lâche le clavier, on dit un bocal, des bocaux ! Mais non, ce n'est pas pour y mettre les saumons ! Parfois, elle me fatigue la peluche ! Aïe ! (SOUPIR).

Et hop ! Une deuxième « flaque » encastrée de parois de basalte noir. Paumé de chez paumé, un sentiment d'être sur une autre planète. Bizarrement, y'a pas un brin de vent et une accalmie de pluie. Ça doit être sympa sous le soleil pour y planter son camp, pas de trace suspecte, enfin je crois…

À midi, je suis de retour à la casa. Le blizzard ici n'a pas molli, mais les ondées se sont mises en veilleuse. Repas et concours de sieste. *The winner is…*

Il semblerait qu'une micro barre claire surgisse à l'horizon. Et si on allait voir là-haut si c'est beau. Allez Jo, y faut un peu bouger son gras ! Sac à dos, GPS pour un retour certain du brouillard, le « tel sat » en cas de pétage de guibole en plastique et de quoi prendre des photos.

Le départ du sentier se fait dans une forêt obscure. J'ai les yeux qui ne cessent de scruter le sol à la recherche de traces qui pourraient m'indiquer le passage d'un mec pieds nus, qui n'aurait pas coupé ses ongles depuis sa naissance et qui chausserait du 58 fillette. Vous voyez de quoi je parle ?

Tiens la flotte revient. On s'en fout, on est des aventuriers, des vrais.

Enfin, on quitte le sous-bois. Avec la mascotte, on ne cesse de siffler. Non pas les filles. Juste pour se faire entendre, car les randonneurs pieds nus « y z'aiment » pas être surpris. Mais, c'est que ça grimpe dans ce bled. De la glaise ! super et je suis en chaussures de sport et sans bâton ! Ah, des herbes si hautes qu'on ne nous voit plus. J'augmente les coups de sifflet, on ne sait jamais, on peut tomber sur un susceptible en train de comptabiliser en douce le nombre de touristes qu'il a déjà dépecés depuis le début de l'été (enfin, de cette saison humide qu'ici ils appellent *summer*).

Donc ça grimpe et le vent nous rappelle qu'il n'est pas mort. La vue sur le lac, qui est blanc de moutons, est impressionnante. Là encore, sensation de bout du monde, qui me rappelle que si on se tord une cheville eh bien on est mal ! Ça y est le sommet. À la louche, vent à 100 ou 120 km/h, ça fait un bail que j'ai planqué la casquette et tant pis si je frise. Une vue de folie, mais je ne vais pas m'éterniser. Je ne suis pas tranquille. Allez savoir pourquoi !

La descente est digne des plus belles figures du patinage artistique. Aucune chute à déplorer, mais des saltos triples boucles inversées, avec rattrapage Flipper le dauphin arrière, tels que l'on pourrait nous remettre *the olympic gold medal…*

Enfin la voiture…

Trempés comme des castors du Yukon, mais fiers d'avoir su dominer nos peurs.

Ouais la mascotte, on n'a pas eu la trouille, hein ? Je tremble ! Mais ça doit être à cause du froid ! Quoi ? Au lieu des 5 heures indiquées sur le panneau, on a mis 2 h 10 ! Non, je ne courais pas en descente, je marchais à vive allure et puis, je suis handicapé lourdement, un raccourci, y ne peut pas avoir fait ça, hein. Quand tu deviens « handicapé », on te bassine en effet en te répétant que tu ne peux plus aller vite, que tu dois marcher sur un terrain non accidenté…

Au fait la mascotte, je crois que tu t'es gourée de fruits. Les groseilles, c'est rond et sucré. Les trucs rouges et ovales ce sont des shépherdies. Ces baies étaient utilisées par les Natives pour laver leurs habits et puis, entre nous, chaque fois que tu essayais de siffler, y sortait des bulles !

La belle et lc clochard

« L'homme n'est que poussière, d'où
l'importance du plumeau. »
Alexandre Vialatte

D'une chambre d'hôtel d'Anchorage je reviens à la vie urbaine, demain ma belle arrive…

Finie la solitude, les moments lourds de ne pouvoir partager, finie la souffrance d'être seul face à soi-même, finis ces moments de grand silence qui peuvent vous faire chavirer vers le vide absolu. Partir dans mes aventures est aussi une souffrance pour ceux qui restent, Véro est la seule qui a un contact direct avec moi, elle seule écoute mes confessions intimes, elle seule arrive à comprendre ce qu'est le silence de la sylve boréale. Malgré ces contacts réguliers elle ne peut imaginer vraiment ce qu'est la profondeur du Grand Nord. Je pourrais lui donner toutes les photos possibles, tous les films inimaginables de la région, tous les récits minutieux de mon périple, il lui manquera l'essentiel, son vécu. La faire venir à Anchorage, c'est l'amener dans les pas de l'ours, c'est lui présenter la vieille dame de la rivière, c'est écouter la brindille qui craque pas loin du bivouac. Bien sûr elle était au départ avec les jeunes, mais je n'étais pas rentré en contact avec le serpent boueux, je n'avais pas encore déversé mes larmes de trop de solitude. Maintenant je suis prêt à être son guide, à la laisser détecter la trace fraîche. Je ne veux pas la mener dans les difficultés mais dans une sorte de pèlerinage. Ce voyage à deux est un partage qui m'a manqué sur ce long périple. Un tourisme de cabochard avec des plans B et C même D en cas de coup suspect, mais un échantillon de ce que j'ai vécu.

J'aurai appris une fois de plus. J'ai décortiqué un sacré cabochard et je suis heureux du chemin que j'ai pris. Je l'ai parcouru seul, à bras-le-corps, bien sûr le doute et la peur ont voulu se glisser dans mon histoire, mais j'ai positivement refusé.

La vieille dame du fleuve m'a soufflé des secrets que le silence infini et l'immensité peuvent vous dévoiler.

J'ai pleuré très souvent.

De tristesse ? Je ne crois pas.

De peur ? Peut-être, mais ce n'est même pas sûr.

De manque de confort ? Oh non ! La preuve, j'ai continué.

Non je crois que la grandeur de ce que j'ai vécu m'a remis les pendules à l'heure, m'a nettoyé de tout le superflu. Ma raison d'être était d'avancer au mieux, de trouver un bon campement avec assez de bois pour allumer un feu protecteur et essayer de dormir de toute mon âme pour recommencer le lendemain. Espérer que les orages ne soient pas trop violents, que les ours soient indulgents avec le pauvre pagayeur en croisade et que les Natifs ne se défoulent pas sur un étranger bien seul.

Je n'ai aucune prétention de donner la moindre leçon à qui que ce soit, ce soir après une sacrée douche chaude, j'ai vu dans le miroir un grand gamin bien maigre, mais avec un visage serein et fier de se voir comme ça. Je ne me prends pour personne d'autre, je ne suis que moi et c'est déjà pas mal. On dirait que cela fait un siècle que je suis parti, pourtant rien n'a changé, je me suis encore plus dépouillé. Dans ma vie, j'ai suivi le pas de quelques grands bonshommes qui m'ont mis cette étincelle pour avancer comme je le sentais, je bois encore leurs paroles, ils n'ont rien voulu changer du monde, mais ont voulu vivre dans le leur. C'est tellement rare à notre époque.

Je ne sais pas si cela a aidé quelqu'un à trouver sa propre voie, mais il suffit d'une personne et mon bref passage sur terre n'aura pas été vain. Je pense souvent à l'association que j'ai fondée avec les copains, une belle poignée de stagiaires a largué les amarres pour vivre différemment malgré leurs bouts en moins.

Je choque par moments, car mes mots doivent être acides pour celui qui ne sait pas les lire. Je vous assure que je n'écris pas pour faire mal bien au contraire. Tout à l'heure, en triant mes affaires, j'écoutais le Grand Jacques chanter *Les Marquises*. Le silence du Yukon m'a encore fait découvrir des mots de maux que je ne connaissais pas de lui et je me suis encore surpris à avoir la chair de poule.

Cette écriture est un peu ma confidente et vous avez la possibilité de pénétrer mon petit monde secret. Je me souviens exactement d'où je viens, mais mon trajet je ne le dois qu'à ma ténacité et mon désir de vivre mes rêves. Jusqu'à présent, j'y suis arrivé. Combien de fois on m'a traité de fou, de triste rêveur pourtant j'ai réussi, certes avec un brin de chance, mais surtout beaucoup de volonté pour réaliser les plus insensés. Ni l'argent, ni le pouvoir et encore moins la violence en ont été les moteurs, mais bel et bien l'amour. Pas le possessif, l'abusif qui met en cage, non celui qui fait grandir, celui qui fait devenir le bossu beau, le répugnant gentil, le vantard rigolo, le borgne charmant, l'unijambiste surhomme…

L'amour. Encore une fois j'ai constaté qu'il était la force maîtresse de notre vie.

Le livre sacré du fleuve…

« La vraie faute est celle qu'on ne corrige pas. »
Confucius

Autres temps, autres pays, autres gens, pourtant, et ça, c'est moi qui le rabâche sans cesse partout où je passe, chacun doit vivre sa propre légende. C'est vrai que je ne me gêne pas pour la construire avec tous les piliers qu'il faut. Un temple où je me recueille, mon autel est couvert de souvenirs et le Dieu prié se nomme Liberté. J'en suis son disciple et si les démons urbains tentent de me corrompre, la prière me préserve. La grande rivière m'a forcé à me recueillir, je l'ai vue comme une eau transparente, puis mes doutes l'ont rendue boueuse et malgré mes craintes je m'y suis lavé. Une sorte de baptême sans superflu, j'ai lu la Bible maintes fois, c'étaient les vents contraires. J'ai décrypté les versets coraniques, la pluie quotidienne. J'ai récité des mantras, drapé de pourpre, les rayons du soleil. Le voyageur au ralenti que je suis devenu a pris son temps. Une vie nouvelle dans ma vieille histoire. J'y ai vu ma naissance, puis au fil du courant j'ai grandi. Pas trop vite quand même, l'enfant que je suis me tenait la main, me l'a-t-il lâchée d'ailleurs ? La solitude m'a donné mes premières rides, elle m'a fait apprécier le simple feu qui réchauffe le corps, mais surtout l'âme errante. Le vol du corbeau, qui créa l'univers des Natifs avec le castor, m'a donné la direction. Le castor, animal totem de bien des clans, m'a offert une nouvelle manière de me construire. Ici la vie est légende car le temps n'existe plus. Il est désintégré et le pèlerin en goretex ne peut suivre que le grand fleuve. Pas de possibilité d'être diverti, une seule solution : glisser sur le serpent terreux. Je ne sais pas si c'est prier, mais j'ai causé avec une chose inconnue. La peur m'a démasclé, plus d'écorce. Sans jeu de mot. Un Corse sans peau, à vif. Chaque parcelle était en réception. L'aventure prenait un autre refrain. L'objectif : un détail parmi tant d'autres, le présent n'était que le seul temps conjugué. Impératif, passé, futur… déchiré, brûlé, abandonné, je suis un nomade et la seconde vécue est ma seule joie. Je suis vivant maintenant.

Le fleuve m'a ébloui, l'Alaska m'a émerveillé, je suis au paradis. Les monstres tueurs d'aventuriers m'encerclaient, mais est-ce que ce n'est pas moi qui les avais enfantés, ne suis-je pas leur géniteur ? Les diables rôdaient quand le doute venait partager ma paillasse. Je me drapais d'effroi et la brume pénétrait mon bivouac. Je voulais hurler, mais de toute façon personne ne m'entendait, je sanglotais, mais ne devais chercher ma consolation que dans mon âme.

Lui, le présent (auquel j'ai donné une âme ! C'est grave, docteur ?), devenait mon compagnon de route au prix de grands efforts. Le remords, les projets viennent nous barrer le chemin. Alors, sans lutte, sans violence je les ai écartés et j'ai rejoint le tracé du présent. Je sais depuis que lui seul est un cadeau…

Un cata pas marrant

« Un homme est riche de tout ce dont
il peut se passer. »
Henry David Thoreau

Un trophée de l'aventure a été créé par un comité, mais avant d'en arriver à parler de la guilde européenne du raid il faut que l'on revienne à l'été 2009.

Je viens de boucler mes 100 km de vélo en entraînement et je remarque que, dans le coin planqué où mon *Cabochard* est au mouillage, il y a du « rififi » !

Le vent d'est est soutenu et d'ailleurs, ce matin, ma sortie m'a particulièrement éprouvé quand les rafales me réduisaient à effectuer mon pédalage face au vent. Un attroupement s'est constitué en tête du petit ponton car un gros catamaran semble en difficulté. Je ne m'en approche même pas et rejoins mon embarcation pour une douche à l'eau de mer énergisante.

Pour me donner bonne conscience, je branche ma radio de bord sur le canal de sécurité 16. Mon statut de sauveteur en mer doit être respecté. « Oh là là ! Ça ne sent pas bon là-bas », c'est un « cata pas marrant ». Mais il ne demande pas d'assistance, donc je ne bouge pas d'un millimètre.

Au loin je vois Claude, le capitaine du port, qui s'agite, je le sens prêt à péter un plomb. Je l'appelle en douce, mais les « touristes » disent pouvoir s'en sortir tout seuls !

Après mon plat de pâte tant attendu, je m'attaque à l'oreiller pour une sieste bien méritée. Encore une petite séance d'étirements, histoire de remettre mes muscles en route et je jette un œil en direction des « marins ». Tiens, tiens, mais ils sont toujours enchevêtrés dans les corps-morts les loustics. Je bricole un peu sur mon bateau en bois et me prépare pour une petite soirée « pizza » en amoureux, avec ma dulcinée. Le maître de port m'appelle, ils veulent un plongeur ! Eh bien, ils ne vont pas être déçus les moussaillons. J'arrive à fond les manettes sur mon pneumatique semi-rigide et anticipe déjà la manœuvre à effectuer pour les « sauver ».

Je leur dis sur un ton sec que mon intervention est payante et qu'ils doivent me donner leur réponse de suite. Il est 18 heures et je leur accorde une demi-heure, pas plus. Le skipper a le look du beau gosse bronzé improvisé marin d'un été. Je sens l'énergumène un peu gêné devant ses clients. Ils acceptent mon racket en règle. En quelques minutes je suis équipé pour la plongée et m'immerge pour défaire ce plat de spaghetti « made in Lutèce ». Le bateau se redresse, mais personne ne réagit, le skipper trop occupé à contrôler si son bronzage se rapporte à son plumage ne sait plus quoi faire. Je demande l'autorisation de monter à bord sans attendre leurs avis, une main se tend pour m'aider à grimper, mais pas assez rapidement. Je bondis à la proue et je suis déjà en train de remettre le voilier dans l'axe du vent. Les hommes de bord me demandent ce qu'ils peuvent faire pour m'aider. Avec mes yeux charbon, je hurle : « Surtout ne touchez à rien, je vous en prie vous en avez assez fait pour aujourd'hui ! »

Je remarque qu'ils remarquent que je suis unijambiste. (J'exulte !)

Je saute dans mon annexe, frappe une aussière juste en face, sur le quai, en leur annonçant que tout à l'heure le vent fera une rotation à l'ouest et qu'ils pourront larguer le traversier. Ils n'ont rien compris à mon explication ! « Tout à l'heure le vent va changer de direction et vous allez pouvoir lâcher la ficelle qui est attachée sur le trottoir des pêcheurs », O.K. ?

Je prends mon billet violet et m'échappe aussi vite que je suis arrivé. Dans le fond de ma barbe, je ricane comme un petit diable car je crois avoir traumatisé mes victimes qui, entre vous et moi, l'ont un peu cherché.

Mais quel rapport avec la guilde européenne du raid me direz-vous ? Soyez patients, j'y arrive…

Automne 2009. Après avoir envoyé aux Écrans de l'aventure de Dijon le documentaire *Giramondu*, film retraçant ma vie d'aventurier à cloche-pied, je suis surpris d'être convié. Cet endroit est la référence des baroudeurs et y être invité est un immense honneur. Le programme m'est envoyé et tous les noms me sont familiers.

Ville dans la grisaille, mais peu importe, je ne suis pas là pour faire du tourisme, mais pour me fondre dans le gotha de mes références.

Je rencontre Philippe Sauve qui a descendu le fleuve Léna et le Missouri en canoë, nous nous étions déjà croisés au festival des Diablerets. Je lui avais avoué que j'avais lu et relu le bouquin sur son périple en Sibérie. Je retrouve Sibylle d'Orgeval, réalisatrice du film de Yann Arthus-Bertrand *Six milliards d'autres*. Dans le cadre de ce long-métrage, elle m'avait interviewé et, de temps à autre, on se croise toujours avec autant de plaisir. Elle me présente à son tour à Sylvain Tesson dont tous les écrits m'ont marqué. Enfin, je suis devant le président du jury, Olivier Föllmi. Nous ne nous connaissons pas physiquement, mais nous avons un ami commun, avocat du sport à Lausanne, qui à tour de rôle a fait des éloges de l'un et de l'autre. Depuis quelques années, Alex s'est mis en tête de m'épauler dans ma croisade associative, il n'a cessé de lui relater mes « bouts de vie. » De mon côté, chaque hiver, le père Noël de ma Vrai m'amène un livre de pensées tibétaines rédigées par l'homme qui me sourit.

Je navigue en terre familière pourtant je ne me sens pas à l'aise, j'ai l'impression que seulement eux ont droit à ce statut d'aventurier.

Devant une salle comble mon film se déroule, j'éprouve toujours la même sensation. Si vous m'aviez dit cela au lendemain de mon accident, je vous aurais pris pour un dingo.

À la fin, l'animateur du festival me demande de monter sur scène le rejoindre, je réponds aux questions du public. Dans les premiers rangs, un gamin est là, comme un jeune frère. Rémi, oui encore lui, mon protégé que j'ai emmené bourlinguer en mer australe. Je lui demande de me rejoindre et lui propose d'intégrer l'équipe Bout de vie pour pagayer les trois cent cinquante premiers kilomètres sur le Yukon. Vous connaissez maintenant la suite.

Après ma conférence nous sommes invités par l'organisation du festival dans un grand restaurant de la ville. Olivier veut tout savoir de moi. Il me confie ses critiques du film qu'il a apprécié, mais m'explique ce qu'il aurait vu en plus ou en moins. Je suis touché par tant d'égards envers mon petit parcours. Je ne sais pas si cela vous arrive parfois, mais une fois de plus j'avais l'impression de l'avoir toujours connu, comme s'il s'agissait de retrouvailles après quelques années d'absence.

Je m'installe à une table à l'écart, mais Sibylle et Sylvain insistent pour m'accompagner. On cause de tout et de rien et surtout de nos futurs projets. Cette jeune réalisatrice parle couramment l'arabe et, dans quelques jours, elle ira s'isoler au Yémen pour connaître encore mieux la langue et la religion musulmane. Je lui demande comment, elle, la jolie blonde, peut se faire respecter dans une culture où la femme n'est pas toujours à la fête. Elle connaît beaucoup de versets du Coran, et quand elle se sent en danger, elle en récite un et les interlocuteurs comprennent qu'ils doivent passer leur chemin.

Sylvain, lui, va aussi s'isoler, mais dans une cabane du bord du lac Baïkal en Sibérie, un hiver en solitaire, une vie monacale. Ses écrits laissaient entendre qu'un jour il rejoindrait un abri de rondins au milieu de nulle part avec un minimum de confort et une malle emplie de livres. Poésie, philosophie, carnet de voyage seront ses compagnons. Un voyage intime avec des rencontres au plus profond de ses pensées. Écrire, noter, pour grandir. Ne plus être un, mais tous, universalité de l'amour poétique.

Moi ? Bof, pas grand-chose… je n'ose pas me projeter. Le futur Yukon, je n'ose même pas en parler…

Puis, vers la fin du repas, Olivier vient me chercher pour que je rejoigne sa table, ce sont les jurés. Je me cale entre eux, le président me félicite ainsi que son épouse et puis, c'est marrant, en face de moi une femme me regarde comme si elle me connaissait. Je mets cela sur le fait quelle a dû voir le film tout à l'heure. Puis, on demande le silence et sur la pointe de la prothèse, je rejoins ma table. Un discours des organisateurs et, enfin, on va découvrir à qui est décerné le prix Peter Bird SPB 2009 qui récompense depuis 1997 la persévérance et la ténacité dans une vie d'aventure.

L'enveloppe est ouverte et, dans un silence de cathédrale, j'entends résonner mon nom. Les applaudissements me donnent le vertige, je rejoins les jurys et la jeune femme de tout à l'heure me remet le chèque ainsi que le trophée. Je réalise, mais un peu tard, qu'elle était à bord du catamaran que j'avais dépanné sans finesse l'été précédent !

Hasard, hasard…

À sa demande, il s'ensuivra une conférence dans la maison mère de sa société SPB à Paris.

Solitude à deux

« Chaque jour est une aventure,
chacun est libre d'être l'explorateur de son âme... »
Cabochardum

Tout à l'heure ma Vrai va arriver. Grâce à elle, j'ai su bifurquer dans cette voie de tendresse et de partage. Je ne suis pas devenu un moine, loin de là. Voici à peine quelques jours, j'ai démontré que je n'étais qu'un sale gosse qu'il ne fallait pas chercher. Véro a fait surgir de moi ce Robin des bois qui prend aux plus nantis pour donner aux plus démunis. J'ai toujours rêvé de Zorro qui protégeait les faibles et du bandit Fra Diavolo qui, après avoir effectué son larcin, signait son acte en accrochant un gros piment sur les lieux du crime et partait distribuer son butin aux pauvres du village...

La vie est trop brève pour se prendre la tête. Si j'ai réussi à pagayer ces quelques milliers de kilomètres c'est que je n'ai compté que sur mon endurance et ma persévérance. Pas une seule fois je n'ai pu éviter la furie de la grande rivière, j'ai dû me poser, réfléchir et subir, sans violence, sa loi. Désormais je vais tenter d'appliquer la même conduite de vie pour mon avenir. Si un obstacle se présente, je n'aurai pas d'autres choix que de le contourner. Plus de contact, plus de tentative de destruction. Comme l'eau de la rivière. Quand elle croise un roc, elle ne le détruit pas mais le contourne. Alors en avant et vive l'amour de la vie, car chaque seconde sur terre est un présent...

13 heures de vol, 10 heures de décalage horaire et 20 °C en moins !

Je retrouve ma « squaw ». Les yeux rougis par un tel voyage, on s'étreint enfin. Elle me voit amaigri et vieilli avec une longue barbe poivre et sel. Premier boulot, je la rase enfin. Dix ans en moins...

Un peu comme un animal je ne cesse de la humer, elle m'a tellement manqué…

Brian et son épouse Chris l'attendent, alors rendez-vous dans ma famille d'adoption d'Alaska.

Mon premier courrier m'est donné (eh oui, pour ma vieille voiture je suis domicilié chez eux), je garderai l'enveloppe avec son adresse atypique.

Brian me parle d'un lointain oncle qui vit avec son épouse dans le sud de la péninsule de Kenai vers le hameau très isolé de Soldevia. Endroit coupé du monde puisque les seuls accès sont maritimes par beau temps ou par hydravion. Au milieu de multitudes de fjords, ils ont leur maison et vivent en autonomie, sans eau courante ni électricité. Depuis peu, ils ont construit deux cabanes pour recevoir quelques privilégiés. Bientôt, nous allons y poser nos sacs… Véro trépigne déjà d'y être et moi donc !

« Au fait, me demande-t-elle, y aura-t-il des grizzlys ? » Avec Jo Zef on croise les pattes et le moignon et, en chœur, on balance le mensonge : « Oh noooooonnnnnnn !!! »

Ma cuillère en bois

« Le bonheur est la seule chose qui se double si
on le partage. »
Albert Schweitzer

Aujourd'hui, je souhaitais avant tout que ma Vrai découvre les peuples natifs d'Alaska. Rien de plus simple : à la sortie nord d'Anchorage se trouve l'Alaska native center.

Bien sûr, ici, c'est un peu pour les touristes, mais à notre grande surprise beaucoup d'anciens viennent y découvrir leur propre culture qui, à petit feu, est en train de s'éteindre…

Les cinq Nations sont invitées à passer quelques jours ici pour transmettre leur savoir, d'autres Natifs peuvent se découvrir en terrain neutre et échanger.

Des danses circulaires magnifiques nous accueillent. Le cercle pour beaucoup de peuples est le symbole de l'infini, cette figure n'a ni début ni fin…

Le tambour, seul instrument universel ne serait-ce que par sa simplicité et sa symbolique, nous transporte.

Autour d'un lac, les cinq grandes ethnies sont représentées : Athaspascane, Yup'ik, Tlingit, Unangax et Inupiaq.

Un homme de l'île de Kodiak est là pour expliquer la construction des traditionnels *qayaq* (kayak) et nous parle de sa tribu Unangax avec beaucoup d'amour. Depuis 2004, il a décidé de se tourner vers ses racines. La pêche industrielle est beaucoup plus lucrative mais, à la naissance de son fils, il a décidé de lâcher la vie moderne pour un retour aux traditions. À sa grande surprise, il voit que son idée marche et quelques-uns sur son île ont repris le flambeau. Il crée de A à Z des kayaks traditionnels de chasse et ces espèces de casquettes en bois qui sont multifonctions : en premier, évidemment, elles sont utilisées comme protection contre la réverbération de l'océan, mais aussi comme porte-voix entre chasseurs de phoques, sonotone pour détecter la proie et même comme pagaie de secours en cas de pépin.

Une femme Inupiaq, des bords de l'océan Arctique, raconte aussi avec beaucoup d'émotion l'histoire des clans, pêcheurs, chasseurs, cueilleurs. Elle enchaîne sur la signification de tous ses tatouages aussi bien ceux de son corps que ceux de son visage et expose la philosophie matriarcale de sa nation.

Chacun des traits de sa figure représente l'un de ses enfants, les dessins de ses avant-bras cartographient les territoires de chasse et de pêche. Pas de livre, mais une transmission orale et picturale. Elle nous demande si l'on connaît la vraie différence entre l'homme blanc et eux ? Un grand silence. Elle mime et bruite les battements du cœur : boom, boom, boom, un rythme rapide, c'est celui des Blancs, nous c'est un rythme très très lent : boom… boom… boom…

Elle enchaîne sur les comportements dans les cas de conflit. Les deux adversaires s'assoient côte à côte et restent des heures sans parler, leurs âmes règlent le problème.

Son récit me fascine, elle ne parle pas, elle vibre. De son âme surgissent la splendeur et la dureté de l'océan arctique. Elle mime les scènes de son village. Quand elle parle de son peuple, elle dit notre « clan ». Là-haut tout doit avoir une double, voire une triple utilité. Elle ne veut pas que son fils soit avocat. À quoi cela lui servira-t-il s'il reste au village ? Médecin c'est mieux, même si le chaman reste le « vrai guérisseur ». Ses yeux et son récit resteront longtemps gravés dans mes souvenirs, tant que vibrera mon essence de nomade.

Enfin au village Tlingit de la côte sud-ouest de l'Alaska nous admirons un sculpteur. David est solide dans sa culture, il la parle, la chante et l'a transmise à ses enfants. Alors qu'il entame une discussion avec nous, il me vient une idée ! Pendant ma « paddling Yukonnerie » j'ai laissé partir dans le courant du grand fleuve ma cuillère en plastique ! Aïe, sans elle, plus de repas. Les rives regorgent d'arbres morts et avec un morceau de peuplier bien sec je me suis taillé un vrai couvert avec une authentique histoire, non pas « made in n'importe où. » Un bois flotté qui avant d'échouer ici a poussé, malgré le froid et les tempêtes, qui a donné des feuilles, des bourgeons et qui un jour a fini sa vie dans la rivière. Un kayakiste en croisade le remarque et le transforme en un objet qui donne de l'énergie, qui sert de relais entre l'homme et la terre… Mais ce couvert manque de relief, de cuvette, pour recevoir convenablement la soupe chaude qui réchauffe le corps fatigué. Je n'ai ni l'outil, ni surtout la classe pour le faire, alors je m'en suis contenté.

Je demande à cet homme s'il veut bien me finir le boulot. Il accepte et s'interroge sur la provenance de cet instrument peu banal. Pourquoi ne pas en avoir acheté un autre ? Je lui compte mon odyssée et une connexion se crée. Je le regarde donner un autre aspect à cet objet qui se remplit d'une belle histoire. Je ne sais pas si je peux figer le moment par une photo ? Timidement je lui demande, il accepte. Ma cuillère prend une autre symbolique en relation absolue avec ce que je viens de vivre. Il me rend mon ustensile et nous nous serrons franchement la main. Je suis comme un gosse, heureux d'avoir mon morceau de bois sculpté. Nous continuons à errer dans cette vibration ancestrale, mais il est l'heure de repartir. À la sortie, un magasin de souvenirs nous barre la route, les touristes sont à la recherche du bibelot qui va bientôt n'être qu'un souvenir lointain d'une région du monde. Je ferme les yeux et le dépasse pour ne garder que l'essentiel de ce qui m'a été transmis.

Je démarre notre vieille diligence motorisée quand je vois mon sculpteur qui nous rejoint et nous demande d'attendre. Je coupe le ronron, il me dit : « Tu es un voyageur pas comme les autres, et je veux te chanter ça. Seulement pour toi et moi, pas de caméra, pas d'enregistrement, juste entre nous ». Un chant qui dit en tlingit : « Tu es un grand voyageur et ta route a dû être difficile. Tu es allé jusqu'où tu le désirais, tu es un grand voyageur et la lumière t'a guidé… » Il m'offre un dessin de sa main qui est un soleil et me dit : « Tu as de la lumière qui jaillit, continue ta route, bonne chance… »

Véro est là, elle n'a rien loupé, je ne sais quoi dire, encore une fois je vois que le partage et l'amour sont venus au détour de ma route.

Je lui offre un œil de sainte Lucie, un porte-bonheur corse qui a descendu la grande rivière avec moi. Il inscrit sur mon calepin quelques mots. *Lukwiq toyaxsn* (merci beaucoup) et on répond *Ayeltgnu* (tu es chanceux).

Quel bonheur d'avoir pu partager cette rencontre avec ma Vrai.

Grizzly pour de vrai

« Écoute, sinon ta langue te rendra sourd ! »
Proverbe tlingit

Baptême de grizzlys pour Véro, et pas au téléobjectif, seulement à 5 m et par deux fois en quelques minutes. Avant de partir pour le Sud, j'avais repéré une balade au-dessus d'Eagle River réputée pour ses habitants à poils !

Huit heures du matin, brouillard et pluie fine sont au rendez-vous. On commence à en avoir l'habitude, c'est le pays qui veut ça. Le sac à dos sans nourriture, pour éviter toute odeur alléchante et nous voilà partis. À peine dix minutes de marche et, pendant que je déchiffre ma carte, j'entends quelqu'un qui vient vers nous. Étrange de si bonne heure, il y a déjà du monde ? Véro s'écrie : « Un gri-gri gri, un grizzly ! » Il s'approche doucement et vient nous provoquer… À ma grande surprise, elle reste calme. Eh bien ! Ça commence pas mal la journée !

Encore dix autres minutes et ça bouge dans les fourrés ! Véro se colle à moi et qu'est-ce que j'aperçois ? Une grosse truffe qui fouille pour son casse-croûte, à 5 m maxi ! Je sens un peu plus de tension de la part de ma dulcinée, mais je la rassure, il y a tellement de saumons et de baies à cette saison que nous sommes vraiment en fin de liste de leurs menus du jour !

Six heures de voiture et nous nous retrouvons dans un village au nom de Homer, au bout d'une route en cul-de-sac qui finit sur le Pacifique. Deux ports, un de commerce et un de pêche aux flétans et aux crabes. En face, à 16 km, se trouve la rive est de la baie de Kachemak. Rick, l'oncle de Brian, et sa femme Dorla y résident à l'année et y possèdent deux cabanes. Nous sommes leurs hôtes pour quatre jours. C'est une *cabin* comme il y en a beaucoup ici : un lit, un coin « tambouille » sans robinet et une vue sur l'océan et les loutres…

Bien sûr, il n'y a pas d'eau courante car l'hiver tout gèlerait. Les toilettes sont assez rustiques, juste un petit abri en bois à quelques pas de notre refuge avec un grand trou. Pour prendre une douche, courage ! Dans une autre cabane en rondins d'épicéa, en allumant un poêle après avoir coupé et transporté son bois, on peut obtenir de l'eau chaude et un super-sauna. Une bonne heure de préparation en tout et pour tout. Nous avons prévu un minimum de nourriture pour notre séjour, mais je compte aller prélever quelques morues. Le cadre est des plus envoûtants, la région fait partie de celle qui reçoit le plus de pluie au monde et la végétation est luxuriante. La température moyenne actuelle est de 12 °C et la vie marine est très, très riche. Loutres, phoques, orques et saumons y vivent en abondance.

Je remonte *Immaqa* qui était démonté dans ses deux sacs et pars en éclaireur pour à peine deux heures. Je reviens avec une belle prise pour le dîner. Les algues sont toutes comestibles ainsi que beaucoup de plantes dans la forêt. Rick va nous initier…

Quatre jours de vie au ralenti avec des sorties kayak et pêche en toute intimité. Notre hôte, lui, guide des kayakistes à la journée donc à nous la liberté…

Les fonds de fjords finissent avec des glaciers d'une beauté spectaculaire. Des cascades gigantesques se perdent dans la mer et les saumons recherchent désespérément l'embouchure des fleuves où ils sont nés pour y lâcher leurs œufs avant de mourir. Les rivières grouillent de vie et de mort. Rick connaît la région comme sa poche et, avec sa petite vedette, il nous emmène pêcher. Je deviens photographe et Véro « grizzlette », c'est qu'ils sont gros les copains… et devinez ce qu'on a mangé le soir ?

Nous allons aussi tenter la pêche à l'*halibut* appelé flétan en France. En Alaska, avec celle du saumon, c'est la pêche la plus appréciée et il n'est pas rare de voir des spécimens de plusieurs centaines de kilos remontés, le record étant de 440 livres. Une demi-sardine sur un très gros hameçon bien fixé, un bas de ligne métallique et il suffit de dandiner sur des fonds de 70 m pour en ferrer un. Le soleil, qui est rare pour la saison, vient nous réchauffer et les trois pêcheurs deviennent des lézards qui se régalent d'une telle opportunité. Il est l'heure du casse-croûte et bien sûr le gueuleton sera à base de saumon.

Le séjour passe à toute allure et, avant de repartir, la radio locale me demande de participer à une émission d'une heure. Aïe, aïe, *my english is terrible* ! Eh bien, le cabochard on aurait dit qu'il avait fait ça toute sa vie, *but the mascot was* pliée en deux !

Jo Zef voudrait bien ramener quelques loutres en Corse ! Mais est-ce possible ? Elles n'ont pas de passeports !

Une cabane et un lac

« Chaque pas fait sur la terre devrait être
reconnu comme une prière. »
Adage athapascan

De l'océan, nous retrouvons l'eau douce. Pour les amoureux de champignons, c'est le paradis sur terre, des cèpes par tonnes et personne pour les ramasser. À toutes les sauces, avec du saumon évidemment, en omelette, risotto, panés…

La cabane du lac Engineer se situe dans le parc naturel de Skilak sur la péninsule de Kenai. Perdue au bout d'une piste en terre, il faut prendre une barque pour rejoindre le petit coin tranquille. Des victuailles pour trois jours, réchaud, sac de couchage et nous voilà partis pour une autre aventure. Comme de bien entendu la cabane est basique, pas d'eau ni d'électricité, un poêle à bois et des toilettes « made in Alaska » dans une baraque à quelques mètres de là.

L'office met à disposition du public quelques chalets en rondins. Pour en bénéficier, il faut se rendre au bureau de Soldotna et retenir sa place si elle est libre. Trois jours maximum.

Véro a embarqué avec elle ses grelots dans le cas de mauvaises rencontres. Dans le silence de la forêt, le moindre bruit est distingué par tous ses habitants. Le tintement d'une clochette est tout de suite perçu par la faune qui ne sera pas surprise de la présence humaine.

L'endroit pour le non-initié serait impressionnant, les huards le soir entonnent leurs chants un peu lugubres et glaceraient bien des citadins. Les ours sont craintifs, mais bel et bien présents, leurs traces nous indiquent leur existence.

Le feu crépite dans le poêle qui maintient une douce température dans notre refuge.

Tout autour du lac, nous allons récupérer du bois mort. Il est hors de question d'abattre le moindre arbre vert. Muni toujours par prudence de mon *spray bears*, nous nous transformons en bûcherons.

Habitués au temps humide de la région, malgré le crachin, nous partons randonner à la découverte de la zone. L'Alaska possède plus de trois millions de lacs et chaque balade nous mène sur les rives de l'un d'eux…

Le calme règne sur les bords de la grande rivière, le feu protecteur crépite et, de nouveau, je suis happé par la mélodie de la vieille dame. Mais cette fois c'est différent, *Immaqa* n'est pas soigneusement halé sur les graviers et demain je n'ai pas à pagayer. Ce soir, le grand silence est partagé avec ma Vrai…

La péninsule de Kenai est déjà loin. Après un bref passage par Anchorage pour saluer Brian et sa famille, nous mettons cap au nord… Fairbanks comme première escale, une ville quelconque d'Amérique du Nord, mais avec quand même un plus : le soleil.

Ciao fratellu !

« Il meurt lentement celui qui devient l'esclave
de l'habitude. »
Pablo Neruda

Depuis mon arrivée sur les bords du Pacifique, je n'ai pas connu une journée sans pluie. Bien sûr on doit s'adapter, mais en bon méditerranéen le soleil commence à me manquer.

Cap sur le *highway* qui mène à l'océan Arctique, une longue et droite route de terre de 800 km qui nous conduit vers les forages pétrolifères de la baie de Prudhoe. Le bled qui sert de camp de base au forçat de l'or noir se nomme Deadhorse ! Tout un programme.

Un pipeline fut construit en 1972 qui transporte depuis le milieu de la toundra ce bien si précieux pour nous, pauvres humains dépendants. Le terminal en bordure du Pacifique stocke le pétrole qui est ensuite acheminé par cargo jusque dans les États du Sud. Lieu connu, hélas, pour cette fameuse triste marée noire à la suite du naufrage du pétrolier *Exxon Valdez.*

La conduite de pétrole ainsi que la route serpentent sur des centaines de kilomètres. Seuls des monstres de camions empruntent ce chemin tandis que nous, tranquillement, nous voguons vers le cercle polaire. Là-bas au loin je vois un point noir, ce n'est pas un ours, ni un camion. Mais qui diable est cet intrus ? Petit à petit nous devinons un cycliste ! Sa cadence est régulière, je devine un athlète habitué à cet exercice d'endurance. Je m'arrête et lui propose de l'eau et des vivres. Il n'accepte que la boisson. Son histoire me plaît : chaque année, il prend son vélo et va pédaler dans un endroit paumé. Son anglais est teinté d'un accent non méconnu.

« *Where are you from ?*
– *Italia !* »

J'explose de rire et comme je parle couramment la langue de Dante, nous taillons une bavette. Antonio est napolitain, ville qui m'a fasciné pendant mon tour de Méditerranée avec mon petit bateau, et je vois dans ses yeux un regain d'énergie pour sa « pédalerie » du Grand Nord.

J'insiste pour lui donner des sachets de nourriture lyophilisée, mais il ne veut pas se charger plus. Une accolade et je lui lance un « *In bocca al lupo* » qui peut être traduit par « bonne mer ». Tout heureux d'avoir rencontré un doux rêveur, nous remontons cap au nord.

Sans concession, avant tout, je veux retrouver le fleuve Yukon. Quand j'avais passé le pont, je m'étais promis d'y revenir avec Véro. Il est là, mais nous prendrons notre temps au retour. Je continue, la pluie fine revient et la route se transforme en bourbier. La pauvre « Titine » est méconnaissable, tout doucement la végétation disparaît et laisse place à une maigre toundra. J'affirme qu'ici « fini les ours », tout au moins jusqu'au bord de l'océan, mais ce n'est pas connaître les « kikis à poil ». À un kilomètre de la latitude 66°33' nord, un gros pataud nous coupe la route et nous observe. Le temps d'attraper l'appareil photo et d'ouvrir la fenêtre, il disparaît sur le bas-côté. Une minute après cette rencontre, nous voilà devant la ligne imaginaire qui symbolise le cercle polaire, je sens ma Vrai un poil (d'ours) tendue !

L'idée était de bivouaquer ici, mais de savoir qu'un habitant du cru se balade dérange un peu ma coaventurière ! Au menu ce soir il y a du saumon rouge grillé, ce qui sous-entend une odeur très alléchante au programme.

O.K. on se barre, Jo Zef nous gratifie d'un grand ouf de soulagement, car pour lui, la place est déjà réduite en partageant la tente avec Véro. En plus, avec un mal léché comme hôte qui ne s'est peut-être pas lavé les dents depuis un bail, ça jamais pour la mascotte !

De retour sur les bords de la grande rivière, je déniche une mauvaise route qui mène à la rivière et à une vieille cabane fermée. Nous stationnons notre TAS (Titine Absolument Sale) pour partir en repérage de traces. Rien du tout à part un castor et une vieille empreinte qui pourrait être celle d'un loup.

Tente montée, feu qui crépite et vue sur la « mer » ! Elle n'est pas belle la vie ?

Pour ne pas faillir aux traditions, je me lave dans l'eau boueuse du Yukon. Je me replonge dans ses entrailles. Par pudeur, par amour, Véro me laisse seul, sans bruit. L'odeur très particulière m'enchante, sa fraîcheur me ravigote et je retrouve le dialogue avec la vieille dame.

Le poisson grille, le riz se réhydrate et, assis sur un tronc d'arbre, nous nous réchauffons autour du feu, le silence nous laisse sans voix. Je m'écroule dans mon duvet, la conduite m'a épuisé, Véro n'arrive pas à trouver le sommeil, elle guette les bruits de la forêt. Un coyote chante sa détresse d'être encore seul et d'autres animaux lui content des légendes juste avant l'hiver qui va bientôt arriver.

De très bonne heure, je me rends à la voiture pour chercher notre petit-déjeuner qui a été enfermé pour éviter les ennuis. Surprise, rencontre inattendue, je croise deux gros chats ! Par chance, mon amoureuse est en vue, je m'agenouille et de loin elle aperçoit mon manège. Je l'encourage par signe à me rejoindre, doucement elle pourra elle aussi admirer ce couple de lynx qui a croisé notre route… Encore un cadeau de la vieille dame, j'en suis sûr…

L'Alaska est déjà derrière, 5 000 km en voiture à croiser des bouts de vie…

Nuit des neiges

« Le rêve qu'on a en soi, on le retrouve
hors de soi. »
Victor Hugo

De l'autre côté de la rivière salée (l'océan selon les Natifs), un tout petit pays de montagne : la Suisse.

Pendant que nous cheminons dans le Grand Nord, un cocktail a lieu à Crans-Montana. Alex, encore et toujours lui, a fait la « propagande » de ma croisade. Me voilà attablé à quelques pas du lac Léman avec Jean-François Emery, banquier suisse mais surtout vice-président de la fondation La Nuit des neiges. Chaque année, le fameux organisme met à l'honneur deux associations. Parrainé par des gens de prestige, un dîner spectacle est organisé pour récolter des fonds pour les deux causes présentées. Je me doute que des dizaines de dossiers doivent encombrer son bureau. Pour Bout de vie, la chance d'être sélectionnée est infime, mais vu que j'ai ce rendez-vous, je vends ma cause.

Sensation étrange, encore une fois, comme si on se connaissait déjà depuis fort longtemps. Les discussions fusent sans sujet tabou, une poignée de main ferme, je repars plein d'espoir.

Quelques formalités qui me tiennent en haleine et puis la bonne nouvelle arrive : ma croisade est retenue. Vous dire que je suis heureux ce n'est pas assez, je suis comblé, bien sûr. Comme toute personne humble, Alex dit n'y être pour rien. Je connais son travail de fond et me réjouis d'avoir croisé sa route.

Au mois d'août, je suis convié au passage de flambeau associatif. L'année d'avant, la fondation du professeur Paul Cayard et celle de Sepp Blatter avaient reçu leur part de reconnaissance.

Je suis présenté à Barbara qui a créé « Le sourire de Chiang Kong ». Cette Valaisanne est partie un jour pour un voyage sac à dos en Thaïlande et n'en est plus revenue. Voici presque vingt ans, elle a fondé un orphelinat pour tous ces gamins désœuvrés qui, sans son initiative, finiraient dans la prostitution enfantine. Elle a tout plaqué pour cette merveilleuse œuvre. Les paillettes et les fioritures ne sont pas dans ses habitudes et nous devenons unis et complices. Bien sûr Jo Zef est de la partie. Champagne, petits fours, la jet-set est bien là. C'est au tour de Barbara de présenter son quotidien si riche d'amour. Elle n'a pas trop l'habitude mais rapidement l'émotion remplace le protocole et son explication convainc tout l'auditoire. Puis Jean-François me présente, mais j'ai l'impression d'entendre parler de quelqu'un d'autre, un héros est décrit alors que je ne suis qu'un sale gosse, un cabochard à mes yeux. Bien sûr, pas de discours préparé, juste le passé et les tripes qui se lâchent. Le public est enchanté et moi soulagé d'en avoir fini. Beaucoup de fortes personnalités viennent nous saluer. Jo Zef, comme dans le dessin animé de Walt Disney *Robin des Bois*, ferait bien le baisemain à ces dames rien que pour leur piquer les gros cailloux accrochés à leurs doigts !

Après cette mini-tornade de félicitations, je me remets à causer avec Barbara. Un homme me prend par les épaules et me serre très fort. Il me dit que mon discours l'a bouleversé et je vois dans ses yeux beaucoup d'émotion. Ce septuagénaire me demande mon sentiment sur la souffrance, la mort, Dieu… Je n'arrive pas à y croire, c'est Sepp Blatter qui est mon interlocuteur. Lui, le *big boss* du football professionnel mondial qui demande son avis à un petit unijambiste.

Mais ce n'est pas fini, en comité restreint, il insiste pour que je dîne avec lui ! J'apprends que Sepp est un diminutif valaisan pour le prénom Joseph ! Mort de rire, je récupère discrètement la mascotte dans mon sac à dos et lui remets dans les mains. En toute confidence, il nous raconte qu'à l'occasion d'une tournée en Océanie, il avait rencontré l'équipe féminine australienne de foot et qu'elle lui avait remis sa mascotte qui est une girafe ! Il l'a baptisée Matilda ! Et dire qu'on croyait être les seuls un peu secoués.

Au dîner, il y a du beau monde, et voilà mon « Seppy » avec Jo Zef qui délire, sous les yeux un peu surpris de certaines jolies dames. La princesse Léa de Belgique ainsi que la présidente de la soirée n'étaient pas trop à l'aise face à une telle fantaisie.

Il faut maintenant patienter, car la nuit de gala ce sera dans six mois.

En février, me voilà à pied d'œuvre. Bien sûr, dans ma voiture il y a ma tente et mon matériel de ski de randonnée… Grand hôtel, avec petit chocolat en guise de bienvenue et tout le tralala. Mais voilà, il fait froid et beau. Pourquoi on n'irait pas bivouaquer sous des milliers d'étoiles plutôt que de se contenter de cinq étoiles ? Jef a un fiston qui est guide aspirant et, de savoir que je suis dans le secteur, ça l'emballe… il veut m'emmener en randonnée. Sacs à dos chargés, nous partons en fin d'après-midi. La nuit en cette saison tombe vite et, munis de nos frontales, nous glissons sans bruit dans la forêt. Le silence est enfin retrouvé, le p'tit Suisse est un grand sportif et, malgré ce qu'il croit de moi, je sais que je ne pourrai pas suivre le rythme. Il sourit et envoie les gaz : adieu veau, vache, cochon ! Je le laisse partir et moi, à un rythme plus adapté, je prends du dénivelé. Mais je glisse en arrière, mes peaux synthétiques ne semblent pas accrocher, je stoppe quand je rejoins Neil pour constater que je les avais montées à l'envers ! Ah, l'aventurier… un vrai touriste !

Bref, je repars et ça va mieux, beaucoup mieux, mon jeune guide, lui, met le crabot, je lui demande de ne pas m'attendre, je n'aurai qu'à suivre ses traces. La lune est montante et j'éteins ma frontale. Crans-Montana semble bien petite et d'ici les paillettes qui scintillent ne sont que la lueur des réverbères. Vers 23 heures, nous sommes dans une cabane d'altitude pas chauffée et, tout heureux, nous partageons ce moment de plénitude.

Au petit matin, je découvre la croix du col de la Roue et une vue plongeante sur la vallée qui semble grouiller comme une fourmilière. J'avais promis aux organisateurs que je serais de retour avant midi et, en laissant une belle trace dans la poudreuse vierge, je rejoins mon bivouac entre quatre murs dorés.

L'animateur de la soirée est le même depuis la création de cet événement. Je suis présenté à Stéphane Bern. Il a des fiches sur nos associations mais veut en savoir un peu plus. Alors, devant une bonne tartiflette, je crois nécessaire de lui détailler mon accident. Le sang qui gicle, le bruit de l'avion qui me roule dessus, le hurlement des copains au bord de l'hystérie mais l'idée n'est pas lumineuse. En un éclair, il s'échappe de table avec une couleur d'un vert suspect. Aïe, il n'a pas supporté mon histoire « drôle ». « Fauché » par l'émotion du porte-avions *Foch*.

Un p'tit coup sur l'épaule et je lui lance la phrase mythique : « Les malheurs qui nous arrivent sont juste des défis à relever. »

La soirée arrive, Jef nous a même trouvé deux nœuds papillons. La mascotte semble mieux le supporter que moi. Dans le grand hall du centre des congrès, je retrouve mon guide de haute montagne qui s'est transformé pour une nuit en voiturier. Un clin d'œil pour lui faire comprendre qu'on était mieux hier soir avec nos frontales à déguster un plat de pâtes bien mérité.

Avec Barbara que j'ai du mal à reconnaître en robe de soirée hollywoodienne, nous accueillons les invités. Elle dans son orphelinat en Thaïlande et moi le sauvage de service nous ne reconnaissons aucun « *people* », je me mords souvent les lèvres pour ne pas exploser de rire. Je lui lance : « 22, v'là la belle-mère à Nicolas ». C'est au tour de Barbara d'exploser de rire quand elle comprend que devant elle, sur le tapis rouge, arrive la maman de Carla Bruni !

Nous voilà attablés au centre de l'immense salle et Jo Zef, lui, est au milieu de la table planqué dans le bouquet de fleurs.

Bern présente les associations et nous montons sur scène expliquer, argumenter, témoigner. Le public mondain, entre une tranche de foie gras et une coupe de champagne, découvre nos croisades respectives. De fortes personnalités démontreront avec beaucoup de tact que, dans ce monde qui n'est pas le nôtre, il y a encore de grands seigneurs. Comme chaque fois, les généralités sont dangereuses. Voilà une bien belle rencontre à Crans-Montana avec de nouveaux amis qui permettront à des personnes un peu secouées par les malheurs de la vie de faire quelques pas plus lumineux.

Depuis, Jean-François est devenu un rayon de soleil dans mes moments d'ombres.

Back in the Yukon State

« C'est en croyant aux roses
qu'on les fait éclore. »
Anatole France

À Anchorage, j'ai laissé un ami, quelqu'un que j'ai croisé comme si l'on s'était retrouvés, Brian.

La pluie n'aura pas modifié ma manière d'être et l'arrivée de ma Vrai m'a permis enfin de partager.

Après tous ces jours sur la grande terre « Alyeska », comme la nomment les Natifs, nous retrouvons le Canada et plus précisément l'État du Yukon.

Beaucoup moins touristique que son voisin américain, je m'y sens plus à l'aise. Ici pas de règlements qui vous pourrissent la vie, pas de parking payant pour aller en randonnée, pas de contrôle systématique de cow-boys armés et surtout personne dans la nature. Ces parcs organisés attirent la planète entière et je ne me sens pas à l'aise sur un sentier avec une cohorte d'aventuriers bruyants.

Oui je sais, certains penseront que je suis un vrai sauvage et que je dois accepter de partager avec les autres. Je suis d'accord avec vous mais je veux bien à condition qu'il y ait du respect et de l'harmonie avec les éléments. Ces endroits-là sont les nouvelles mines d'or et on y laisse déferler trop de monde irrespectueux. Les parcs du monde entier sont devenus des endroits que je veux fuir, les îles Lavezzi, en été, en premier bien sûr. Vous avez entièrement raison, je suis de plus en plus solitaire et farouche. Voir un animal sauvage est très facile seul, à deux plus compliqué mais au-delà c'est de l'ordre du miracle. De plus, marcher avec des gens qui vont vous raconter leur boulot ou les dernières parts de marché remportées sur le dernier semestre, non, non !

Donc ici, c'est grand comme la France avec 30 000 habitants et presque tous concentrés sur Whitehorse et Dawson. Sur la rive opposée du lac Kluane, en face du parc, nous rencontrons la famille Jacquot qui, d'Alsace, est venue chercher fortune pendant la ruée vers l'or en 1895. Depuis six générations, ils vivent en autonomie sur cette mer intérieure, le lac le plus haut et le plus vaste de l'État. Nous occupons une de leurs cabanes toujours avec les mêmes commodités (aucune !) et profitons une fois de plus d'un endroit encore éloigné de la civilisation.

Pour les jours suivants, ils nous déconseillent fortement le bivouac côté sud car la région regorge de baies (bleuets, camarines, salmonberries…) et les grizzlys viennent y faire leurs provisions. Jo Zef proteste fortement : on pourrait partager quand même.

De retour à Whitehorse pour quelques heures seulement, je retrouve des visages familiers. Mais la petite ville, bien que sympathique, ne nous convient plus et nous voilà partis à la recherche d'un petit coin tranquille et isolé.

À seulement quarante minutes de la capitale, nous empruntons une bonne piste en terre qui semble ne mener nulle part, pourtant nous savons où elle conduit. Au début de mon périple, une équipe de six jeunes m'accompagnait et nous avions comme guide Robert et son chien husky. Après beaucoup d'échanges et d'émotions, il m'avait laissé un plan pour rejoindre sa cabane avec la promesse d'y aller un jour : nous sommes sur le bon chemin.

Il n'est pas au courant de notre venue et il y a peu de probabilité de le croiser. La saison touristique est courte car l'été est très bref et surtout il y a peu de monde sous cette latitude. Il y a de grande chance pour qu'il soit en trek, mais nous essayons quand même…

Si je vous dis que c'est dans un endroit sauvage, je crois que je ne vous surprendrai pas : une rivière y coule et une magnifique cabane lui fait face. Une meute de chiens nous accueille et « madame Robert » vient à notre rencontre. Nous voulons jouer les égarés, mais à peine le pied posé à terre, elle nous reconnaît ! Eh oui Robert nous avait mitraillés et Carmen s'est souvenue des clichés.

Je me sens à l'aise de nouveau. La nuit dernière à Whitehorse fut blanche, trop de bruit, de promiscuité et l'on nous propose de planter notre tente ici sur le bord de la Wheaton River.

Pour bien comprendre, chacun de nous vivons avec nos propres références. Un campeur en vacances en Corse en été, téléporté au *campground* de Whitehorse serait fasciné par son calme et sa fraîcheur. Quelqu'un qui vit depuis trois mois sous tente dans des endroits très isolés, cela lui paraît être invivable ! Quand je vais sur le continent et que l'on me parle de villages de montagne isolés avec 500 habitants et autant de voitures, je souris car pour la Corse c'est déjà une ville très fréquentée ! Quand je décrivais dans certains camps de Natifs le hameau où nous sommes à peine 120 avec eau, électricité, supérette et route accessible même l'hiver cela leur paraissait être une mégapole !

Chacun ses repères !

Donc la guitoune est en bordure de la Wheaton River et oh, grande surprise ! ce soir Robert devrait arriver entre deux expéditions…

Il est 22 heures et un bruit de moteur rompt le grand silence de la forêt. Comme des gosses nous ouvrons un coin de la tente pour voir l'arrivée de notre ami. Clin d'œil sympa, nous avons mis Jo Zef dans leur cabane en signe de bienvenue.

Mais avec son coup d'œil de pro, il a de suite reconnu ma manière d'installer mon camp. Dans les bras, il a la mascotte et Sky le suit de près, émotion intense de deux hommes qui ont la même vibration avec les éléments…

Il nous reste encore dix jours avant de rentrer en Europe. C'est sûr, c'est ici que sera établi notre camp de base…

Cent jours de nomadisme au Grand Nord…

« L'homme n'a pas tissé la toile de la vie, il n'est qu'un fil de tissu. Tout ce qu'il fait à la toile, il le fait à lui-même. »
Chef Seattle

Partage, solitude, découverte, rencontre, émotion, fraternité, bataille, introspection…

Je pourrais rajouter, discours avec un « moi » inconnu qui m'a rassuré sur mon « être » et encore plus éloigné de ce qui salit la vie.

Cent jours de connexion directe avec un au-delà maintenant familier. Un silence indescriptible qui semble vous pénétrer pour vous décaper, une sensation de s'absenter de ce monde si étrange que nous nous sommes créé. Où que l'on soit en Europe, le bruit est présent et rappelle que l'homme n'est pas loin. Ici même les avions de ligne ne passent pas et, quand il n'y a pas de vent, le silence est écrasant, et donne la sensation que la planète s'est vidée de tout être humain. Par contrecoup, la course contre la montre dans laquelle l'homme s'est lancé n'a plus de sens. L'essentiel se réduit à pagayer, manger, dormir, le reste semble abstrait. Superflu. Inutile. Comme derrière un coin de porte, j'ai perçu et oublié un instant votre, notre monde complètement dément…

Chaque aventure depuis quelques années m'a amené devant un miroir qui m'a permis de découvrir beaucoup de ma personne et du coup m'a conduit vers les autres. J'ai trouvé du blanc et du noir, le froid et le brûlant, le bon et le mauvais. Cette solitude et ses grands silences vont me hanter longtemps et il est évident que puisque j'y ai goûté, je les retrouverai régulièrement.

Écouter le bruit du vent et en deviner la direction, lire les pièges du courant de la rivière, faire une prière après avoir piégé un mammifère qui assurera la viande pour le prochain hiver… J'ai eu la chance de rencontrer et de deviner tout ça. Je vais rentrer chez moi, en Corse, qui est un beau chez moi. Ici j'ai planté une graine, un peu de ma sueur et de mon sang se sont éparpillés et je sais que c'est le début d'une grande histoire. J'ignore encore comment et pourquoi, mais dans ces grands espaces j'ai trouvé une paix que je n'avais jamais connue. Pourquoi devrais-je la perdre ?

Depuis dix jours, sur les bords de la rivière Wheaton, j'écoute l'eau vivre son chemin infini. Rien n'est plus apaisant que ce flot qui nous rappelle ce que nous sommes tous : une brindille sur un immense fleuve.

Ma Vrai, tout à l'heure, s'est surprise à aller se laver au bord de la rivière alors qu'il ne fait que 6 °C.

Je vais rentrer, mais ces jours fantastiques sur le grand fleuve et sa région seront à tout jamais gravés dans mon âme. Une partie de moi est ici au Yukon, comme dans une plongée dite profonde je n'ai plus envie de remonter. Rentrer pour entendre quoi ?

Je vais rentrer et m'adapter à une autre vie qui va me sembler un peu fade et surtout d'un stérile absolu, mais le temps va faire son travail et je reprendrai le chemin.

La nature m'a dicté un sacré livre. Qu'il vous aide à trouver votre voie ! Je crois en effet que certains écrits comme certaines rencontres sont déterminants pour changer de cap. Pour ma part, des lectures comme celles de Moitessier et De Monfreid m'ont permis de casser ma gangue si épaisse et de vivre ma propre « légende ».

Autour de nous, ils sont là et nous n'avons pas droit à l'erreur. Mais qui ? Les habitants de la forêt… La maison de Robert et Carmen rassemble neuf chiens de traîneaux, deux chats, un âne et trois brebis. Mais autour ils guettent ! Un ours noir est venu voler un agneau il y a quelques jours, seul le corps déchiqueté a été retrouvé. Le plus vieux chien de la bande s'est trop éloigné de la maison cet hiver, la neige tombait abondamment et une meute de loups en silence est venue le dévorer. Il est hors de question de laisser sortir les chats en premier sinon le coyote serait de festin… Comme le dit si bien Robert : « *That's nature…* »

Quand l'ours noir rôde, les deux gamins (3 et 5 ans) le savent et ils rentrent se réfugier dans la cabane. Cette année, Lou a effectué sa première course de chiens de traîneau, tout seul à 3 ans ! Température de - 30 °C et que du bonheur pour le plus jeune *musher* de la région…

Vous voyez, quand on veut on peut s'harmoniser et vivre différemment.

Ne jugez plus, ne pensez que par vous-même pour votre très intime vibration, vivez votre légende. Le vent, la pluie, la neige viendront vous guider vers un pays merveilleux qui s'appelle « LIBERTÉ ».

Épilogue

« La vie c'est gratuit alors je vais me resservir. »
Grand Corps Malade

Mot de la faim sans fin. De fil en aiguille, je dirais plutôt de kayak en *pulka*, de calotte en banquise, d'Antarctique en Yukon, de sous les mers au-dessus des nuages, mon bout de vie avance.

À un moment clé, je courais après la reconnaissance des autres, les paillettes m'attiraient et je cherchais inlassablement ma place auprès des « grands. » Quelle désillusion, que de vents contraires, que de blizzards frigorifiants. Mon « unijambité » était devenue ma signature jusqu'au jour où je compris que je devenais un label, une marque non déposée, une carte de jeu de rami. Mais où était Frank, ce cabochard libre comme le vent, celui qui est toujours prêt à larguer les amarres ?

Ma balade au Yukon m'a fait rencontrer les étoiles à l'infini. Celles qui sont immortelles, celles qui ne jugent pas, elles brillent, c'est tout, et seul peut les voir le poète un peu fou.

Cette solitude je l'ai prise en pleine gueule, elle m'a fait peur, elle m'a fait trembler et chaque jour j'ai dû sortir mon livre de vie. L'institutrice m'a donné des cours du soir, même sous la tente elle s'invitait. Un jour, elle m'a amené un miroir et je n'y voyais plus l'homme libre, mais celui des autres, ma croisade était devenue un théâtre où, à l'occasion de soirées très privées, on s'embrassait car on était le club des « grands ». Un coup d'orage, un coup de tonnerre et comme un coup de baguette magique, je revins dans mon monde, le mien, rien qu'à moi, celui qui m'a sauvé de beaucoup de pièges. Le ciel s'éclaircissait, au bout de mon voyage, une île. Liberté.

J'allais la rejoindre et rien n'est plus fort que l'amour de la vie, sans parka, sans lunettes, sans casquette, nu comme au premier jour. Nudité qui fragilise, mais qui en me dépouillant m'a fait mûrir, grandir.

Pourquoi paraître, puisque je suis ; pourquoi vouloir, puisque j'ai ; pourquoi dire, puisque je fais ? Gravir la paroi du passé et atteindre le sommet. La bannière du présent plantée, je devine le futur en bas, dans la vallée lumineuse…

Derrière ma vitrine, je vois la fourmilière, j'aperçois les gens courir, manifester, s'agiter, détester.

Un kayak, une tente, un fleuve et le temps qui s'est arrêté. Un guerrier pacifique qui est assis sur les bords de la rive et qui pleure, non pas de tristesse, quoiqu'un peu. Pleurer pour cette vie infinie et si éphémère, sur ses déchirures qui laissent des moignons pas très appareillables. Je me suis relevé et j'ai hurlé, la vie, la mort, les hommes, les femmes, la pluie, le vent, la nuit, le jour. Je suis vivant et je le crie.

Merci au grand fleuve, tu m'as offert l'un de tes diamants, celui qui donnera la lumière à mon cœur encore meurtri de trahisons d'hommes, mais maintenant, je sais que tu existes et, de ma croisade, je suis sorti apaisé.

Comme un mariage, depuis, autour de mon cou, un galet est suspendu et, si par moments j'oublie la leçon, alors la pierre me brûlera la peau pour me la rappeler.

Ayeltgnu

Témoignages

Bixente Lizarazu

Juillet 2002
Vacances à Bonifacio. Je cherche un club de plongée. On me donne le téléphone de Frank Bruno. J'appelle et je tombe sur des mouettes... Bizarre. Je laisse un message. Frank me rappelle. Rendez-vous sur les îles Lavezzi. Première rencontre avec l'homme. Première rencontre avec le bateau, un certain *Cabochard*, tout un programme... Une plongée. Un thé au jasmin. Une longue discussion. Maguy*...

Voilà comment commence une histoire d'amitié entre deux hommes. Simplement, avec pudeur et sans chichi...

Mystère d'une rencontre improbable entre un Basque et un Corse.

Quel est le trait d'union entre Pays basque et Corse, entre Frank et moi ?

La MER. Juste la mer. Trois lettres qui expliquent tout...

Cette idée que la mer est la source de tout pour nous.

Source d'indépendance, d'aventure, d'émerveillement, d'apaisement...

Juin 2010

Pendant que Frank fait le Yukon sur son kayak, je fais Knysna en Afrique du Sud sur une autre rivière presque aussi dangereuse...

*. Maguy Bole, bien sûr !

Pendant que j'assiste à l'événement sportif le plus médiatique de la planète, Frank est seul au monde…

Et pendant que 23 millionnaires capricieux font grève dans un bus, Frank explore les limites de son âme pour rien.

Juste l'honneur et l'espoir que tout est encore possible pour ceux qui, comme lui, sont amputés de la vie…

Son aventure est celle d'un homme qui montre que ce n'est pas grave de tomber, celle d'un homme qui montre que l'important c'est de toujours se relever, toujours…

Chris Mac Sorley*

J'ai rencontré Frank sur recommandation d'un ami commun, M. Alexandre Ahr. Il me l'a présenté comme étant une de ces rares et précieuses personnes qui a la capacité de remotiver les gens.
Dans mon rôle de manager d'équipes professionnelles de hockey, je dois souvent faire face à un challenge pour entraîner mon groupe de joueurs à surpasser l'adversaire en vue de notre prochaine victoire.
Frank a rejoint notre équipe au printemps de la saison 2008-2009 juste avant les playoffs. Nous étions face à des adversaires plus grands et plus forts que nous et nos joueurs doutaient de leur capacité de gagner. Frank est entré dans nos vestiaires et, en six semaines et trois tours de playoffs, il a réussi à redonner confiance à toute l'équipe.

À travers son histoire personnelle, sa force de caractère et sa motivation à changer les gens autour de lui, Frank a touché le cœur et l'âme de tous les joueurs (et de l'entraîneur), ce qui les a conduits vers le succès.

Ce fut la première fois en quarante ans que le Genève-Servette Hockey Club atteignit les finales de la Ligue suisse de hockey sur glace.

Sincères remerciements de toute l'équipe à Frank. Sans toi, nous n'aurions jamais pu « grimper cette montagne ».

*. Entraîneur et manager du Genève-Servette Hockey Cub, il fut joueur professionnel en NHL (National Hockey League) au Canada et entraîneur de l'équipe d'Angleterre.

Emmanuel Coindre*

Au-delà de ce témoignage entre l'Océan, le ciel et le rêve, Frank nous offre le récit de ses aventures sans concession, depuis son adolescence rebelle jusqu'à ce jour. Empreint d'engagement délibéré, presque d'attachement, on l'identifie à cette force qui l'entraîne vers de nouveaux horizons. Ses voyages féeriques sont dédiés à son action humanitaire destinée à réveiller les consciences et à redonner le courage aux plus démunis. Il donne ainsi toute sa force à l'acte individuel.

Cet itinéraire le mène vers l'indispensable, l'envie de découvrir, de franchir, d'atteindre. Il nourrit une curiosité insatiable pour ce monde qui offre grandeur et beauté à celui qui prend le temps, qui ose l'expérience des folles courses mentales. Livrant aux autres l'essence de son savoir, respectant l'équilibre du partage, peut-être trouve-t-il dans cet échange la lumineuse force de se dépasser, de rechercher au gré de libérations et de souffrances sa vérité. Vivre tout simplement, avancer sans renoncer, s'adapter pour exister, sans doute cette énergie particulière réside-t-elle dans cette volonté d'accomplissement de ses engagements magnétiques jusqu'à épuisement. Cette attitude raisonnée lui fait comprendre l'équilibre de la vie avec la proximité de la mort qu'il n'appréhende en aucune façon, car il navigue sur des eaux libres en liberté surveillée. Abandonnant pour le temps de l'expérience sa carapace de Corse, programmé

*. Détenteur de sept records de traversée océanique à la rame en solitaire. C'est un confident. Quand je suis en expédition, il sait ce que je vis et m'envoie des messages touchants.

pour être bien quand il est immergé dans des conditions précaires préservant la survie instinctive, en somme son intégrité. Avoir envie de croiser les avirons à même les paumes à l'échelle de l'Océan dans les conditions qui furent les siennes, c'était s'approprier une vision unique, la puissance d'une idée et la force terrifiante qu'elle peut contenir. Exercice intime que je connais bien, navigateur et rameur d'Océan de mon état, chaque seconde de navigation qui passe voit son visage changer. La mer est le règne de la transparence, cristalline avec ces reflets d'émeraudes lorsque le soleil se mêle à ses étreintes. Le jour, le soleil déchire le ciel et tanne la peau du marin. Activité feutrée emplie de la caresse du clapotis sur la coque, voire plus délicate quand, dans des tourbillons d'écumes, les flots métalliques s'invitent sur le pont. Dans la nuit, des milliers de diamants illuminent son chemin. Il est accompagné, dans sa quête, d'albatros, pétrels et autres dauphins. Les milles s'accumulent avec la cale pleine de présages, le cœur gonflé à bloc au milieu de ces écrins.

Frank a aussi compris le rôle essentiel de ces réservoirs de vie, puisant les vibrations et les énergies pour se rééquilibrer. Ses expérimentations lui donnent une sensation de puissance en même temps qu'elles lui font reconnaître la toute-puissance des éléments naturels. Elles renforcent ce caractère exceptionnel à l'alchimie rare, car c'est pour lui avant tout qu'il tient deux bouts… »

Toute mon amitié.

Jean-François Emery*

Les rencontres ne sont pas le fruit du hasard.
La force de la pensée est bien plus forte que tout ce que nous pouvons imaginer. Il faut simplement en prendre conscience et savoir l'utiliser.
Ces éléments mis ensemble sont à la base de notre rencontre avec Frank.
Si nos chemins se sont croisés en juin 2006 c'est grâce à un ami au grand cœur, Alexandre Ahr. Lorsque des femmes, des hommes partagent les mêmes idéaux, une fusion s'opère et les cœurs parlent.

Frank le Corse à l'écorce sensible a séduit immédiatement le comité. Son parcours de vie peu banal, son œuvre, son dévouement pour les autres étaient tout destinés à devenir une des deux œuvres de la soirée de bienfaisance La Nuit des neiges à Crans-Montana.

Nous sommes remplis de bonheur d'avoir un ami en Corse qui, au fil des ans, partage son expérience de vie avec des enfants, des femmes et des hommes et leur transmet ce message : « Ce que vous avez en moins c'est ce que vous avez en plus. »

Amitiés pour toujours.

*. Vice-président de la fondation : La Nuit des neiges. Parce que ce banquier sait être humain, nos rencontres sont toujours un vrai bonheur.

Dumè Benassi[*]

Chaque écrit entraîne son auteur dans un projet qu'il découvre en cours de route. Qu'il me soit permis ici d'écrire quelques mots sur le personnage. Il me sera plus facile de parler du côté obscur de Frank, car cela sera très bref !!!

Je suppose que les autres témoignages seront pleins d'éloges, de reconnaissances, les uns aussi sincères que les autres d'ailleurs.

Si l'adage dit de travailler sur son côté obscur, et de cacher sa lumière, Frank délivre et se livre, comme un petit garçon qui vient de découvrir que le père Noël existe depuis des années (d'ailleurs si le père Noël rigole sur son traîneau c'est parce que ce n'est pas lui qui paie les cadeaux !). Et qu'il vient de découvrir le plus beau des présents que la vie peut lui offrir… Celui du partage.

Tant de peines et de joies qu'il faut gérer pour extraire de la bonté. Et qu'est-ce que la bonté si ce n'est le serpent qui devient fourmi, et les ténèbres lumineuses. Pour extraire de la sérénité. Et qu'est-ce que la sérénité, si ce n'est de ne rien faire quand tout s'agite autour de soi. Cet homme dérange et ne peut être compris de toutes les oreilles.

Quand on revient d'un long voyage comme le Yukon, on ne peut être insensible à Mère Nature. Elle réveille en nous ce qui est enfoui au plus profond. Grâce à elle, nous ne nous imaginons plus comme de pauvres vagabonds victimes

*. Amputé fémoral, il est douze fois champion du monde de triathlon. Avec lui j'ai traversé l'Atlantique à la rame. C'est un ami, un frère, j'aime bien dire que c'est « l'homme de ma vie ».

de leurs destins car elle nous fait prendre conscience que nous sommes des diamants qui ont oublié leur véritable nature.

Frank est un point de départ. Débordant d'énergie, il est rempli d'amour et d'idées créatrices (Bout de vie entre autres). Mais faire passer des messages à ses semblables reste un défi de tous les temps.

Certains le trouveront acerbe, orgueilleux, moqueur, suffisant, imbu de sa personne, arrogant, petit, mesquin, mauvais père, arriviste, opportuniste, infect… il faut laisser le temps aux gens de s'émanciper, de mûrir. N'est-ce pas là les qualités d'un homme pour faire face aux pires tempêtes tropicales en Atlantique, au blizzard du pôle Nord et du Groenland, au manque d'oxygène des volcans d'Argentine, au Yukon, sachant qu'il vaut mieux manger qu'être mangé.

Il faut connaître tout ça pour faire face à ses propres peurs. Quand la nature crée un homme éminent en un domaine, elle ne le crée généralement pas seul, pour qu'il puisse profiter des talents et de l'émulation des autres.

Chacun a sa propre vérité, Frank reste fidèle à ses convictions, loyal envers ceux qui lui font confiance, et offre le meilleur de lui-même à ceux qui l'aiment. Dès lors qu'on accepte sa différence et qu'on nourrit son enthousiasme, chaque jour est un miracle.

Alors suivez le guide !

Fabien Pietri*

Cela doit faire dix ans que je côtoie Frank. Quand je l'ai connu je n'avais que 17 ans. À cette époque-là, je sortais de l'adolescence, j'étais un jeune homme timide, réservé, pas très loquace et un peu introverti dès que je sortais de mon périmètre « famille/amis ». À cet âge-là, on se pose de nombreuses questions, on ne sait pas vraiment où l'on va et surtout ce que l'on veut faire, étudier ou travailler, partir ou rester… Moi je rêvais de voyages mais l'inconnu me faisait peur… en aucun cas je n'aurais pu faire ce que Frank a réalisé pour ses 16 ans, un voyage lonely aux States. Les années qui suivent, en débutant sa vie d'homme, on est amené à faire des choix. Je les ai effectués avec une ceinture de sécurité car le simple fait de m'imaginer prendre un risque m'effrayait. Cela n'a pas empêché que ces choix soient ponctués par des échecs.

Par la suite, à cause et grâce en grande partie à la fréquentation de Frank, à son discours, à son expérience, je me suis décidé à prendre des risques. Risques qui, dans un premier temps, se sont soldés à nouveau par des échecs… mais avec Frank, j'ai appris le véritable sens du mot « persévérance ». Et aujourd'hui cela me permet, depuis quelque temps, d'avoir de la réussite dans ma vie.

À travers Frank et son association, j'ai assimilé réellement différentes notions : « se dépasser », « aller au bout des choses », « avoir foi en soi », « l'uni-

*. Le fils de ma compagne. Je ne le considère pas comme un beau-fils mais comme un ami. Je l'ai embarqué comme équipier dans l'expédition du Cerro del Pissis en Argentine.

« J'ai eu un parcours scolaire un peu atypique et si j'en suis là aujourd'hui, c'est aussi grâce à toi, Frank, car il m'a fallu de la volonté pour reprendre mes études après cinq années d'interruption tout en travaillant et celle-ci m'a été en partie inculquée à tes côtés car pour moi ce qui te caractérise avant tout, c'est cette détermination inébranlable qui t'habite…

Alors voilà Frank, merci pour ce que tu as fait pour moi, pour ce que tu as pu m'apporter, ce que tu m'apportes encore et ce que tu m'apporteras directement ou indirectement… Merci pour tout !!!

De tous les moments passés ensemble : randonnées, foot, plongée, trail, voyage… celui que je préfère est celui où l'on se retrouve à la table de ton Cabochard devant l'un de tes petits repas exotiques dont tu as le secret, à parler de tout et de rien, moments synonymes pour moi de "partage", d'"échange" et de "simplicité". »

vers du possible »… J'ai compris que les premières « limites » ne sont pas liées aux handicaps ; les limites sont le propre de l'homme. Avant même d'être confronté aux vrais obstacles, l'homme se met des barrières et se réfugie dans sa peur, peur de ne pas savoir, peur de ne pas pouvoir, peur d'être différent… la peur est un inhibiteur très puissant qui nous empêche très souvent d'oser et de faire le premier pas. J'ai aussi compris que si, après mon passé fait d'échecs, mon présent est fait de réussites, mon avenir n'en sera peut-être pas moins fait à nouveau d'échecs. Mais, aujourd'hui, j'ai assez de recul et acquis assez de maturité pour savoir qu'il faudra apprendre de ces échecs futurs pour évoluer et continuer à avancer.

Je pense être devenu une personne plus autonome, plus ouverte, plus libre et qui a beaucoup plus confiance en elle qu'auparavant même s'il est toujours vrai que « JO ZEF » est beaucoup plus bavard et moins discret que moi.

Quant à Bout de vie, je ne la vois pas comme une association pour personnes handicapées mais plutôt comme « une école de la vie » où l'on apprend les « vraies valeurs »…

On peut entendre dire de Frank que c'est un cabochard, un oiseau des mers, un aventurier, un solitaire, ou encore un utopiste… il est avant tout un Homme avec un grand H. Mais, pour moi, la plus jolie comparaison qui ait été faite est celle d'une petite fille en Argentine qui me chuchota tout doucement à l'oreille que Frank ressemblait à « un flamant rose » à cause de sa guibole rose.

Les migrations d'un oiseau migrateur… je crois que cela reflète assez bien sa vie !!!

Hasta siempre Flamingo !!!
Afectuosamente
EL NIÑO

Günther Hayer*

Je le connais depuis une quinzaine d'années.

Nous fréquentions la même crique avec nos bateaux dans les îles Lavezzi situées dans le Sud de la Corse.

Notre relation se noua progressivement parce qu'il préfère vivre en restant autonome et solitaire.

Narrer toutes les histoires qui ont soudé notre amitié serait trop long car il y en a beaucoup. Avec son caractère souvent insupportable, je me demande pourquoi nous sommes devenus des amis tellement proches. Une explication possible : il a des côtés supersensibles.

Nous avons passé des soirées à discuter comme père et fils.

L'ouverture de son école de plongée a généré de nouvelles occasions de renforcer notre amitié par des échanges de compétences réciproques.

Le succès dans son activité de plongée individuelle lui a fourni l'occasion de connaître des personnalités qui l'ont encouragé et lui ont apporté l'aide nécessaire pour créer et maintenir son association Bout de vie.

À partir de ce moment, il fait abstraction de sa vie privée pour s'engager de toute sa force dans la réalisation de son but : apporter aux personnes handicapées la volonté et le courage de retrouver une vie normale avec leur différence !

---

*. Plongeur professionnel depuis quarante ans, cela fait sept années qu'avec lui j'organise le stage de plongée sous-marine Bout de vie. Une relation père-fils.

Je n'aurai pas assez de mots pour exprimer mon admiration quant à son choix de vie et son engagement permanent.

Tous les stages organisés par Bout de vie sont gratuits grâce aux actions entreprises auprès des différents sponsors.

Je peux certifier un fait : il faut une volonté et un engagement de 300 % pour obtenir cette réussite.

Depuis sept ans, nous réalisons le stage de plongée pour Bout de vie sur mon bateau *Galiote*. Je suis fier et enthousiasmé d'accompagner l'action énorme de ce « Grand Monsieur » : Frank Bruno.

Thierry Corbalan*

C'est à force de victoires sur soi-même que la confiance en soi se forge. Cela fait bien longtemps que le « cabochard » l'a compris et chaque année, depuis huit ans, il organise des stages de plongée en Corse-du-Sud pour des personnes qui se croient handicapées. Après huit jours au contact de Frank, les stagiaires repartent chez eux avec une nouvelle vision de leur avenir : ils ne se sentent plus handicapés mais simplement différents. Il a de l'énergie à revendre et le don de savoir la transmettre au travers de ses aventures, de ses stages et de ses conférences. Frank m'a demandé d'écrire quelques mots sans être trop élogieux à son sujet mais comment parler de lui sans compliments. Bien sûr il a de nombreux défauts, il est très entier (quoique !!!) ce qui lui provoque des colères imprévisibles, il est têtu (est-ce vraiment un défaut ?), il est intransigeant et ne pardonne aucune erreur, il vous dira toujours qu'il fallait anticiper. Ce sont des défauts pour certains mais pour les grands aventuriers et les sportifs de haut niveau ce sont des qualités indispensables. J'ai eu la chance de côtoyer l'homme en 2007, le plongeur en 2008 lors du stage qu'il encadrait, le kayakiste en 2009 lors d'un défi qu'il avait organisé et le grand marin en 2010 quand il a sécurisé ma progression dans les Bouches de Bonifacio. Depuis notre rencontre il m'a amené petit à petit sur son terrain, celui du dépassement de soi.

*. Amputé des deux bras, il s'est reconstruit. Marié, il est policier à Ajaccio. Il a traversé à la nage les Bouches de Bonifacio.

Ce potentiel qui stagnait en moi, il a su le déceler en me proposant le premier défi. À l'arrivée de ma deuxième traversée, il m'a dit : « Maintenant tu peux la partager avec les autres ». Cette phrase résume bien la croisade du président de l'association Bout de vie. Toutes ses aventures sont une victoire sur lui-même et un grand message d'espoir pour les autres.

Merci Frank de m'avoir donné ce goût de l'aventure qui ne cesse de m'envahir…

L'ami que tu as transformé en *delfinu.*

Franck Festor*

La vie est longue, rude, difficile et parfois sinueuse mais, au détour d'un virage, elle nous permet de faire des rencontres qui vous donnent un autre regard sur vous-même afin de mieux vivre ces problématiques qui ne sont que votre destinée. Car le destin est fait de haut et de bas, de bonheur et de tristesse, de douleur et de joie. Un homme un peu cabochard m'a permis de prendre conscience de la chance de vivre. Il m'a fait découvrir mon bout de vie et m'a réconcilié avec moi-même. Pas besoin de déplacer des montagnes ou d'arracher la lune pour exister. Accepter sa condition permet encore et toujours d'aller plus loin. Mettre un pied devant l'autre, parfois trébucher mais toujours se relever car tant qu'il y a de la vie, il y a de l'espoir. C'est ce que tu nous as appris, Frank. Alors moi aussi j'ai avancé mes pions sur le grand échiquier de la vie et j'ai enfin pu découvrir que j'existais. J'ai usé mes sandales sur le bitume, crevassé mes menottes sur des rames et pris mon plein d'oxygène sur un sommet argentin… Mais ce que je fais de plus beau, c'est tout simplement de vivre.

« C'est dans la difficulté que l'on trouve la force d'avancer. »
Merci capitaine Bruno

*. Il est le premier Français à avoir couru un marathon tout en étant amputé tibial. Il m'a racheté la yole de mer et, accompagné d'une Américaine paraplégique, a traversé l'Atlantique à la rame.

Table des matières

En couverture : photographie d'Éric Volto.

Achevé d'imprimer en septembre 2012
sur les presses du Groupe Horizon – Gémenos-F
Imprimé en France
N° d'impression : 1209-092

Dépôt légal : 3e trimestre 2012
ISBN : 979-10-91232-00-5

Maquette et mise en page : Valérie Biancarelli
Au coin de la rue – 4, rue Emmanuel-Arène – 20000 Ajaccio
Tél. : 04 95 50 03 00 – Fax : 04 95 50 03 01
www.editionsaucoindelarue.com
E-mail : contact@editionsaucoindelarue.com